Margarete Bertschik / Der Tod ist nicht fair -
das Leben auch nicht

AF150405

Zum Inhalt:

In achtzehn spannenden, oft tragischen oder skurrilen Geschichten schildert die Autorin Ereignisse mitten aus dem Leben, und dies stets mit einem empathischen, ja liebevollen Blick auf ihre Figuren. Ihre originellen Erzählungen nehmen häufig den Charakter eines klassischen Krimis an, ohne dabei jedoch in das bekannte „Who has done it?"-Schema abzugleiten.

Zur Autorin:

Margarete Bertschik wurde 1951 geboren, ist verheiratet und Mutter zweier erwachsener Söhne. Nach ihrer jahrelangen beruflichen Tätigkeit als Gymnasiallehrerin absolvierte sie ein Studium zur Autorin und machte damit ihr langjähriges Hobby, das Schreiben von Kurzgeschichten, Erzählungen und Romanen, zu ihrem zweiten Beruf.

Margarete Bertschik lebt mit ihrem Mann in einer kleinen Stadt in Norddeutschland.

Bisher im BoD-Verlag Norderstedt erschienen:
'Zeit der Kornblumen', Roman, 220 Seiten,
ISBN 978-3-7347-9955-6

Margarete Bertschik

Der Tod ist nicht fair -
das Leben auch nicht

Kurzkrimis und andere Erzählungen

Die Bibliografische Information der Deutschen Bibliothek

Die Deutsche Bibliothek verzeichnet diese Publikation in der Deutschen Nationalbibliografie; detaillierte bibliografische Daten sind im Internet über www.d-nb.de abrufbar.

Einbandabbildung: Dreaming Snow Angels © Katarina S. /Fotolia
Herstellung und Verlag: BoD - Books on Demand, Norderstedt
© 2016 Margarete Bertschik
ISBN 978-3-7392-0484-0

Für Michael

Inhalt

Die Tote im Park

Immer wenn sie in eine andere Rolle schlüpfte, genoss sie das Ritual der Verwandlung wie eine Art erotisches Vorspiel. Es war wichtig, dabei eine ganz bestimmte Reihenfolge zu befolgen, von der sie nicht abweichen durfte, wollte sie nicht die Lust an ihrem Vorhaben verlieren. Es fing damit an, dass sie ihrer Stimmung nachspürte, um zu entscheiden, wer sie heute sein wollte. Dann breitete sie die dazu benötigten Kleidungsstücke und Accessoires sorgfältig auf ihrem Bett aus, begutachtete sie, tauschte vielleicht das eine oder andere gegen ein ähnliches aus und prüfte, ob alles vollständig und intakt war. Dann nahm sie eine heiße Dusche, wusch ihr Haar und traf alle erforderlichen Maßnahmen für die neue Identität, bevor sie die Kleidungsstücke anlegte und ein anderer Mensch wurde.

Hauptkommissar Johannes Weissgerber wandte sich ab. Er hatte in seiner dreißigjährigen Dienstzeit zwar schon etliche Todesopfer gesehen, aber immer noch konnte er den Anblick der geschundenen toten Körper nur schwer ertragen.

„Sie ist erschlagen worden", sagte Dr. Burger. „Mit mehreren Schlägen auf den Kopf. Sie hat versucht, die Schläge abzuwehren, daher die Flecken auf ihren Unterarmen." Die Gerichtsmedizinerin richtete sich auf. „Die arme Frau hatte keine Chance. Wahrscheinlich waren es mehrere Täter, die auf sie eingeschlagen haben. Womöglich ist sie auch getreten worden. Genaueres kann ich erst sagen, wenn ich sie untersucht habe."

„Kann man erkennen, was für eine Art von Waffe der oder die Täter benutzt haben, Frau Doktor?"

„Den berühmten stumpfen Gegenstand. Ich tippe auf einen kräftigen Knüppel oder so etwas wie einen Baseballschläger."

Weissgerber ging um die Frauenleiche herum und betrachtete sie genauer. Offensichtlich eine Obdachlose. Mehrere Pullover und Jacken übereinander, trotz des Sommers, eine alte Trainingshose, darüber ein weiter karierter Rock. Keine Strümpfe, aber verschlissene knöchelhohe Tennisschuhe. Von dem linken hatte sich die Sohle ein Stück gelöst. An den Händen Wollhandschuhe ohne Finger. Schmutzige Fingernägel. Graue zerzauste Haare. Soweit es an dem blutigen Gesicht noch zu erkennen war, war die Frau von mittlerem Alter. In einer Plastiktüte vom Supermarkt einige leere Bierdosen und eine Flasche mit billigem Rotwein. Weitere Plastiktüten, prall gefüllt. Womit, würde man ihm später mitteilen.

„Seit wann liegt sie hier draußen, Frau Doktor?"

Die Gerichtsmedizinerin zog bei der Frage missbilligend die Augenbrauen hoch. Als ob der Kommissar nicht wüsste, dass die exakte Todeszeit erst nach einer genaueren Leichenschau festgelegt werden konnte!

„Ungefähr, wenigstens", bat Weissgerber.

„Also, schätzungsweise seit acht bis zwölf Stunden. Wahrscheinlich ist es gestern Abend passiert. Hier im Park. Man hat sie unter die Büsche geschleift, wo der Hund der Spaziergängerin sie heute Morgen entdeckt hat."

Dr. Anna Burger packte ihre Sachen zusammen und wandte sich zum Gehen. Ihr Gesicht sah müde aus. Sie schob ihre Brille zurecht und strich sich eine Strähne ihres kinnlangen grauen Haares aus dem Gesicht.

„Tja, da hat wohl mal wieder jemand seinen Hass auf die Menschheit an einer armen Obdachlosen ausgelassen. Ich hoffe, Sie finden die Täter, Herr Kommissar."

Weissgerber hob die Hand zum Abschied und wandte sich an seinen Kollegen, Kommissar Carsten Raabe. Raabe hatte gerade erst die Polizeischule hinter sich; das hier war sein erster Mordfall.

„Die Tote hatte keine Papiere bei sich. Nur dieses kleine Portemonnaie mir drei Euro fünfzig. Wir wissen nicht, wer sie war." Raabe schüttelte bekümmert den Kopf, als er ergänzte: „Hoffentlich ist ihr Gesicht nicht zu sehr entstellt, damit wir noch ein Foto von ihr machen können. Wie sollen wir sonst herausbekommen, wer die arme Frau war?"

„Vielleicht bringen uns die Fingerabdrücke ein Stück weiter. Oder der DNA-Abgleich." Weissgerbers Stimme klang, als setzte er keine sehr große Hoffnungen auf diese Identifikationsmethoden. Wenn die Tote nicht kriminell war, würde sie auch nicht registriert sein. Aber wer weiß, dachte er.

„Die Passanten, die ich befragen konnte, haben nichts Auffälliges bemerkt", meldete Raabe. „Nur die Frau Södersen hier. Sie hat die Leiche entdeckt, das heißt vielmehr, ihr Dackel. Das war gegen halb acht Uhr heute Morgen. Da war in dem Park noch nicht viel los, sagt Frau Södersen."

Die Frau neben ihm war vielleicht sechzig, ziemlich füllig mit einem breiten Gesicht, lebhaften kleinen grauen Augen und einem Kopf voll weißgrauer Dauerwellen. Auf dem Arm hielt sie einen niedlichen Kurzhaardackel, dem man ansah, dass er lieber noch weiter herum geschnüffelt hätte.

„Ja, meine Polli hier hat die Frau entdeckt. Ich wollte erst gar nicht zu ihr gehen, weil ich dachte, sie schläft noch. Hier halten sich nämlich häufig Obdachlose auf. Und manchmal, wenn es nicht zu kalt ist nachts, schlafen sie hier einfach auf dem Rasen. Ich verstehe nicht, warum die nicht in ihrer Sozialwohnung bleiben. Jeder bekommt doch heutzutage eine Wohnung bezahlt, wenn er nichts verdient, oder? Die müssen doch nicht draußen schlafen."

Sie schüttelte verständnislos den Kopf. Bevor sie sich jedoch weiter über die Gewohnheiten der Obdachlosen auslassen konnte, stoppte Weissgerber ihren Redefluss.

„Ja, gewiss, das ist wohl so. Doch jetzt etwas anderes. Wohnen Sie hier in der Nähe, Frau Södersen?"

„Ja, ich wohne in dem Häuserblock, gleich hier neben dem Park. Das heißt, mein Mann und ich wohnen dort. Aber mein Mann ist nicht mehr gut zu Fuß, deshalb gehe ich immer mit Polli Gassi." Sie hielt inne. „Aber warum wollen Sie das denn wissen, Herr Kommissar?"

Weissgerber ignorierte ihre Frage.

„Sicher muss der Hund auch abends Gassi gehen, oder? Haben Sie vielleicht gestern Abend, so gegen neun oder zehn Uhr, etwas Ungewöhnliches bemerkt, hier im Park? Vielleicht etwas gehört?"

„Gestern Abend? Hier im Park?"

Marie-Luise Södersen überlegte, während sie den Dackel, der auf ihrem Arm herumzappelte, krampfhaft festhielt.

„Also. Ja, ich bin mit Polli Gassi gegangen, das war so gegen halb neun, jedenfalls war die Tagesschau schon vorbei. Aber ich habe nichts bemerkt. Ja, richtig, eine Joggerin kam vorbei, und ein paar Jugendliche auf Skatern oder wie die Dinger heißen, waren auch da. Aber sonst..." Sie zog bedauernd die runden Schultern hoch. „Manchmal treibt sich hier auch allerlei Gesindel herum, Drogensüchtige und so, aber die kommen meistens erst, wenn es dunkel ist."

„Vielen Dank, Frau Södersen. Wenn wir noch Fragen haben sollten, melden wir uns bei Ihnen. Der Inspektor hat sich Ihre Adresse doch aufgeschrieben?"

„Ja, er hat sie in sein Dingsda, das Smartphone eingetippt."

Frau Södersen war sichtlich enttäuscht darüber, dass sie schon entlassen war. Sie zog einen Schmollmund, ließ ihren Hund auf den Boden nieder, sagte „komm, Polli" und ging davon.

Die beiden Beamten sahen ihr nachdenklich hinterher. Der junge Kommissar strich sich durch sein kurz geschnittenes flachsblondes Haar und verzog unzufrieden seinen Mund.

„Ich fürchte, es wird schwer sein, den oder die Mörder der armen Frau ausfindig zu machen. Wir haben weder die Tatwaffe noch sonstige verwertbare Spuren gefunden."

Er klang niedergeschlagen. Zusammen mit Weissgerber sah er zu, wie die Kollegen die Leiche in den Zinksarg legten und abtransportierten. Das weiß-rote Absperrband wurde wieder aufgerollt, und kurze Zeit später erinnerte nichts mehr daran, dass auf dieser Wiese vor kurzem ein brutaler Mord geschehen war.

2

Als sie jetzt aus dem Badezimmer kam, hatte sie ihren schlanken, noch jugendlich straffen Körper auf das heutige Outfit vorbereitet: Beine und Achseln waren frisch rasiert, die Schamhaare auf ein sauberes Dreieck gestutzt, die langen blonden Haare (heute brauchte sie keine Perücke) frisch gewaschen und zu einer üppigen Lockenfrisur geföhnt. Das helle Make up ließ ihre schwarz umrandeten Augen mit den stark getuschten Wimpern und dem blauen Lidschatten besonders groß und ausdrucksvoll erscheinen. Den erdbeerroten Lippenstift hatte sie passend zu den sorgfältig manikürten und lackierten Fingernägeln gewählt.

Vollkommen nackt trat sie vor die ausgebreiteten Kleidungsstücke, und langsam, um die Zeremonie voll auszukosten, zog sie eines nach dem anderen an. Zuerst den Bügelbüstenhalter aus creme-farbener Seide, den dazu passenden Slip und das Unterkleid mit breiter Spitze am Dekolletee und Saum. Sie genoss das seidig glatte Gefühl des zarten Stoffes auf ihrer nackten Haut und den schimmernden Glanz der edlen Materials. Danach rollte sie die hauchdünnen Nylonstrümpfe vorsichtig auf, bevor sie sie über ihre Füße und Beine bis zu den Oberschenkel hochzog, wo der breite Spitzenbesatz endete. Vor dem großen Wandspiegel prüfte sie den

Sitz der Strümpfe. Perfekt. Sodann schlüpfte sie in ein schlichtes cremefarbenes Top mit dünnen Trägern, das einen effektvollen farbigen Kontrast zu dem marineblauen Designerkostüm bildete, das sie heute tragen wollte. Die taillierte Jacke und der schmale Rock des leichten Sommerkostüms wiesen einen eleganten, sehr figurbetonten Schnitt auf. Sie drehte sich vor dem Spiegel hin und her: Es saß tadellos. Das Outfit wurde komplettiert durch sehr hohe, ebenfalls cremefarbene Pumps sowie durch einen Strohhut mit weicher, großer Krempe und schmalem Band, dessen blaue Farbe perfekt zur der des Kostüms passte.

Zuletzt tupfte sie einen Tropfen ihres kostbaren Chanel-Parfums hinter die Ohrläppchen, setzte den Hut auf und schob dem Bügel der Hermès-Handtasche elegant über den Unterarm. Die Verwandlung war komplett. Der große, bis auf den Boden reichende Spiegel warf in dem weichen Nachmittagslicht, das durch die Vorhänge fiel, ihre Gestalt zurück. Nach einem letzten prüfenden Blick lächelte sie ihrem Spiegelbild zu und verließ das Haus.

„Herr Weissgerber? ... Hier Dr. Burger, Herr Kommissar. Bitte kommen Sie doch kurz in die Gerichtsmedizin, ich habe hier etwas Interessantes für Sie. ... Ja, es geht um die Tote aus dem Stadtpark. .... Das sollten Sie sich selber anschauen. ... Ja, bis gleich."

Dr. Anna Burger legte den Telefonhörer auf und wandte sich wieder der Frauenleiche zu, die auf dem metallenen Seziertisch lag. Verständnislos schüttelte die Pathologin den Kopf. Der Körper, den sie fachgerecht und sorgfältig obduziert hatte, war nicht der einer Obdachlosen. Es war der gesunde, gut gebaute Körper einer etwa fünfunddreißigjährigen Frau, sechzig Kilo schwer bei einer Größe von einmetersiebzig. Das Gebiss war vollständig und gut gepflegt, sah man von der Verletzung ab, die einer der harten

Schläge gegen den Kopf dem rechten Gaumen zugefügt hatte. Das struppige graue Haar gehörte zu einer Perücke, darunter war langes, glattes blondes Haar zum Vorschein gekommen. Und das Merkwürdigste: Die Falten um den Augen, die schwarzen Ränder unter den Fingernägeln, sogar die Schmutzflecken im Gesicht und auf den Armen und Händen: Alles nur Theaterschminke! Die Frau war verkleidet gewesen! Dazu passte, dass in den drei Plastiktüten, die sie bei sich gehabt hatte, nur Zeitungspapier war.

Die Metalltür öffnete sich und Hauptkommissar Weissgerber und sein Assistent betraten die Pathologie.

„Guten Tag, Frau Doktor. Was gibt es denn so Interessantes? Eigentlich hatten wir gedacht, dass an diesem Fall alles ganz klar sei."

Weissgerber gab der Pathologin die Hand, Raabe ebenso. Dr. Burger erwiderte die Begrüßung mit einem knappen Lächeln.

„Ich habe hier etwas wirklich Überraschendes, meine Herren. Sehen Sie selbst." Sie nahm einen Zipfel des grünen Tuches, das die Leiche bedeckte, und zog es zurück. Weissgerber und Raabe traten näher an den Seziertisch heran und starrten auf die Leiche.

„Das ist unsere Obdachlose? Die aus dem Park?", fragte Raabe ungläubig. „Aber die war doch viel älter. Und grauhaarig."

„Diese Frau war höchstens fünfunddreißig Jahre alt und kerngesund. Kein Leberschaden, kein irgendwie gearteter Hinweis auf Drogenmissbrauch, wahrscheinlich hat sie nicht einmal geraucht, wenn man die makellose Haut betrachtet. Abgesehen von den Hämatomen, die von Faustschlägen oder Fußtritten herrühren, und dem massiven Schädel-Hirn-Trauma, das durch zwei heftige Schläge auf den Kopf verursacht wurde, ist der Körper völlig intakt. Der eine Schlag ist seitlich geführt worden und hat das rechte Schläfenbein und einen Teil des Wangenknochens und des Gaumens zertrümmert. Der zweite Schlag erfolgte von hinten und hat die Schädeldecke beschädigt. Diese Verletzungen haben innerhalb weniger Minuten zum Tod dieser Frau geführt. Die Hämatome sind ihr kurz vor ihrem Tod beigebracht worden. Sie ist, kurz gesagt, zu Tode geprügelt worden."

„Aber ... sie hat doch ganz anders ausgesehen, als wir sie fanden." Raabes Gesicht zeigte einen konsternierten Ausdruck, als er jetzt um den Metalltisch herumging und den Frauenkörper betrachtete, der trotz der Sezier- und Verletzungsspuren noch einen Rest seiner weiblicher Schönheit bewahrt hatte.

„Sie hat Theaterschminke benutzt, um alt und verbraucht auszusehen. Und eine graue Perücke. Keine Ahnung warum. Die Klamotten, die sie trug, sind in der Kriminaltechnik zur Untersuchung; wahrscheinlich wird man feststellen, dass es gebrauchte Sachen vom Flohmarkt oder aus der Altkleidersammlung sind. Und schauen Sie hier." Die Pathologin leerte eine der Plastiktüten auf den Boden aus, „Lauter Zeitungsschnipsel. Sie hat nur den Anschein erwecken wollen, sie sei eine Obdachlose."

Weissgerber und sein Assistent sahen sich an. Das Gesicht des Älteren spiegelte dieselbe Ratlosigkeit wie das seines blonden Partners.

„Warum um Himmels Willen verkleidet sich eine hübsche junge Frau als Obdachlose und treibt sich am späten Abend im Stadtpark herum?" Kommissar Carsten Raabe sprach aus, was alle dachten.

„Tja", antwortete Anna Burger lakonisch, „das ist hier die Frage. Und wer diese Frau in Wirklichkeit war. Und natürlich, wer sie so brutal ermordet hat. Ran an die Arbeit, meine Herren!"

Weissgerber und Raabe saßen sich am Schreibtisch gegenüber. „Was hat die kriminaltechnische Untersuchung der Gegenstände ergeben, die die Frau bei sich trug?", fragte Weissgerber.

„Es waren nur die Fingerabdrücke der Toten auf dem Portemonnaie und den Flaschen und Dosen. Sie sind nicht registriert. Die Frau hat nicht aus den Dosen getrunken, auch nicht aus der Rotweinflasche; auch sonst niemand, denn es konnte keine Fremd-DNA festgestellt werden. Es gibt keine Vermisstenanzeige, die auf die Person passt." Raabe zuckte resigniert mit den Schultern. „Wir haben nichts."

Weissgerber biss sich nachdenklich auf die Unterlippe.

„Also müssen wir schauen, was der Tatort hergibt, solange wir nichts über die Tote wissen. Wie Frau Södersen gesagt hat, treiben sich nachts in dem Park allerlei Jugendliche und Drogenabhängige herum. Wir müssen also die einschlägig vorbestraften Kriminellen aus der Rocker- und Drogenszene ermitteln. Also werden wir alle Anwohner des Parks befragen, wer sich abends dort herumtreibt. Und wir müssen die Identität der Frau feststellen. Ich hoffe, dass jemand die Frau auf dem Foto, das Dr. Burger von dem Gesicht der Toten gemacht hat, wiedererkennt." Der Kommissar nahm sein Jackett von der Lehne seines Bürosessels und stand auf. Raabe folgte ihm.

3

Nun kam der zweite, der eigentlich wichtige Teil der Verwandlung: Die Reaktion der Menschen auf ihre momentane Identität. Sie fuhr mit ihrem Auto in die City, stellte den Wagen in einem der großen Parkhäuser ab und ging in die Fußgängerzone. Wie erwartet, zog sie sofort die Blicke der Passanten auf sich. Sie straffte die Schultern, hob ihr Kinn und gab ihrem Gang einen nicht zu übertriebenen, aber betont weiblichen Ausdruck. Sie musste zugeben, dass sie die unverhohlen bewundernden Blicke der Männer genoss! Ebenso die teils neidischen, teils verächtlichen Blicke der Frauen!

Langsam schlenderte sie durch die belebte Einkaufsmeile. Für diese Identität wählte sie meistens ein Wochenende, wenn möglichst viele Leute unterwegs waren. An einem Tag wie heute, an dem die Sonne von einem heiteren Sommerhimmel schien, konnte sie sich der Aufmerksamkeit der vielen Menschen sicher sein.

Nach einer Weile setzte sie sich in ein Straßencafé, nahm ihren Hut ab und legte ihn auf den leeren Stuhl an ihrem Tisch. Sie bestellte ein Mineralwasser, schlug die langen, schlanken Beine übereinander und ließ ihren Schuh locker auf der Zehenspitze baumeln. Unauffällig musterte sie die Menschen um sich herum. Die gestressten jungen Eltern am Nebentisch mit den zwei quengeligen, ungeduldig nach ihrem Eis verlangenden Kindern beachteten sie kaum. Das ältere Ehepaar, das stumm und gleichgültig nebeneinander saß, während der Mann seinen Blick nicht von ihren Beinen lösen konnte, war da schon interessanter, ebenso die Gruppe von Jugendlichen, die mit Zigaretten im Mund auf den Stufen des nahen Springbrunnens herum lümmelten, immer wieder verstohlen zu ihr herüber schauten und grinsten; sicher machten sie anzügliche Bemerkungen über sie. Der einzelne Mann im Business-Anzug zwei Tische weiter, der jetzt sein Handy, auf dem er die ganze Zeit herumgetippt hatte, wegsteckte, nahm sie unverhohlen in Augenschein. Als sie seinem Blick begegnete, nickte er ihr mit einem schmalen Lächeln zu. Sie wusste, jetzt brauchte es nur ein winziges Entgegenkommen ihrerseits und sie hätte einen Liebhaber für eine Nacht. Demonstrativ wandte sie ihren Kopf zur Seite und setzte eine hochmütige Miene auf. Wie leicht es doch war, die Menschen zu manipulieren!

An diesen Teil der Polizeiarbeit werde ich mich nur schwer gewöhnen können, dachte Carsten Raabe. Seufzend strich er sich den Schweiß von der Stirn und fuhr sich mit den Fingern durch sein

Haar. Er holte tief Luft und lockerte die Schultern. Das war jetzt die fünfzehnte Wohnungstür, an der er klingelte. Bisher hatte niemand etwas gesehen oder gehört. Entweder hatten alle ferngesehen oder Musik gehört oder waren anderweitig beschäftigt gewesen. Entmutigend!

Er hörte schlurfende Schritte, die sich langsam der Eingangstür näherten. Dann sah er ein Auge, das durch den Türspion spähte. Er hielt seinen Polizeiausweis hoch.

„Ich bin Kommissar Raabe von der Mordkommission. Ich habe nur ein paar Fragen. Bitte öffnen Sie die Tür."

Er hörte, wie die Türkette zurückgelegt und der Schlüssel im Schloss gedreht wurde, dann öffnete sich die Tür und ein alter Mann sah ihm neugierig entgegen.

„Mordkommission? Was ist denn passiert?"

„Darf ich 'reinkommen? Dann spricht es sich besser, Herr Drüding." Den Namen hatte Raabe auf dem Türschild gelesen, und er wusste aus seinem noch gar nicht so lange zurück liegenden Seminar über Gesprächsführung, dass es hilfreich war, die Menschen wenn möglich mit ihrem Namen anzusprechen; sie fühlten sich dann als Individuum ernst genommen und waren eher bereit, sich mitzuteilen.

Der alte Mann bedeutete ihm mit einer Handbewegung, näher zu treten, und ging ihm voraus in das kleine, altmodisch eingerichtete Wohnzimmer, dessen Fenster zum Stadtpark ausgerichtet war. Neben dem Fenster stand ein gemütlich aussehender Lehnstuhl, was in Raabe die Hoffnung weckte, Herr Drüding könnte, in diesem Lehnstuhl sitzend, im Park etwas beobachtet haben.

„Gestern Abend ist im Park hier gegenüber eine Frau ermordet worden. Wir fragen uns, ob Sie vielleicht zufällig etwas Besonderes beobachtet haben, Herr Drüding?"

„Wollen Sie sich nicht erst einmal setzen, Herr Kommissar? Sicher sind Sie doch schon eine ganze Weile unterwegs auf der Suche nach möglichen Zeugen. Darf ich Ihnen vielleicht etwas anbieten? Ein Glas Wasser oder eine Tasse Tee? Alkohol dürfen Sie ja bestimmt nicht trinken im Dienst, oder?"

Raabe sah den alten Mann erstaunt an. So viel Freundlichkeit hatte er nach dem anfänglichen Misstrauen nicht erwartet. Er musterte den Alten unauffällig. Zwischen den unzähligen Runzeln und Falten in dem hageren Gesicht blitzten hellwache blaue Augen, und die magere, gebückte Gestalt bewegte sich mit erstaunlicher Agilität, als der alte Mann nun, ohne die Antwort Raabes abzuwarten, ein Glas und eine Flasche Mineralwasser vor den Inspektor hinstellte.

„Danke, das ist sehr nett. Für eine Tasse Tee fehlt mir die Zeit, aber ein Glas Wasser nehme ich gerne. Es ist doch sehr warm heute draußen." Er nahm höflich einen Schluck.

„Darf ich fragen, wie lange Sie schon bei der Polizei sind, Herr Raabe? Sie sehen noch so jung aus, man könnte meinen, dass sie noch zur Schule gehen."

Drüding begleitete seine Frage mit einem Lächeln, das sein altes Gesicht in noch mehr Falten legte.

Raabe räusperte sich verlegen und trank einen Schluck Wasser. Er fing an sich zu fragen, wer hier eigentlich das Gespräch führte. „Tja, lange bin ich noch nicht dabei", gab er widerwillig zu, „dies ist mein erster Mordfall."

„Und nun sind Sie auf der Suche nach Zeugen, die Ihnen bei der Aufklärung helfen können."

„Ja, so ist es. Der Mord ist gestern Abend, wahrscheinlich zwischen zehn und elf Uhr passiert. Es wurde gerade dunkel. Haben Sie zufällig etwas gesehen?"

„Lassen Sie mich überlegen. Ich habe gestern ferngesehen, den Krimi im Ersten, dann die Tagesthemen. Dann habe ich den Fernseher ausgemacht und mich hier ans Fenster gesetzt. Einen Balkon hat diese Wohnung ja leider nicht. Ich habe das Fenster geöffnet, um die Vögel singen zu hören. Wenn es dämmert, singen sie um diese Jahreszeit immer besonders schön. Ja, und da habe ich tatsächlich im Park laute Stimmen gehört. Und Lachen. Das waren diese Halbstarken, die dort häufig ihre Saufgelage abhalten. Diese glatzköpfigen Rowdys, die sich hier öfter herumtreiben. Von meinem Fenster aus kann man durch die Baumwipfel ganz gut sehen, wer dort sein Unwesen treibt. Und morgens findet man dann die leeren Bierflaschen und die Zigarettenstummel auf dem Rasen."

Raabe horchte auf. „Sie sagen, es waren Jugendliche, die sich hier öfter aufhalten. Kennen Sie vielleicht die Namen?"

„Nein, nein, die Namen kenne ich nicht. Aber ich kenne die Jungs vom Sehen her."

„Würden Sie sie wiedererkennen, wenn ich sie Ihnen auf Fotos zeige? Oder in einer Gegenüberstellung?"

„O ja, sicher. Meine Augen sind noch sehr gut. Die, die ich gestern gesehen habe, würde ich sofort wiedererkennen. Schon an ihren Glatzen und den Tätowierungen. Ich habe sie ja auch schon öfter von Nahem gesehen. Außerdem habe ich ein Fernglas. Weil ich gerne die Vögel beobachte im Stadtpark natürlich", fügte er verschmitzt hinzu.

Raabe erwiderte sein Lächeln. Man sah dem alten Mann an, dass es ihm ein Vergnügen sein würde, der Polizei in dieser wichtigen Angelegenheit behilflich sein zu können.

„Dann ist es wohl das Beste, wenn Sie mich jetzt gleich zum Polizeipräsidium begleiten und sich unsere Verbrecherkartei ansehen. Wäre das möglich, Herr Drüding?"

„Aber selbstverständlich, Herr Kommissar. Ich muss nur noch meine Schuhe anziehen, dann komme ich mit." Schon war er aufgestanden und in Richtung des angrenzendes Zimmers, wohl sein

Schlafzimmer, geeilt, um sich zum Ausgehen bereit zu machen. Raabe grinste über den Feuereifer des Alten. Sicher gibt es in seinem Rentnerdasein nicht viel Abwechslung, dachte er. Egal, Hauptsache, er war ein guter Zeuge.

4

Sie trank ihr Wasser aus, zahlte und stand auf. Wieder bummelte sie von Schaufenster zu Schaufenster, immer im vollen Bewusstsein der Augen, die ihr folgten. Als sie an einer teuren Boutique vorbei kam, trat sie kurz entschlossen ein. Im Inneren herrschte eine gedämpfte Atmosphäre; nur wenige Kundinnen waren anwesend. Eine sehr gepflegte und modisch gestylte Verkäuferin kam auf sie zu. Typisch: Der kurze, ihre Kaufkraft abschätzende Blick vom Kopf bis zu den Schuhen, dann das professionelle, überaus freundliche Lächeln. Sie würde es ein wenig strapazieren, dieses Lächeln.

„Darf ich Ihnen behilflich sein, gnädige Frau?" So viel Beflissenheit! Mal sehen. Mit gelangweilt hochgezogenen Brauen sah sie die Frau an.

„Ich bin auf der Suche nach einem Sommerkleid. Ich weiß aber noch nicht so recht, was mir gefällt. Vielleicht können Sie mir etwas zeigen?"

„Aber selbstverständlich! Wir haben gerade die neusten Modelle hereinbekommen. Welche Größe tragen Sie?"

Nachdem sie sich zwölf Kleider hatte zeigen lassen, zwei davon anprobiert und alternativ zu den Kleidern fünf Blusen und Röcke in Augenschein genommen hatte, verließ sie die Boutique, ohne etwas gekauft zu haben.

Hauptkommissar Weissgerber telefonierte, als Raabe mit seinem Zeugen das Büro betrat. Ohne den Hörer abzusetzten, bedeutete er seinem Kollegen zu warten; es sei etwas Wichtiges.

„Ja, am besten kommen Sie sofort hierher, Frau Wittenberg. Vielleicht ist es ja nur eine oberflächliche Ähnlichkeit, aber Gewissheit haben wir erst, wenn Sie sich die Leiche angesehen haben. ... Ja, melden Sie sich bitte in meinem Büro. Haben Sie sich den Namen notiert? ... Hauptkommissar Weissgerber. ... Noch etwas, Frau Wittenberg: Haben Sie einen Zweitschlüssel zu der Wohnung ihrer Schwester? ... Ja? Bringen Sie ihn bitte mit, für alle Fälle. ... Gut. Bis dann." Er legte den Hörer auf.

„Die Schwester unserer Toten, wahrscheinlich. Sie glaubt, sie auf dem Foto erkannt zu haben. Ist sich aber nicht ganz sicher. Sie kann ihre Schwester aber telefonisch nicht erreichen und hat nun Angst, es könnte die Tote vom Park sein. Sie kommt her."

Er deutete auf den alten Mann, den Raabe mitgebracht hatte. „Und du bringst uns hoffentlich einen Zeugen?"

„Ja. Herr Drüding hier hat womöglich die oder den Täter gesehen, auf jeden Fall aber Jugendliche, die sich gestern Abend im Park um die fragliche Zeit herumgetrieben haben. Ich werde ihm jetzt die Fotos derjenigen zeigen, die bei uns bekannt sind. Vielleicht erkennt er ja den einen oder anderen wieder."

Carsten Raabe war froh, einen Zeugen gefunden zu haben, mit dem die Ermittlungsarbeit weiter gehen konnte. Er hasste es, wenn die Arbeit ins Stocken geriet und man nichts mehr tun konnte, als die Akte unverrichteter Dinge zu schließen. Außerdem brannte er darauf, dem Rätsel der verkleideten Obdachlosen auf die Spur zu kommen.

Er bat Drüding, auf dem Bürostuhl vor dem Polizeicomputer Platz zu nehmen, und ließ die Kartei mit den polizeibekannten Vorbestraften durchlaufen, vor allem denjenigen, die sich der Ruhestörung, Körperverletzung, Sachbeschädigung oder ähnlicher Delikte schuldig gemacht hatten. Mit einem Mausklick konnte

Drüding sich von Gesicht zu Gesicht durchzappen. Gewissenhaft betrachtete er jedes Bild ein paar Sekunden lang. Es dauerte nicht lange, da hatte er den ersten jugendlichen Straftäter herausgepickt:

Timo Brandt, sechzehn Jahre, Schulabbrecher, ohne Lehrstelle, aufgegriffen wegen Sachbeschädigung, Diebstahls und Beleidigung. Er hatte eine junge Frau von ihrem Fahrrad gerissen, welches dabei beschädigt worden war, hatte ihr die Handtasche und das Handy gestohlen, sie als Fotze und Miststück beschimpft und war davon gelaufen. Das Opfer aber, sportlich und wehrhaft, hatte laut um Hilfe geschrien und ihn zusammen mit einem Passanten verfolgt und gestellt. Der Richter hatte ihn zu Jugendarrest verurteilt und zu einem mehrwöchigen Antiaggressionstraining.

Im Arrest hatte er die Bekanntschaft von Tobias Bergmann gemacht, den zweiten der jungen Männer, die Drüding in der Kartei wiedererkannte. Bergmann war achtzehn und schon eine Nummer härter als Timo Brandt. Als Jugendlicher hatte er sich bereits ein schönes Vorstrafenregister erarbeitet: Handtaschendiebstähle, Abziehen von teuren Jacken und Schuhen von Schulkindern, diverse Schlägereien, dazu erste Versuche mit Drogenhandel, ganz abgesehen von seinem übermäßigen Zigaretten- und Bierkonsum. Er hatte sich den Kopf rasiert und mit allerlei Mustern tätowiert, unter anderem mit einer Schlange, die im Nacken aus dem Kragen seines olivfarbenen Hemdes herauskroch und sich auf seinem Schädel ringelte.

Sein Militäroutfit konkurrierte mit dem seines Kumpels Ole Winkler, der, um einiges älter, der Anführer der kleinen Gruppe war. Winkler hatte schon eine mehrmonatige Haftstrafe hinter sich, war als noch nicht Einundzwanzigjähriger aber bisher glimpflich davongekommen. Drüding erkannte in ihm einen der Männer, die am Tatabend gegen 22.30 Uhr im Stadtpark herumkrakeelt hatten.

„Diese drei kommen als Täter in Frage", sagte Raabe eifrig, als er die entsprechenden Akten vor Weissgerber auf den Schreibtisch legte. „Sie waren zur fraglichen Zeit am Tatort. Wir können sie zumindest als mutmaßliche Zeugen vorladen und befragen. Womöglich finden wir Faserspuren oder Blut an ihrer Kleidung. Einer von ihnen muss ja die Tote ins Gebüsch geschleift haben."

Voller Tatendurst fuhr der junge Kommissar fort:

„Eventuell ist sogar die Tatwaffe noch in ihrem Besitz. Wenn es ein Baseballschläger war, und alles deutet darauf hin, sagt Frau Dr. Bauer, dann hat der Täter ihn vielleicht nicht entsorgt, sondern nur gereinigt. So ein Schläger ist immerhin nicht ganz billig."

„Gute Arbeit, Raabe!" Weissgerber überflog die Akten. „Also: Holen Sie die Burschen her. Mal sehen, was sie sagen. Und besorgen Sie einen Durchsuchungsbeschluss für die Wohnungen der drei."

Er erhob sich. „Ich gehe inzwischen mit Frau Wittenberg in die Gerichtsmedizin. Wenn sie die Tote als ihre Schwester identifiziert, fahre ich mit ihr zur Wohnung der Toten. Vielleicht finden wir dort die Lösung für das Rätsel der Verkleidung."

5

Dasselbe Ritual wiederholte sie in einem exklusiven Schuhgeschäft, beim Juwelier und, als Krönung dieses Tages, in der größten Bank der Stadt, in der sie sich nach lukrativen Geldanlagemöglichkeiten erkundigte und den Angestellten veranlasste, ihr diverse Angebote auszurechnen, was eine gute Stunde in Anspruch genommen hatte.

Es war ein überaus ergiebiger Nachmittag, dachte sie, als sie, wieder zu Hause, in ihrem gemütlichen Hausanzug mit einer Tasse Tee und zwei Scheiben Knäckebrot vor ihrem Computer saß. Am nächsten Samstag würde sie als Straßenmusikantin mit Gitarre und Stirnband gehen. Oder vielleicht als obdachlose Alkoholikerin. Sie lächelte zufrieden. Es ging voran mit ihrer Arbeit.

Es dauerte lange, bis Caroline Wittenberg sich wieder gefasst hatte. Immer wieder schüttelte heftiges Schluchzen ihre schmalen Schultern. Weissgerber reichte ihr nun schon das dritte Papiertaschentuch, das sie blind entgegennahm, um sich die nicht versiegen wollenden Tränen abzuwischen. Schließlich schnäuzte sie sich, holte tief Luft und versuchte sich zu beruhigen.

Weissgerber legte ihr sanft den Arm um die Schultern und führte sie aus dem Obduktionssaal heraus, wo Dr. Burger den Leichnam der Toten wieder mit dem grünen Tuch zudeckte.

Auf die Frage, ob dies ihre Schwester Manuela wäre, hatte Caroline nur genickt. Sie hatte das stille Gesicht mit der hässlichen Wunde an der rechten Seite entsetzt angestarrt und war dann in Tränen ausgebrochen. Immer noch ihre Schultern umfassend, fragte Weissgerber sie, ob sie sich in der Lage fühlte, mit ihm zur Wohnung ihrer Schwester zu fahren, um dort nach einer Erklärung für die merkwürdige Aufmachung Manuelas zu suchen.

„Was für ein Mensch war ihre Schwester", fragte Weissgerber. Er wusste, dass es für viele Angehörige, die gerade eine Todesnachricht erhalten hatten, eine Erleichterung darstellte, über den Verstorbenen reden zu können. Caroline stellte hier keine Ausnahme dar. Außerdem konnte jede Information über das Opfer hilfreich sein bei der Aufklärung des Verbrechens.

„Ach, sie war solch ein netter Mensch, die Manuela. Alle mochten sie, die Kinder in der Schule haben sie geliebt. Und dann die Sache mit ihrem Freund. Er ist mit seinem Motorrad tödlich verunglückt, müssen Sie wissen. Die arme Manuela! Wenn ich nur öfter bei ihr angerufen hätte! Aber ich habe immer so viel zu tun mit den Kindern, wissen Sie, und dann arbeite ich halbtags in einem Versicherungsbüro, da habe ich nur wenig Zeit." Sie kämpfte wie-

26

der mit den Tränen. „Wie konnte nur so etwas passieren? Einfach erschlagen! Meine kleine Schwester!"

Wieder unterbrach heftiges Schluchzen ihre Worte. Weissgerber tätschelte beruhigend ihre Hand.

„Sie brauchen sich keine Vorwürfe zu machen. Niemand konnte so etwas ahnen. Und was den oder die Täter betrifft: Wir verfolgen eine Spur, die durchaus vielversprechend ist."

Sie waren inzwischen bei der entsprechenden Hausnummer angekommen, und Caroline öffnete mit ihrem Schlüssel die Wohnungstür. Das geräumige Wohnzimmer, dessen große Fenster auf den Balkon hinaussahen, war mit hellen modernen Möbeln eingerichtet. Eine Tür führte in die praktische kleine Küche, eine weitere ins Schlafzimmer. Das hübsche Bad war vom Flur aus zu erreichen. Überall herrschte eine ausgesprochen weibliche Atmosphäre. Der Arbeitsplatz, der einen Teil des Wohnzimmers einnahm, bestand aus einem Schreibtisch, einem bequemen Schreibtischsessel und einem Nebentisch mit Laptop und Laserdrucker. Der gesamte Bereich war übersät mit Büchern und Heften, die von der beruflichen Tätigkeit Manuelas zeugten. An der Wand hinter dem Schreibtisch klebten etliche Kinderzeichnungen, offenbar Geschenke der Schulkinder, die Manuela unterrichtet hatte. In einem hohen Bücherregal stapelten sich Fachliteratur, Sachbücher und Romane.

Weissgerber ging langsam durch die Räume und versuchte zu verstehen, was für ein Mensch in diesem Ambiente gelebt hatte. Die Wohnung war aufgeräumt, aber nicht steril. Die Sofakissen waren zerknautscht, eine Fernsehzeitung lag aufgeschlagen auf dem Couchtisch, eine Fotografie in einem schönen Silberrahmen zeigte die lachenden Gesichter von Manuela und ihrer Schwester, ein weiteres die Familie Wittenberg, ein drittes, mit einem schwarzen Trauerband, einen jungen Mann. Das muss der Freund sein, von dem Caroline Wittenberg erzählt hat, dachte Weissgerber, der,

der sich totgefahren hat. Eine traurige Geschichte.

Er ging ins Schlafzimmer und öffnete den Kleiderschrank, der die gesamte Längswand des Raumes einnahm. Überrascht hielt er inne.

„Frau Wittenberg, bitte kommen Sie einmal her. Haben Sie hiervon gewusst?"

Caroline stellte sich neben den Kommissar, und gemeinsam betrachteten sie den Inhalt des überdimensionalen Schrankes. Wohl ein Dutzend verschiedene Outfits hingen da auf den Bügeln. Eine schwarze Nonnentracht mit weißschwarzer steifer Haube hing neben einem langen geblümten Sommerrock und einer weißer Baumwollbluse, ein edles Designerkostüm mit engem Rock neben einem knappem Bustier aus roter Seide, einem schwarzen Minirock und Netzstrümpfen. Eine khakifarbene Militärhose und ein olivfarbenes Achselhemd, eine nietenbeschlagene Lederjacke und eine ebensolche Hose, ein dunkelblauer Business-Anzug mit einer weißen Seidenbluse. Sogar eine Burka hing auf einem Bügel. Im oberen Ablagefach fanden sich, fachgerecht auf Styroporfrisierköpfe gestülpt, drei Perücken: eine rote Lockenperücke, eine weitere mit langem weißblonden Haaren, eine Perücke mit kurzen braunen Haaren. Dazu ein breitkrempiger Sommerstrohhut, ein dunkelblaues Käppchen, wie es Flugbegleiterinnen trugen, verschiedene Mützen und Schals. Auf dem Boden des Schrankes waren die entsprechenden Schuhe zu finden: extrem hohe Pumps, ein Paar weißer Lacklederstiefel, die bis zum Oberschenkel reichten, flache, einfache Ledersandalen, Turnschuhe, grobe Militärstiefel, ausgetretene, altmodische Halbschuhe.

Weissgerber zog eine große Schublade auf. Hier fanden sich die zu den verschiedenen Verkleidungen passenden Accessoires und Unterwäscheartikel: edle Spitzenbüstenhalter und Höschen, grobe Baumwollunterhosen, ebensolche Hemden, Modeschmuck, Halsketten, Armbänder und Ringe, denen man nicht ansah, ob sie echt oder falsch waren, Halstücher, Gürtel aus Leder, manche mit Nieten und Metallringen beschlagen, Handtaschen und Beutel der verschiedensten Art. Außerdem ein umfangreiches Schminkset mit zig verschiedenen Make up-Farben, Bürsten und Kämme, Haarnadeln und Spangen, Puderdosen und Pinseln, Lippenstiften, Mascarabürstchen und Kajalstiften. In einem kleinen Etui lagen grüne, blaue und braune Kontaktlinsen.

In einer weiteren Schublade fand Weissgerber zwei schwarze Aktenordner, DinA4-groß. Der Kommissar, der sich vor dem Betreten der Wohnung Latexhandschuhe angezogen hatte, nahm den ersten davon vorsichtig in die Hand. Caroline schaute ihm über die Schulter, als er ihn aufschlug. Säuberlich in Klarsichtfolien verpackt, sahen sie akkurat ausgeführte farbige Zeichnungen, die professionellen Modezeichnungen glichen. Jede Seite zeigte eine Frauengestalt mit einer vollständigen Ausstattung, die ihr eine ganz bestimmte Rolle zuwies: die Nonne, die Prostituierte, die Punkerin, die Geschäftsfrau, die Diva, die Hausfrau. Auch die Figur der Obdachlosen wurde dargestellt, komplett mit der grauen Perücke, den alten Pullovern und dem weiten Rock.

Verblüfft sahen der Kommissar und Caroline sich an.

„Als Kind haben wir uns oft verkleidet, das weiß ich noch. Manuela hatte immer besonders viel Spaß daran. Manchmal lief sie den ganzen Tag in irgendwelchen komischen Klamotten herum und bestand darauf, diese andere Person zu sein. Mal war es eine Prinzessin, mal eine Hexe, mal eine Zauberin." Sie hielt inne. „Aber ist das nicht ganz normal bei kleinen Mädchen?"

Sie öffnete den zweiten Ordner. Er war angefüllt mit etlichen eng beschriebenen Textseiten. Sauber mit dem Computer getippt. Offensichtlich eine wissenschaftliche Arbeit. Die Überschrift lautete: „Nonverbale Kommunikation im öffentlichen Raum - Eine

Untersuchung über die Wirkung visueller Reize in der zwischenmenschlichen Interaktion." Caroline überflog die akribisch gegliederten Aufzeichnungen. „Hier hat sie alles aufgeschrieben. Jede einzelne Verkleidung. Wie die Menschen reagiert haben. Was sie gesagt oder getan haben. Alles genau dokumentiert mit Datum, Uhrzeit, Ort. Unglaublich!"

Weissgerber nahm ihr den Ordner aus der Hand und blätterte darin. „Das war ein wissenschaftlich durchgeführter Selbstversuch. Hier steht es: Ihre Schwester hatte sich zu einem Soziologiestudium an der Universität eingeschrieben. Sie war schon im dritten Semester." Prüfend sah er das Inhaltsverzeichnis an. „Wahrscheinlich ist dies eine Semesterarbeit. Oder vielleicht sogar ein Teil der Abschlussarbeit."

Caroline starrte den Kommissar fassungslos an. „Sie hat also noch einmal studiert, meine Schwester, und ich habe nichts davon gewusst."

Der Kommissar nickte. „Manuela war eine großartige Frau. Respekt! Aber jetzt ist ihr die Vorliebe für Verkleidungen und der Ehrgeiz, möglichst authentische Erfahrungen zu dokumentieren, leider zum Verhängnis geworden", sagte er.

Sein Handy klingelte. Er blickte auf das Display. „Das ist mein Partner", sagte er zu Caroline, „entschuldigen Sie mich einen Moment, bitte."

Während er telefonierte, blätterte Caroline kopfschüttelnd weiter in dem Ordner. Sie muss sehr einsam gewesen sein, meine kleine Schwester, dachte sie traurig. Ich hätte mich mehr um sie kümmern müssen.

Weissgerber beendete sein Gespräch und wandte sich ihr zu.

„Ich muss zurück ins Büro. Kommen Sie zurecht?"

„Ja", antwortete Caroline, „ich bleibe erst einmal hier in Manuelas Wohnung."

6

Der schlaksige Junge saß mit hochgezogenen Schultern in verkrampfter Haltung auf dem Stuhl und knetete unablässig seine Finger. Mürrisch presste er die Lippen aufeinander. Vor ihm auf dem Tisch hatte Kommissar Raabe die Fotos der erschlagenen Manuela Kleinert, so der vollständige Name der Toten aus dem Park, ausgebreitet.

„Du gibst also zu, vorgestern Abend im Stadtpark gewesen zu sein, zusammen mit deinen Freunden Tobias Bergmann und Ole Winkler, oder? Es hat keinen Zweck zu leugnen, wir haben einen Zeugen, der euch gesehen hat."

Timo Brandt konnte nicht verhindern, dass seine Augen immer wieder an dem blutüberströmten Gesicht auf den Fotos hängen blieben. Er nickte. Raabe schob das Mikrofon des Aufzeichnungsgerätes näher zu ihm hin.

„Bitte laut und deutlich."

Der Junge musste sich räuspern. „Ja", sagte er dann.

„Gut. Was ist passiert?"

„Da war diese alte Frau. Diese Pennerin. Sie saß auf unserer Bank."

„Auf eurer Bank? Seit wann gehört die Bank im Stadtpark euch?"

„Wir treffen uns da immer. Auf dieser Bank."

„Und was macht ihr da?"

„Was schon! Wir hängen ab. Chillen eben."

„Hattet ihr getrunken?"

„Ole hatte ein paar Flaschen Bier mitgebracht. Und Wodka."

„Aha. Die Frau saß also auf 'eurer' Bank." Raabe deutet mit den Fingern Häkchen an. „Was war dann?"

„Die wollte nicht weggehen. Die hat nur den Kopf geschüttelt. Und sich nicht vom Fleck gerührt."

„Das habt ihr euch doch sicher nicht gefallen lassen, oder?"

„Tobias hat sie geschubst. Aber sie wollte einfach nicht aufstehen. Da haben wir sie genommen und auf die Wiese gelegt."

„Gelegt?"

„Naja, sie ist wohl gestolpert und hingefallen."

„Und dann?"

Timo verschränkte die Arme vor der Brust und schwieg.

„Und dann?", wiederholte Raabe, diesmal lauter.

„Sie wollte keine Ruhe geben. Fing an herumzuschimpfen. Was uns einfiele und so."

„Da seid ihr wütend geworden, oder? Richtig wütend. War's nicht so?"

Der Junge senkte die Augen und schwieg.

Raabe nahm eins der Fotos und hielt es dicht vor das Gesicht des Jungen.

„Schau dir das an, Timo!"

„Das war ich nicht!"

„Okay. Wer von euch dreien war es dann?"

„Ich verrate nichts!"

Raabe schob ein Foto von der Tatwaffe über den Tisch.

„Wir wissen, dass der Baseballschläger, den wir in der Bude von Ole sichergestellt haben, die Tatwaffe ist. Wir haben Haut- und Blutspuren der Toten darauf gefunden, obwohl Ole ihn saubergemacht hatte. Und wir haben Fingerabdrücke darauf festgestellt. Auch deine, Timo."

„Ich war's aber nicht!" Timo rutschte unruhig auf seinem Stuhl hin und her.

„Ihr habt alle auf die Frau eingeprügelt, das steht fest. Und dann habt ihr sie ins Gebüsch geschleift. Wir haben Faserspuren von ihrer Kleidung auf euren Klamotten gefunden. Einer von euch dreien hat mit dem Schläger zugeschlagen. Wenn du es nicht warst, wer dann?"

„Der Ole war's. Die Alte wollte einfach nicht ruhig sein. Halt's Maul, hat Ole immer wieder geschrien, und dann hat er zugeschlagen."

Eine Pause entstand. Raabe lehnte sich auf seinem Stuhl zurück.

„Okay. Das war's, Timo."

Der junge Kommissar sammelte die Fotos ein und klappte die Akte, die er vor sich liegen hatte, mit einer abschließenden Geste zu. „Abführen", sagte er zu dem uniformierten Polizisten, der stumm in der Ecke des Verhörraumes gewartet hatte. Hauptkommissar Weissgerber, der die ganze Zeit neben Raabe gesessen, sich aber nicht an dem Verhör beteiligt hatte, sagte: „Damit wäre dieser Fall gelöst, Raabe. Ihr erster Mordfall."

Jovial klopfte er dem jungen Beamten auf die Schulter. „Gute Arbeit, Raabe, gute Arbeit!"

Mein Bruder

Ich hasste ihn, meinen Bruder Martin. Er verkörperte alles, was ich bewunderte und ersehnte, aber selbst nicht besaß. Obwohl er fast zwei Jahre jünger war als ich, überragte er mich um gut einen halben Kopf. Kräftig gebaut, mit ausgeprägten Muskeln an seinem schlanken Körper sowie ausgestattet mit strahlend blauen Augen unter wildem Blondhaar war er das Idealbild eines Jungen von zehn, elf Jahren und gewann mit seinem immer fröhlichen, unkomplizierten Wesen sofort alle Herzen. Ich dagegen, schmächtig, schmal und dunkelhaarig, noch dazu kurzsichtig, was mich zwang, eine dieser hässlichen Kassenbrillen zu tragen, fristete in seinem Schatten mein tristes Dasein. Unsere Schwestern, beide schon fast erwachsen, strichen Martin dauernd übers Haar und steckten ihm Süßigkeiten zu, während sie mich bestenfalls ignorierten oder mich als Leseratte oder Bücherwurm betitelten, wenn ich wieder mal in ein Buch vertieft in der Sofaecke saß, statt draußen mit den anderen Kindern herum zu tollen.

Trost fand ich nur in dem Bewusstsein, das ich Martin in intellektueller Hinsicht überlegen war, denn Lesen, Schreiben und Rechnen waren seine Sache nicht. Unter seinem mühseligen Gekratze auf der Schiefertafel zerbrach mancher Griffel, und zum Addieren und Subtrahieren benutzte er noch im zweiten Schuljahr die Finger. Natürlich nutzte ich jede sich bietende Gelegenheit, seine geistige Langsamkeit bloßzustellen und ihn in Verlegenheit zu bringen. So wie damals, als ich ihn veranlasste, für unsere Mutter zum Geburtstag ein Gedicht auswendig zu lernen, um ihr durch einen freien Vortrag eine Freude zu machen, wohl wissend, dass er schon bei der zweiten Zeile stecken bleiben und mit schamroten Wangen dastehen würde. Ich hoffte, mit meinen fein säuberlich in Schönschrift auf dekorativ bemaltem Papier geschriebenen selbstverfassten Versen einen umso größeren Eindruck zu machen. Dass Martin trotz seines erbärmlichen Herumgestotters und mit seinem unordentlichen Blumenstrauß aus Kornblumen und Klatschmohn die herzlichere Umarmung von unserer Mutter erntete, empfand ich als bittere Ungerechtigkeit, an der ich lange zu schlucken hatte.

Martin war der geborene Führer. Die Dorfjungen, mit denen wir zusammen spielten, folgten ihm blindlings in jede noch so unsinnige Unternehmung.

So wie bei dem Projekt Erdhöhle.

Es war ein schöner Spätsommertag, und damals durften wir Kinder abends draußen noch herum stromern, bis es dunkel wurde. Martin schlug vor, dass wir uns eine Erdhöhle im nahe gelegenen Forst bauen sollten, in der wir unsere geheimen Zusammenkünfte abhalten konnten. Alle waren sofort Feuer und Flamme. Wir schafften von zu Hause Schaufeln und Hacken herbei und fingen an, an einer geeigneten Stelle ein Loch zu graben. Als eine etwa zwei mal zwei Meter große und anderthalb Meter tiefe Grube ausgehoben war, tat sich das Problem der Überdachung auf. Alle Äste und Zweige, die wir finden konnten, reichten zur Überbrückung der zwei Meter Grubenbreite nicht aus. Ratlos standen die Jungen vor dem Ergebnis ihrer Mühen, verschwitzt und müde, mit schmutzverkrusteten Füßen und Händen, und sahen ihren Anführer Antwort heischend an. Martin kratzte sich am Kopf und machte ein dummes Gesicht. Nun sah ich meine Stunde gekommen.

„Wir brauchen zwei Leitern", sagte ich, „die legen wir über die Grube. Dann können wir sie mit Zweigen und Laub bedecken und haben ein richtiges Dach."

Schon waren die Nachbarjungen Tim und Uwe unterwegs, um von den elterlichen Höfen hölzerne Leitern zu holen. Dass diese später vermisst werden würden, weil man sie zum Ersteigen der

Heuböden in den Scheunen und Dielen benötigte, daran dachte keiner. Es wurde tatsächlich ein richtig schönes Dach, und als wir uns anschließend zu viert in der dunklen Höhle zusammenkauerten, kamen wir uns großartig vor. Tim, der Älteste von uns, holte aus der Hosentasche Zündhölzer und zwei zerknitterte Zigaretten, die er aus der Schachtel seines Vaters gestohlen hatte. Während wir so dasaßen, qualmend und paffend und mühsam den Hustenreiz unterdrückend, genossen wir den Reiz des Verbotenen in unserem Versteck, und Martin sonnte sich in den anerkennenden Blicken der Freunde, obwohl doch eigentlich ich das Gelingen des Projektes gerettet hatte.

Martin liebte Herausforderungen. Keiner durchschwamm schneller als er das Flüsschen am Rande unseres Dorfes, das besonders nach der Schneeschmelze im Frühjahr über eine ganz ansehnliche Strömung verfügte, keiner erkletterte so geschickt wie er die alte Buche vor unserem Haus, die mit ihren höchsten Zweigen wohl an die fünfzehn Meter in die Höhe ragte. Er kannte keine Furcht, mein Bruder. Lachend und winkend balancierte er ein andermal auf dem First des Scheunendaches, während ich mit schreckgeweiteten Augen unten stand und mir, stellvertretend für ihn, vor Angst fast in die Hosen machte.

Als der alte Petri, der Pferdehändler, fünfundachtzigjährig starb, kursierte das Gerücht, dass der Teufel seine Seele holen würde, bevor er in geweihter Erde bestattet wurde, denn der alte Petri galt als Wucherer und Halsabschneider und, was am schlimmsten war, als Atheist. Keiner von uns Kindern wusste, was das bedeutete, aber es musste etwas sein, was die Verdammung rechtfertigte.

Martin kam nun auf die Idee, dass es unsere Aufgabe wäre, den Teufel zu vertreiben. Dazu mussten wir zur Geisterstunde auf dem Friedhof sein und an dem schon ausgehobenen Grab Wache halten.

Wenn der Teufel kam, würden wir ihn durch lautes Geschrei vertreiben. Tim schlug vor, sicherheitshalber etwas Weihwasser mitzunehmen; er wollte es in einer kleinen Flasche aus dem zu Ostern geweihten Vorrat seiner Mutter mitbringen und den Teufel damit bespritzen.

Martin deklarierte die nächtliche Unternehmung als Mutprobe, und jeder, der nicht mitmachte, sollte für immer als erbärmlicher Feigling dastehen. Vor Aufregung machte ich kein Auge zu, während Martin in aller Seelenruhe bis kurz vor Mitternacht schlief. Ich weckte ihn, und wir schlichen uns leise aus dem Haus.

Die uns sonst so vertraute Welt sah in der Dunkelheit auf unheimliche Art verändert aus. Ein fahler Mond stand am Himmel, häufig verdeckt von durchziehenden Wolken, die für unverhoffte, sich gespenstisch bewegende Schatten sorgten. Beim Friedhof trafen wir unsere beiden Mitverschwörer, und zusammen kauerten wir uns neben der schwarz gähnenden Grabstelle hin. Ich hatte klugerweise Zündhölzer und vier Kerzen mitgebracht, die von Weihnachten übriggeblieben waren, und als wir jeder ein tröstliches kleines Licht in der Hand hielten, genoss ich den anerkennenden Druck von Martins Arm, den er brüderlich um meine Schultern gelegt hatte.

Als die Kirchturmuhr schlug und die Geisterstunde einläutete, versteckten wir uns hinter einem großen Grabstein und wagten kaum zu atmen, während wir den Eingang der Friedhofskapelle, in der der bedauernswerte Pferdehändler aufgebahrt war, im Auge behielten. Lange Zeit verharrten wir so. Die Kerzen, die wir mit der Hand vor dem Wind schützten, brannten langsam nieder. Tapfer verbissen wir uns den von dem herabtropfenden Wachs verursachten Schmerz. Tim hatte die Flasche mit dem Weihwasser griffbereit neben sich gestellt. Eine endlos lange Zeit verging. Nichts geschah. Gerade, als ich merkte, dass mein linker Fuß einschlief, nahmen wir eine deutliche Bewegung in dem Gebüsch neben dem Eingang der Friedhofskapelle wahr, und zwei glühende Augen starrten uns an. Alle vier sprangen wir schreiend auf, ließen die Kerzen fallen und rannten so schnell wir konnten nach Hause.

„Ob wir den Teufel verjagt haben?", fragte Martin, als wir kurze Zeit später wohlbehalten in unseren Betten lagen. „Tim hat ja ganz vergessen, ihn mit Weihwasser zu bespritzen."

"Du glaubst doch wohl nicht wirklich, dass wir den Teufel gesehen haben, Martin?"

"Natürlich! Ich habe doch ganz deutlich seine glühenden Augen gesehen!"

"Ach, das waren doch nur die Augen von Nachbars Katze, du Dummkopf. Die leuchten im Dunkeln. Ich hab sie noch weglaufen sehen, als ich hinfiel, weil mir mein Fuß eingeschlafen war. Du glaubst aber auch alles, Martin."

Im Wohlgefühl meiner Überlegenheit drehte ich mich auf die Seite und schlief ein.

Der Winter, in dem das Unglück geschah, überraschte uns Ende Februar, als alle schon anfingen, an den Frühling zu denken, mit strengem Frost und einer zehn Zentimeter dicken Schneedecke, die das kahle schwarze Land über Nacht noch einmal in ein weißes Paradies verwandelte. Wir Kinder genossen die Kälte und den Schnee, indem wir uns wilde Schneeballschlachten lieferten, auf den zugefrorenen Gräben lange spiegelglatte Schlitterbahnen freilegten und riesige Schneemänner bauten. Besonders viel Spaß machte es uns jedoch, auf der makellosen Eisfläche der kreisrunden Kraterseen, die zwei fehlgeleitete englische Bomben in dem weitläufigen Moorgebiet nicht weit von unserem Dorf hinterlassen hatten, Eishockey zu spielen. Wir suchten uns dazu kräftige Stöcke mit einer Astgabel, die wir zu einem Eishockeyschläger zurechtschnitten, und einige flache Steine, die als Puk dienten. Zwar besaßen wir keine Schlittschuhe, aber die Sohlen unserer Winterschuhe waren glatt genug, um ein einwandfreies Gleiten zu gewährleisten.

Ohne Murren fand Martin sich damit ab, dass ich mit ihm zusammen eine Mannschaft bilden musste, wusste er doch, dass er meine sportlichen Defizite leicht mit seiner Wendigkeit und Schnelligkeit ausgleichen konnte. Tim bildete mit Uwe ein ausgewogenes Team, und los ging's. Keiner von uns schenkte im Eifer des Gefechtes dem leisen Knirschen Beachtung, das an einigen Stellen der Eisfläche zu hören war, auch nicht, als es mit der Zeit zu einem bedrohlichen Knacken wurde. Ich befand mich auf der Mitte des Kraters, als plötzlich ein kräftiger Riss quer durch das Eis ging. Vor Schreck blieb ich stocksteif stehen. Die drei anderen, die sich zum Glück mehr in Ufernähe befunden hatten, sprangen mit ein paar Schritten vom Eis, in dem sich immer mehr Risse zeigten. Wie Blitze breiteten sie sich von dem Hauptriss in der Mitte aus. Als unter mir durch mein Gewicht eine dreieckige Scholle abbrach, versank ich von einem Moment zum anderen in dem schwarzen Wasser des Sees, der hier, in der Mitte des Kraters, mehrere Meter tief war. Der Schock des eiskalten Wassers, das über mir zusammenschlug, nahm mir den Atem, und es dauerte mehrere Sekunden, bis ich in Panik anfing, mit Beinen und Armen zu rudern, um wieder an die Oberfläche zu gelangen. Japsend und prustend schlug ich wild um mich. Ich konnte doch nicht schwimmen! Mein Herz raste vor Todesangst. Ich wollte schreien, aber brachte nur ein Gurgeln heraus, weil ich immer wieder im Wasser versank. Meine Kleidung saugte sich in Sekundenschnelle voll mit Eiswasser und zog mich nach unten. Immer öfter geriet ich mit dem Kopf unter die Wasseroberfläche; das eisige Moorwasser drang mir in Mund und Nase und ich hatte das schreckliche Gefühl gleich zu ertrinken. In unkoordinierten Bewegungen strampelte ich um mein Leben.

„Ruhig, bleib ruhig, Jochen", hörte ich Martin rufen, „ich komme!"

Ich sah, wie Martin sich auf dem Bauch liegend über das immer brüchiger werdende Eis an das Loch heran robbte und mir die Hand entgegenstreckte. Mühsam den Kopf über Wasser haltend, versuchte ich, ihm meine Hand über die Kante der Eisfläche zu reichen. Martin kroch vorsichtig näher, während das Knirschen und Knacken des Eises immer lauter und bedrohlicher wurde. „Ich bin gleich bei dir, Jochen, nur noch ein kleines Stück", rief er. Ich reckte mich nach seiner rettenden Hand und zog mich so weit es ging auf das Eis. Mit einem hässlichen Knacken brach die Kante ab und eine große zackige Scholle verschwand im Wasser. Sie riss Martin, der sich auf dem rutschigen Eis nicht halten konnte, mit sich. Panisch schrie ich auf, als er neben mir in der schwarzen Tiefe versank. Es dauerte endlose Sekunden, bis er nach Luft schnappend wieder auftauchte. Er hatte seine Mütze verloren und die Haare klebten ihm im Gesicht, aber seine Augen blitzten.

„Puh, ganz schön kalt, was?", schnaufte er. „Komm, halte dich an mir fest, ich kann ja schwimmen."

Ich umklammerte dankbar seinen Hals und kletterte ihm auf den Rücken, während er Wasser tretend und mit kräftigem Armrudern unser beider Gewicht über Wasser hielt.

Inzwischen war mir die Kälte schon in alle Gliedmaßen gekrochen. Ich zitterte am ganzen Körper und meine Zähne klapperten aufeinander. Immer wieder versuchte Martin, sich an der Eiskante festzuhalten, aber sobald er sich aufstützte, brach das Eis ab und das Loch in der Eisdecke vergrößerte sich. „Keine Angst, die anderen sind ins Dorf und holen Hilfe", versuchte er mich zu beruhigen, „sie sind sicher gleich zurück."

Ich antwortete nicht, wusste ich doch, dass der Weg ins Dorf mindestens fünf Minuten dauerte, wenn man rannte, und noch einmal fünf Minuten für die Helfer zurück. Inzwischen spürte ich meine Beine kaum noch, auch das Zittern hatte aufgehört. Ich klammerte mich an meinen Bruder, der tapfer weiter Wasser trat und nicht aufgab. Das Eis knirschte nur noch leise, es war plötzlich sehr still um uns herum. Nur der vor Anstrengung keuchende Atem Martins war zu hören, und das Plätschern des moorigen Wassers, das er mit seinen Armen in Bewegung hielt.

Ich weiß nicht, wie lange es dauerte, bis schließlich Tim und Uwe mit ihren Vätern und weiteren Männern aus dem Dorf angerannt kamen. Sie brachten mehrere Leitern und lange Stangen mit Widerhaken mit. Vorsichtig legten sie die Leitern auf das brüchige Eis, eine an die andere, und der Leichteste von ihnen kroch zu dem Eisloch herüber, wo Martin sich mit mir auf dem Rücken noch immer über Wasser hielt. Der Mann löste meine völlig verkrampften Arme von Martins Hals und zog mich Zentimeter für Zentimeter über ihn hinweg auf die rettende Leiter.

Ich muss ohnmächtig geworden sein, denn was anschließend geschah, weiß ich nur aus den späteren Erzählungen. Kaum hatte man mich von dem Rücken Martins gezogen, versank er lautlos in dem eisigen Wasser und tauchte nicht wieder auf. Es dauerte eine halbe Stunde, bis es den Männern gelang, mit den Stangen den leblosen Körper aus dem See zu fischen.

Martin war tot. Er hatte die Kraft seines jungen Körpers restlos aufgebraucht, um mich zu retten.

Von Martins Beerdigung, an der das ganze Dorf in großer Trauer teilnahm, bekam ich nichts mit, weil ich mit einer lebensbedrohlichen Lungenentzündung im Bett lag und meine Eltern und die beiden Schwestern darum beteten, nicht auch noch mich zu verlieren.

Als ich endlich körperlich genesen war, umklammerte ein Eispanzer aus Schuld mein Herz, so dass ich immer noch das Gefühl hatte, in dem schrecklichen Moorwasser auf meinen Tod zu warten. Ich hätte sterben sollen, nicht mein Bruder, sagte ich mir immer wieder. Es dauerte lange, bis ich verstand, dass Martin das getan hatte, was seine Natur ihm gebot. Er hätte gar nicht anders handeln können, auch wenn er gewollt hätte. Hätte er weglaufen sollen? Mich ertrinken lassen? Mich von seinem Rücken schütteln, als ihn seine Kräfte verließen, um sich selbst zu retten? Nein, er hatte so gehandelt, wie seine großzügige, mutige und draufgängerische Natur es von ihm verlangte. Es war nicht meine Schuld, dass er sterben musste und ich leben durfte.

Erst als Erwachsener verstand ich, mit der Einsicht und der Erfahrung eines Erwachsenen, dass ich meinen Bruder in Wahrheit nie gehasst hatte. Unter dem Gestrüpp aus Eifersucht, Neid und Missgunst verbargen sich ganz andere Gefühle für ihn: Bewunderung, Anerkennung und, ja, brüderliche Liebe. Bis heute bedaure ich zutiefst, dass ich nie Gelegenheit hatte, ihm diese Gefühle zu zeigen.

Das Mädchen im Schrebergarten

Kevin kaute missmutig an seinem Toast und starrte vor sich hin. Es war halb elf, und er war gerade erst aufgestanden.

„Hast du die Bewerbung fertig?", fragte seine Mutter nun schon zum zweiten Mal. Ihre Stimme wurde drängender. „Die Frist läuft diese Woche ab."

Sie stand an der Spüle und schälte Kartoffeln. Verärgert führte sie das scharfe Messer und warf die Kartoffeln mit einer unwilligen Bewegung ins Wasser. Ihre grauen Haare, sonst meistens ordentlich gewellt, standen in Büscheln von ihrem Kopf ab. Der Ärger vertiefte die Falten um ihren Mund und ließ ihr hageres Gesicht verhärmt aussehen. Sie wischte sich die Hände an ihrer Kittelschürze ab und drehte sich zu Kevin um.

„Du kannst doch nicht den halben Tag verschlafen und dann nur rumhängen, Kevin. Das musst du doch einsehen. Und schließlich ist Bäcker ein guter Beruf."

Kevin verdrehte die Augen, aber so, dass seine Mutter es nicht sah. Er fühlte sich richtig mies: Widerliche Kopfschmerzen hämmerten hinter seinen Schläfen, seine Augen brannten und im Mund hatte er einen scheußlichen Geschmack. Kein Wunder, schließlich hatte er gestern mit Lukas und Benny nicht nur ein harmloses Bier getrunken.

„Komm, trink doch einen mit", hatte Lukas immer wieder gesagt, „oder bist du noch ein Baby?" Also trank er den klaren Wodka wie die anderen direkt aus der Flasche, obwohl er eklig schmeckte. Ihm war immer noch schlecht.

Wenn seine Mutter doch nur aufhören wollte, herumzukeifen. Er hatte eben keinen Bock auf eine Lehrstelle als Bäcker. Jeden

Morgen um vier Uhr aufstehen und ackern, nur damit die Leute zum Frühstück frische Brötchen auf dem Tisch hatten? Lieber würde er Hartz IV beantragen, damit kam man anscheinend ja auch ganz gut über die Runden und brauchte gar nichts zu tun.

„Kevin, ich spreche mit dir. Hörst du mir eigentlich zu?"

Die Stimme seiner Mutter war schrill geworden. Am liebsten hätte Kevin sich die Ohren zugehalten. Wenn sie ihn nur in Ruhe lassen würde! Immer wieder fing sie damit an. Er konnte doch schließlich nichts dafür, dass seine Bewerbungen bisher immer abgelehnt worden waren. Er wollte nun mal Automechaniker werden oder wenigstens etwas mit Technik zu tun haben. Er hatte sich ja auch überall im Harz beworben, sogar in Goslar und Braunschweig, obwohl die Städte natürlich viel zu weit weg lagen.

Okay, sein Hauptschulabschluss war nicht so toll, besonders die Fünf in Mathe stellte nicht gerade ein Glanzstück dar. Aber trotzdem! Er kannte alle technischen Details der Automarken und wusste, wie man einfache Sachen in Ordnung brachte. Er hatte oft beim Reparieren von Autos zugesehen, als Benny noch in der Werkstatt von Pavlovski in die Lehre gegangen war, und schon eine ganze Menge gelernt. Aber nun hatte Pavlovski Pleite gemacht, und Benny stand auf der Straße.

Wütend knallte Kevin seine nur halb leer getrunkene Kaffeetasse auf den Tisch, sprang auf und verließ die Küche, ohne auf seine Mutter zu hören, die ihm hinterherrief, er solle gefälligst dableiben, wenn sie mit ihm spreche.

In dem düsteren Wohnzimmer - die kleinen Fenster des alten Fachwerkhauses ließen durch ihre geteilten Scheiben nur wenig Licht herein - saß sein Vater auf dem durchgesessenen Ledersofa und sah sich im Sportkanal ein Basketballspiel an.

„Na, Kevin, ist wohl ziemlich spät geworden gestern, was?", fragte er und warf seinem Sohn einen prüfenden Blick zu.

„Hab' noch mit Benny und Lukas rumgehangen." Kevin ließ sich auf das Sofa fallen und streckte die langen Beine von sich.

Insgeheim fand er es ganz beeindruckend, dass sein Vater volle fünfundvierzig Jahre auf dem Bau durchgehalten hatte, zuerst in der DDR, dann, nach der Wende, auf verschiedenen Baustellen im Westen. Jetzt, mit vierundsechzig Jahren, hatte er Rente beantragt, weil sein Rücken nicht mehr mitspielte.

Verstohlen musterte Kevin seinen Vater. Er fand, er sah alt und verbraucht aus, wie er so dasaß, mager und fast kahl, in ausgebeulten Hosen und dem alten Baumwollhemd. Sein langes Gesicht war zerfurcht von Falten, sein Kinn unrasiert. Doch seine hellen Augen sahen Kevin aufmerksam an, als er ihn jetzt fragte: „Dieser Lukas, was ist das eigentlich für einer?"

Kevin hatte keine Lust, sich zu rechtfertigen. Schließlich war er kein kleines Kind mehr. Und er war nun mal nicht so wie seine beiden älteren Schwestern, die beide schon verheiratet waren und Kinder hatten. Jedes Mal, wenn sie zu Besuch kamen, gab es ein großes Hallo um die Kleinen. Nervig!

„Der Lukas ist ganz in Ordnung", sagte er, „er findet nur nicht die richtige Arbeit, du weißt ja wie das hier ist. Er ist gelernter Schreiner, aber hier in der Gegend gibt's nichts für ihn. Er fährt ein geiles Motorrad, manchmal nimmt er mich mit und wir fahren 'ne Runde."

Sein Vater nahm die Fernbedienung und stellte den Ton leiser. „Kevin, hör mal. Ich habe gehört, dass dieser Lukas schon mal Ärger mit der Polizei hatte. Besser, du triffst dich nicht mehr mit ihm."

Kevin sprang genervt auf. „Lasst mich doch alle einfach in Ruhe!", rief er und stürmte aus der Stube. Er knallte die Tür seines Zimmers hinter sich zu und warf sich auf sein ungemachtes Bett. Seine Kopfschmerzen waren noch schlimmer geworden. Vielleicht konnte er noch etwas schlafen, um seinen Kater auszukurieren. Gegen Abend wollten Lukas und Benny sich mit ihm in der Gartenanlage treffen. Lukas wollte etwas Wichtiges mit ihm und Benny besprechen. Aber jetzt musste er erst einmal eine Runde pennen.

2

Benjamin war wütend. Es war nicht ein gewöhnlicher, kurz aufwallender Ärger, nein, die Wut lag wie ein Stein in seinem Bauch, kalt und schwer, und sie war immer da. Er wusste nicht mehr, wie lange schon. Manchmal verwandelte sich der Stein in glühende Kohle, dann loderte seine Wut wie eine heiße Flamme auf und er hatte den Drang, um sich zu schlagen, etwas zu zerstören, jemandem weh zu tun. Benjamin wusste, er musste sich kontrollieren. Zu oft hatten ihn seine Wutausbrüche schon in Schwierigkeiten gebracht.

Er stand vor dem Spiegel im Badezimmer und starrte sich in die Augen. Sie waren blutunterlaufen und die Lider sahen entzündet aus. Die spärlichen Barthaare zwischen seinen schlecht verheilten Aknepickeln ließen seine Wangen aussehen wie einen gepflügten Acker. Zwischen seinen Augenbrauen stand eine steile Falte, und in den Mundwinkeln zeigten sich Einkerbungen, die ihn alt und missmutig aussehen ließen. Dabei war er gerade mal siebzehn Jahre!

Die dunkelblonden Haare hingen in langen, fettigen Strähnen über die Ohren und in die Stirn. Seine grauen Augen sahen ihn aus dem Spiegel unverwandt an. Jede Unebenheit, jeder Makel und jede Rötung in seinem Spiegelbild verhöhnten ihn, flüsterten ihm zu: „Du bist hässlich, du bist dumm, du bist wertlos."

Er starrte so lange, bis seine Augen sich mit Tränen füllten. Gewaltsam riss er seinen Blick vom Spiegel los und wandte sich ab. Während er heiß duschte, vermied er es krampfhaft, seinen mageren Körper anzusehen. Er wusch sich die Haare, stieg aus der Dusche und trocknete sich ab. Nachdem er neue Unterwäsche, eine saubere Jeans und ein frisches Kapuzenshirt angezogen hatte, fühlte er sich etwas besser.

Benjamins Mutter saß am Küchentisch und las die Zeitung. Sie schaute kurz auf, als er die kleine Küche betrat und lächelte ihn an. „Gut, dass du an den Kurs gedacht hast", sagte sie.

Schon ihr freundlicher Tonfall ging Benjamin auf die Nerven. Wie konnte sie nur immer so gut gelaunt sein? Als Verkäuferin im Supermarkt musste sie Tag für Tag immer nur Waren einordnen oder an der Kasse sitzen, musste tun, was ihr Chef ihr sagte, und stets freundlich zu den Kunden sein. Und das alles für einen Hungerlohn! Ihr Chef dagegen, der smarte Herr Supermarktleiter, fuhr schon wieder einen neuen Mercedes. Erst gestern hatte Benjamin ihn gesehen.

Er spürte, wie die Wut in seinem Bauch sich wieder rührte. Verzweifelt versuchte er sich auf seine Cornflakes zu konzentrieren, schüttete Milch und Zucker in die kleine Schüssel und füllte das Müsli mit Bananenstücken und Rosinen auf. Während er heftig rührte, warf er seiner Mutter einen schnellen Blick zu. Überhaupt war seine Mutter nicht ganz unschuldig an seiner Wut. Er nahm ihr übel, dass er keinen Vater hatte. Es sei nur eine einzige Nacht gewesen, hatte sie ihm erklärt, sie habe lediglich seinen Vornamen gekannt und er sei ein netter Kerl gewesen. Sie habe ihn anschließend nie wiedergesehen und nicht gewusst, wo er wohnte.

'Es hat ihr in all den Jahren anscheinend nichts ausgemacht, allein mit einem Kind zu sein', dachte er erbost, aber er, Benjamin, hatte seinen Vater schrecklich entbehrt. Jedes Mal, wenn seine Mutter einen Mann mit nach Hause gebracht hatte, hoffte er, dass sie eine richtige Familie werden würden, aber jedes Mal war er enttäuscht worden. Insgeheim glaubte er, dass es seine Schuld war.

Wer wollte schon ein fremdes Kind? Schon, als er zum ersten Mal feststellte, dass ihm etwas fehlte, was für alle anderen Kinder selbstverständlich war, wurde er wütend. Andere Jungen gingen mit ihren Vätern zum Fußball, fuhren mit Vater und Mutter in den Urlaub, lernten Fahrradfahren und Schwimmen mit ihrem Vater. Nur er nicht.

Mit einer aggressiven Bewegung schob er seine Müslischüssel zur Seite. Seine Mutter schaute auf und sah ihn erstaunt an. Er wich ihrem Blick aus und stand auf.

„Fährst du mit dem Fahrrad oder nimmst du den Bus?", fragte sie. „Der Bus geht in einer Viertelstunde, da musst du dich beeilen."

„Mit dem Rad", gab er einsilbig zur Antwort.

Sie nickte und hob die Zeitung. „Schau mal, Benny, in Braunlage wird ein Mädchen vermisst. Hier ist ein Bild von ihr." Seine Mutter hielt ihm die aufgeschlagene Tageszeitung hin und zeigte auf das Foto von einem Mädchen. „Wahrscheinlich hat die Kleine Zoff mit ihrer Familie gehabt und ist abgehauen. Es dauert sicher nicht lange, und sie kommt wieder zurück. Hier steht, die Polizei hat sie die ganze Nacht gesucht, mit Hubschraubern und Suchhunden. So ein Aufwand!"

Benjamin warf einen Blick auf das Foto, ohne zu antworten. 'Typisch', dachte er, 'meine Mutter nimmt selbstverständlich wieder das Harmloseste an. Wahrscheinlich ist das Mädchen in die Hände eines Kinderschänders gefallen und längst tot, oder ein Erpresser hält sie irgendwo fest. Meine Mutter mit ihrem nervigen Optimismus!'

„Ich fahre dann los", sagte er. Er achtete nicht auf das freundliche „Tschüss, bis heute Abend", das seine Mutter ihm nachrief, als er die Haustür hinter sich zuschlug.

Benjamin hasste es, zu dieser unsinnigen Fortbildung zu fahren.

Sie sollten dort lernen, wie man eine Bewerbung richtig schrieb oder wie man sich bei einem Vorstellungsgespräch verhielt. Als wenn ihm das etwas helfen würde!

Seine Lehre in der Werkstatt von Pavlovski hatte ihm Spaß gemacht. Er hatte sogar angefangen, einen alten Schrottwagen wieder auf Vordermann zu bringen. Gert Raschke hatte ihm dabei geholfen. Als Mechatroniker hatte Gert natürlich schon viel mehr Ahnung als er. Sie hatten vorgehabt, das Auto komplett aus gebrauchten Einzelteilen zusammen zu setzen. Wochenlang hatten sie alle Schrottplätze der Umgebung nach passenden Teilen abgesucht. Er hatte einen großen Teil seines Lehrlingsgehaltes gespart, um seinen Führerschein machen zu können, jetzt, wo er bald achtzehn wurde. Das Auto wäre so toll geworden! Sie hätten es neu gespritzt, und Benjamin hätte rote und orangefarbene Flammen auf die Kotflügel gemalt.

Aber dann war Pavlovski Pleite gegangen. Zu wenig Kunden im Dorf und der Umgebung, zu wenig Umsatz. Gert und Benjamin saßen auf der Straße. Hartz IV für Gert! Dabei hatte er zwei kleine Kinder und sein Haus war gerade fertig geworden. Und er, Benjamin, wurde in diese unsinnige Fortbildungsmaßnahme gesteckt. Es war so ungerecht! So gemein! Wieder fühlte er den harten Klumpen im Bauch. Es gab keine Mechatroniker-Lehrstelle weit und breit. Sollte er etwa Hotelkaufmann werden oder Friseur? Unmöglich. Außerdem würden sie ihn ohnehin nicht nehmen, so wie er aussah. Mit seinen Pickeln und den strähnigen Haaren.

Erbittert trat Benjamin in die Pedale. Der Wind ließ seine Augen tränen.

3

Seine schwarze Honda-Tourer, Baujahr 2003, 85 kW, stellte für Lukas nicht nur ein Motorrad dar; seine Maschine war eine Weltanschauung und seine einzige Leidenschaft. Über ein Jahr lang hatte er jeden Cent von seinem Lehrlingsgehalt, den er erübrigen konnte, zurückgelegt und sogar zeitweise mit dem Rauchen aufgehört, um sich seinen Traum vom eigenen Motorrad verwirklichen zu können. Dann machte er mit achtzehn seinen Motorradführerschein, nachdem er auch dafür lange gespart hatte. Sein Betreuer im Heim hatte ihn dazu ermutigt. 'Einen Traum im Leben muss jeder haben', hatte er gesagt. Seine Lehre als Schreiner schloss Lukas ordentlich ab, obwohl die Arbeit mit Holz ihm keinen Spaß gemacht hatte. Viel lieber wäre er Auto- oder Zweiradmechaniker geworden, aber mit seinem Hauptschulzeugnis hatte er eben nehmen müssen, was es gab.

Und dann, gerade als er dachte, er könnte endlich richtiges Geld verdienen, hatte man ihn gefeuert. Nicht übernommen, hieß es. Und er stand da mit Hartz IV. Gerade, als er sich endlich das Motorrad gekauft hatte. Es war günstig gewesen, aber reparaturbedürftig und schlecht gepflegt. Mühselig hatte er sich die nötigen Ersatzteile besorgt und die Maschine wieder auf Vordermann gebracht. Er stattete die Honda mit einem Akrapovic-Auspuff aus, der ihr den unvergleichlichen Sound verlieh, brachte ein Windshield an, das ihr das sportliche Gesicht gab, und für die LED-Rückleuchten mit der Klarglasabdeckung hatte er viel Geld bezahlt. Die Sitzbank bearbeitete er so lange mit Reinigern und Ledermitteln, bis sie aussah wie neu. Alle Chromteile polierte er, so dass sie wie Silber glänzten.

Jedes Mal, wenn Lukas sich seine Motorradkluft anzog, den Helm aufsetzte und auf sein Motorrad stieg, erfüllte ihn ein Gefühl unbändiger Freude. Zwar wusste er oft nicht, wovon er das nächste Benzin bezahlen sollte, aber darüber machte er sich keine großen Gedanken. Schließlich verfügte er über 'Beziehungen', und mit etwas Glück hatte er bisher noch immer das nötige Kleingeld beschaffen können.

Gott sei Dank hatte er diesen Typen kennengelernt, in der Kneipe in Braunlage. 'Organisier doch einfach ein paar Sachen, ich kaufe dir alles ab', hatte er gesagt. Es klappte ganz gut mit dem Organisieren. Dennoch: Sein Geld reichte gerade aus, um über den Monat zu kommen. Gut, das Amt bezahlte die Miete für seine Bude in der schäbigen Mietskaserne, aber Lukas war klar, dass er sich ergiebigere Geldquellen erschließen musste. Der Typ, der ihm die geklauten Sachen abkaufte, drängte ihn, bessere Ware zu liefern, und vor allem mehr. Bisher hatte er Zigarettenautomaten geknackt und mit seinen Einbrüchen in Schulen oder Kindergärten einige gute Elektroniksachen beschafft. Aber das Geld, das er dafür bekam, reichte nie lange. Er musste sich besser organisieren. Alleine war es schwierig, größere Brüche durchzuziehen, schon wegen des Transportproblems. Er brauchte Helfer. Zwar musste der Gewinn dann geteilt werden, aber die Ausbeute war ungleich höher.

Heute Abend wollte er Benny und Kevin in seine Pläne einweihen. Die beiden waren genau die Richtigen für effektivere Beutezüge. Wenn er ihnen erst einmal beigebracht hatte, wie man Automaten knackte, Fenster aufhebelte und auf Terrassen und Veranden nach verwertbaren Gegenständen suchte, könnten sie zusammen einen ganz schönen Gewinn erzielen. Dann würde es sich auch lohnen, stundenweise einen kleinen Transporter zu mieten, um die Beute zu transportieren. Er musste den beiden die Sache nur noch schmackhaft machen.

Lukas setzte sich auf den kleinen Falthocker und lehnte sich an die Bretterwand der Gartenlaube. Er steckte sich eine Zigarette an und betrachtete sein Motorrad. Wie schön sie war, seine Honda! Andere hatten eine Familie und ein richtiges Zuhause, er hatte seine Maschine. Er stand auf und holte sich eine Flasche Bier aus der Kühlbox, die in dem Gartenhäuschen stand. Wie gut, dass sie dieses Hütte für sich entdeckt hatten. Hier waren sie ungestört, konnten in Ruhe Musik hören, quatschen und rumhängen. Vor allem war es das ideale Zwischenlager für die geklauten Sachen. Das Fenster hatte Lukas sorgfältig mit Transparentpapier verklebt, damit man nicht von draußen ins Innere schauen konnte. Das Türschloss war für ihn kein Problem gewesen; nachts sicherte er die Tür mit einem starken Vorhängeschloss. Die Karbidlampe gab abends genug Licht, wenn sie Karten spielen oder einfach nur abhängen wollten. Die Kleingartenanlage sollte bald abgerissen werden, hatte Lukas gehört, die Lauben wurden nicht mehr genutzt. Kein Mensch störte sie hier, zumindest vorläufig. Zufrieden nahm Lukas einen Schluck Bier.

4

'Wieso brennt dort Licht?', dachte Kevin.

Er war auf dem Weg zu seinem Treffen mit Lukas und Benny quer durch die Schrebergartenanlage gefahren und hatte den Lichtschein in einer der Lauben entdeckt. Sie waren doch sonst immer ganz allein in der Anlage. Das musste er untersuchen. Er stellte sein Fahrrad ab und näherte sich zu Fuß der Hütte, aus deren Fenster der Lichtschein drang. Vorsichtig trat er die Brennnesseln nieder und bog die Zweige der verwilderten Rhododendronbüsche auseinander. Seine Turnschuhe machten kein Geräusch auf dem sandigen Grasboden, als er über den niedrigen, halb verfallenen Holzzaun stieg und die wenigen Meter zum Fenster des verwahrlosten Gartenhäuschens zurücklegte. Das Holz des Fensterrahmens war rissig, die ehemals grüne Farbe abgeblättert und nur noch an einigen Stellen zu erahnen. Er spähte durch die vor Schmutz fast blinden Fensterscheiben. Ein uralter, geblümter Vorhang war vorgezogen worden, an der Seite jedoch war ein Spalt offen geblieben. Er konnte einen Teil des Raumes einsehen. Auf dem staubigen, verwitterten Holzfußboden stand mitten im Raum eine starke Batterielampe, die das Zimmer in ein unangenehmes weißes Licht tauchte. Auf dem Campingtisch stand eine große Flasche Coca Cola. Daneben lagen auf einem Pappteller einige belegte Brötchen und ein paar Äpfel. Er konnte außerdem mehrere Joghurtbecher und einige Schokoriegel erkennen. Auf den zwei Plastikstühlen, die an dem Tisch standen, lagen eine wattierte rote Jacke und eine Wolldecke. Durch den Spalt, den der Vorhang frei ließ, war seitlich eine Liege teilweise zu sehen. Daneben auf dem Boden lagen mehrere Comicbücher und Zeitschriften.

Ein Mädchen lag auf der Liege und las in einem Taschenbuch. Es war etwa elf oder zwölf Jahre alt, schätzte Kevin. Vorsichtig veränderte er seine Position, um besser sehen zu können. Ein Zweig knackte unter seinem Fuß. Das Mädchen hob den Kopf und lauschte. Hatte sie etwas gehört? Schnell ging er in die Knie und kauerte sich an die Wand unterhalb des Fensters. Er hörte, wie das Mädchen aufstand - die alten Drahtfedern des Feldbettes gaben ein quietschendes Geräusch von sich - und zum Fenster ging. Sie schob den Vorhang beiseite und versuchte das Fenster zu öffnen. Vergeblich. Es klemmte. Dann zog sie den Vorhang sorgfältig wieder zu.

Nach einer Weile, als er sicher war, dass sie ihn nicht bemerkt hatte, schlich Kevin lautlos davon.

5

„Aber wenn ich es euch doch sage, es war das Mädchen aus der Zeitung!" Kevins Stimme klang ungeduldig. „Ich habe sie genau gesehen."

„Ach, du spinnst ja", meinte Benny missmutig. „Was sollte die wohl ganz allein in der Gartenlaube machen?"

„Ihr könnt ja selber hingehen und nachsehen", maulte Kevin.

Ärgerlich ließ er sich auf einen der alten Sessel fallen und streckte seine Beine aus.

„Was für`n Mädchen aus der Zeitung?", fragte Lukas. Er hatte seine Motorradzeitschrift beiseite gelegt und sah Kevin interessiert an. Sein schwarzes Achselshirt brachte die farbigen Tätowierungen auf seinen muskulösen Oberarmen erst richtig zur Geltung, fand Kevin. Wenn ihm seine Eltern nur auch Tattoos erlauben würden! Er bewunderte die Lässigkeit, mit der Lukas die Asche von seiner Zigarette in den übervollen Aschenbecher schnippte. Nicht einmal das Rauchen erlaubten ihm seine Eltern, obwohl er schon sechzehn war.

„Hast du es nicht gelesen?", fragte er, „in Braunlage wird ein Mädchen vermisst. Zwölf Jahre alt. Es war ein Foto in der Zeitung. Und ich bin sicher, dass sie es ist. In der Hütte weiter hinten. Ich hab sie gesehen, durchs Fenster. Sie war`s."

Lukas setzte sich auf. Sein Interesse war geweckt. „Das ist ja ein Ding", sagte er. „Benny, weißt du was davon?"

Benny schaute von seinem Comic auf. „Heute Morgen war ein Foto in der Zeitung. Meine Mutter meinte, das Mädchen sei sicher nur von zu Hause weggelaufen."

„Und jetzt ist sie hier in einer der Hütten? Erzähl mal, Kleiner".

Kevin mochte es nicht, wenn Lukas Kleiner zu ihm sagte. Schließlich war er nur ein paar Jahre älter als er. Aber er freute sich, dass er ihm nun wenigstens richtig zuhörte.

„Ihr kennt doch die Gartenhäuser am Hauptweg, die noch einiger-maßen in Schuss sind. Als ich eben herfuhr, habe ich Licht gesehen. Und das, wo hier doch gar kein Strom mehr ist. Ich bin hingeschlichen und hab durchs Fenster geguckt. Da lag ein Mädchen auf dem Bett und hat gelesen. Fast hätte sie mich entdeckt, aber Gott sei Dank ließ sich das Fenster nicht öffnen."

„Echt?", sagte Lukas, „und sie war ganz allein dort? Krass! Was konntest du denn noch erkennen? Wie sah es aus in der Hütte?"

Inzwischen hatte auch Benny seinen Comic beiseite gelegt und hörte gespannt zu. Kevin erzählte haarklein, was er durch das Fenster beobachtet hatte.

„Interessant", meinte Lukas. Er starrte Kevin grüblerisch an.

„Glaubst du, die Kleine ist freiwillig dort? Oder wird sie gefangen gehalten? Wenn das Fenster sich nicht öffnen lässt und die Tür verschlossen ist ... Vielleicht ist sie entführt worden?" Er wurde ganz aufgeregt. „Vielleicht gibt es ja so was wie einen Finderlohn, wenn wir sie zurückbringen. Schließlich wird sie gesucht."

Kevin fühlte, wie Lukas' Erregung ihn ansteckte. Auch Benny sah ihn gespannt an.

„Sie war nicht gefesselt oder so. Und es stand leckerer Fresskram auf dem Tisch. Ich glaube nicht, dass jemand sie gekidnappt und dort eingesperrt hat. Sie sah auch gar nicht ängstlich aus." Er schüttelte den Kopf.

„Aber warum sollte sie sich denn in dieser blöden Hütte verstecken", fragte Benny. „Das ist wirklich komisch."

Lukas stand auf und drückte seine Zigarette aus. „Das werden wir bald herausfinden", sagte er entschlossen.

6

Rolf Bergmann war müde und genervt. Die Geburtstagsparty seines Schwagers war so verlaufen, wie die Feiern in der Familie seiner Frau jedes Mal verliefen: es gab ein riesiges Büfett, alberne Partyspiele und viel Alkohol. Letzteres jedoch nicht für ihn, denn er hatte wieder einmal den Fahrdienst übernommen. Seufzend öffnete er beim Einsteigen unauffällig den obersten Knopf seiner Hose, um bequemer hinter dem Steuer seines Mercedes sitzen zu können.

„Mach doch mal Musik an", bat Marietta, seine Frau, die sich neben ihm auf dem Sitz räkelte. Sie war in weinseliger Stimmung, was sie regelmäßig veranlasste, unablässig zu quatschen. „Hast du Anitas Kleid gesehen? Dieses Muster! Und viel zu eng. Man konnte jedes Speckpölsterchen genau erkennen. Mit ihrer Figur sollte sie doch besser etwas Dezenteres tragen. Und dieses Dekolletee! Unglaublich!"

Sie kicherte. Dann gähnte sie herzhaft und Rolf hoffte, dass sie bald schläfrig werden würde und die Klappe hielt. Er drehte das Radio an. 'Nights in white satin' von den Moody Blues erklang. 'Endlich anständige Musik', dachte er.

Die kurvige Straße führte in einem starken Gefälle bergab, so dass er ständig bremsbereit sein musste. Jetzt um diese Zeit war auf der B4 nur wenig Verkehr und Rolf fuhr zügig, ohne allerdings die erlaubten achtzig Stundenkilometer weit zu überschreiten.

Als plötzlich die Gestalt aus dem Dunkel im Kegel des Scheinwerferlichtes auftauchte, hatte er kaum Zeit, zu reagieren. Er bremste und versuchte, nach links auszuweichen, konnte aber nicht verhindern, dass er mit dem rechten vorderen Kotflügel die Person im hellen Pullover streifte. Sie wurde zu Boden geschleudert und blieb am Straßenrand liegen. Rolf fuhr rechts ran und bremste scharf. Sein Herz raste, seine Hände umfassten völlig verkrampft das Lenkrad und er merkte erst jetzt, dass er die Luft angehalten hatte.

„Was war das?", rief Marietta und setzte sich auf. „Warum halten wir?" Sie war eingedöst und hatte von dem Unfall nichts mitbekommen.

Rolf war unfähig zu antworten. Er stellte den Motor ab, öffnete die Fahrertür und stieg aus. Seine Knie zitterten. Etwa fünf Meter hinter dem Auto sah er das Unfallopfer liegen. Es regte sich. 'Gott sei Dank', dachte Rolf. Schnell ging er zu der Person und kniete sich neben sie nieder. 'Oh Gott, das ist ja ein Kind! Ein kleines

Mädchen!' Die Kleine versuchte, wieder auf die Beine zu kommen. Sie sah ihn verständnislos an.

„Hast du dir wehgetan? Komm, ich helfe dir aufstehen. Geht's?" Rolf Bergmann atmete erleichtert auf, als er sah, dass das Mädchen aufstehen konnte. Offensichtlich war sie nur ein wenig benommen von dem Aufprall gegen das Auto. Jedenfalls schien sie sich nichts gebrochen zu haben.

„Am besten, du setzt dich erst einmal ins Auto. Wo bist du denn so plötzlich hergekommen? Und was machst du hier, mitten in der Nacht?"

Er führte das Kind zum Wagen, öffnete die hintere Tür und schob es vorsichtig auf den Rücksitz. „Tut dir irgendetwas weh? Am besten, wir bringen dich ins Krankenhaus. Einverstanden?"

Marietta war inzwischen halbwegs nüchtern geworden. Sie stieg aus dem Auto, öffnete die hintere Tür und setzte sich auf die Rückbank zu dem Kind.

„Na, da hast du uns aber einen schönen Schrecken eingejagt, meine Kleine. Aber Gott sei Dank ist dir ja wohl nichts Schlimmes passiert, oder?"

Sie knipste die Innenbeleuchtung an und betrachtete das Mädchen.

„Oh Gott, du blutest ja! Wo hast du dich denn verletzt? Am Arm? Oder an der Hand? Da ist Blut auf deinem Shirt."

Das Mädchen sah sie nur verständnislos an. Dann füllten sich ihre Augen mit Tränen, und sie fing haltlos an zu schluchzen. Marietta tätschelte tröstend ihre Schulter und sagte zu ihrem Mann: „Nun fahr schon los, Rolf!"

7

Kommissar Winter runzelte die Stirn. Dann hob er den Blick von der Akte, die aufgeschlagen vor ihm lag und musterte das Ehepaar, das ihm in seinem Büro gegenüber saß.

„Es tut mir Leid, Dr. Franke, dass ich Sie und Ihre Frau wieder hierher bitten musste. Es ist mir durchaus bewusst, was Sie in den letzten Tagen durchgemacht haben müssen. Aber wir müssen Ihre Tochter noch einmal befragen."

Dr. Dietmar Franke war Facharzt in der Kurklinik in Bad Harzburg, fünfundvierzig Jahre alt, schlank und sportlich, mit graumeliertem dunklem Haar und randloser Brille. 'So stellt man sich einen erfolgreichen Chefarzt vor', dachte Winter.

Frankes Frau, die neben ihm saß und nervös ihre rot lackierten Finger knetete, passte gut zu ihm. In dem hübschen, sorgfältig zurecht gemachten Gesicht waren die großen graublauen Augen das Bemerkenswerteste, fand Winter.

„Aber wieso denn? Wir haben Ihnen doch alles gesagt. Jennifer ist völlig erschöpft und braucht jetzt Ruhe. Bei dem Unfall hat sie sich etliche Hämatome zugezogen. Was wollen Sie denn noch von ihr?" Dr. Dietmar Franke wirkte ungehalten.

Verständlich, dachte Winter. Das Verschwinden der kleinen Jennifer hatte den ganzen Polizeiapparat in Bewegung gesetzt, ohne Erfolg. Die Eltern mussten zwei schlaflose Nächte gehabt haben. Und dann die Blamage. Das Mädchen hatte gestanden, dass sie aus Angst, ihre Eltern könnten wütend sein wegen ihres schlechten Schulzeugnisses, von zu Hause weggelaufen war und sich in der Gartenlaube der Familie ihrer Freundin versteckt hatte. Sie hatte auch zugegeben, dass sie die Unterschrift ihres Vaters auf den blauen Briefen, die dem Zeugnis vorangegangen waren, gefälscht hatte. Dies alles musste dem angesehenen Chefarzt natürlich mehr als peinlich sein, warf es doch ein bedenkliches Licht auf die Erziehungsmethoden des Ehepaares, die offensichtlich geprägt waren von Leistungsdruck und Strenge.

„Es geht jetzt um eine andere Sache, Doktor Franke." Winter

richtete sich zu seiner vollen Größe auf und straffte die Schultern, um seinen Worten das nötige Gewicht zu verleihen.

„In der Gartenlaube, in der sich Ihre Tochter versteckt gehalten hat, ist eine Leiche gefunden worden. Die Leiche eines jungen Mannes."

Entsetzt starrte das Ehepaar den Kommissar an. Ein paar Sekunden herrschte Schweigen.

Franke fand als Erster seine Sprache wieder. „Eine Leiche? Um Gottes Willen! Was für eine Leiche?"

„Wir haben sie noch nicht identifiziert, der junge Mann hatte keine Papiere bei sich. Aber die Spurensicherung ist dabei, die Gartenlaube und die gesamte verlassene Laubenkolonie auf Hinweise zu untersuchen. Deshalb müssen wir Sie auch bitten, die Kleidung, die Jennifer gestern getragen hat, der KTU zur Verfügung zu stellen. Und ich muss Ihre Tochter noch einmal befragen."

Caroline Franke hatte sich noch nicht von dem Schock erholt und saß regungslos kerzengerade auf ihrem Stuhl. Sie musste sich erst einmal räuspern, bevor ihre Stimme ihr gehorchte.

„Wie ist er denn zu Tode gekommen, dieser junge Mann? Und was hat Jennifer mit ihm zu tun?"

„Über die Todesursache darf ich Ihnen nichts sagen. Und was Jennifer damit zu tun hat, das versuchen wir gerade herauszufinden. Deshalb muss ich Ihre Tochter sprechen, das sehen Sie doch ein, oder?"

„Selbstverständlich, Herr Kommissar." Franke hatte sich wieder in der Gewalt. „Aber Sie erlauben doch, dass ich zuerst unseren Anwalt anrufe, damit er bei der Befragung anwesend ist."

„Selbstverständlich, Dr. Franke. Und selbstverständlich können Sie als Jennifers Eltern auch dabei sein, Jennifer ist ja erst zwölf Jahre alt."

Der Vernehmungsraum war unpersönlich und zweckmäßig eingerichtet. An dem großen Tisch in der Mitte saßen sich Hauptkommissar Winter, seine Kollegin, Kommissarin Anette Hilvers, und Jennifer gegenüber. Neben Jennifer hatte ihre Mutter Platz genommen, die die Hand ihrer Tochter in der ihren hielt. Etwas weiter hinten saßen Jennifers Vater und der Anwalt, der eine halbe Stunde nach Frankes Anruf eingetroffen war.

Auf dem Tisch standen ein Aufnahmegerät mit Mikrofon und eine Videokamera, die die Befragung aufzeichneten. Eine einseitige Spiegelscheibe erlaubte von außen den Blick in den Raum.

Winter strich sich mit der Hand übers Kinn und musterte das Mädchen vor ihm. Jennifer saß gerade und angespannt auf ihrem Stuhl und schaute zu Boden. 'Was für ein hübsches Kind', dachte Winter. 'Sie hat die Schönheit ihrer Mutter geerbt.' Flüchtig musste er an seine eigene Tochter denken, die mit ihren fünfzehn Jahren alles tat, um möglichst hässlich auszusehen: blau gefärbte Haare, die sie an den Seiten abrasiert hatte, schwarz umrandete Augen und schwarze Lippen. 'Das ist nur die übliche rebellische Phase in der Pubertät', hatte seine Frau versucht ihn zu beruhigen, 'sie protestiert gegen die Spießigkeit und Bürgerlichkeit ihrer alten Eltern. Das geht vorbei.' Er konnte nur hoffen, dass sie recht hatte, seine Frau.

„Möchtest du etwas trinken, Jennifer? Eine Cola vielleicht oder ein Glas Tee?"

Das Mädchen schüttelte den Kopf. Kurz trafen sich ihre Blicke. Winter war erschüttert über den Ausdruck in den großen graublauen Augen. Woher kam diese Verzweiflung?

„Jennifer, du weißt, warum du hier bist?"

Wieder ein Kopfschütteln, wieder dieser Blick.

„Du brauchst keine Angst zu haben, Jennifer. Deine Eltern sind bei dir, es kann dir nichts passieren. Okay?"

Stummes Kopfnicken.

„Ich werde dir jetzt alles sagen, was ich über den Ablauf der letzten Tage weiß, der Reihe nach, und du korrigierst mich, wenn etwas falsch ist, in Ordnung? Und bitte, du musst mir laut antworten, damit dich alle hören können, ja?"

„Ja". Unglaublich klein und zaghaft klang die Stimme des Kindes.

„Gut. Also: Fangen wir an dem Tag an, an dem es Zeugnisse geben sollte. Du gehst ja aufs Gymnasium in Bad Harzburg, in die siebte Klasse, nicht wahr?"

„Ja."

„Du bist an diesem Tag aber nicht zur Schule gefahren wie üblich, sondern bist mit dem Fahrrad in diese verlassene Gartenlaubenkolonie bei Braunlage gefahren, zu dem Gartenhäuschen, das den Eltern deiner Freundin gehört. Wie heißt sie noch gleich, deine Freundin?"

„Sandra Meinert."

„Woher kanntest du denn diese Gartenlaube?"

„Wir haben einmal Sandras Geburtstag dort gefeiert, mit Grillen und so." Die Stimme des Mädchens hatte an Festigkeit gewonnen. Sie wagte es, den Kommissar anzusehen.

„Es ist ganz schön weit von Bad Harzburg nach Braunlage, mehr als zwanzig Kilometer. Und meistens geht es bergauf. Bist du denn nicht müde geworden? Oder hungrig und durstig?"

„Ach, das ging schon. Ich habe öfter Pause gemacht. Ich hatte mir eine Flasche Cola und belegte Brötchen und ein paar Joghurts gekauft unterwegs. Und ein paar Äpfel. Ich wollte ja länger dort bleiben in der Hütte."

Jennifer hatte ihre Hand aus der ihrer Mutter gelöst und sah wieder zu Boden. Caroline Franke legte demonstrativ den Arm um die Schultern ihrer Tochter.

„Aber das hat Jennifer doch schon alles auf der Polizeistation erzählt, Herr Kommissar", sagte sie. „Ist es denn wirklich nötig, alles noch einmal zu wiederholen?" In ihrer Stimme lag sowohl Sorge als auch Ungeduld.

„Frau Franke, ich verstehe Ihre Bedenken, aber ich muss Sie bitten, die Befragung nicht zu unterbrechen." Winter war verärgert. Nun musste er das Vertrauen des Kindes, das gerade aufgekeimt war, neu gewinnen.

„Also, Jennifer. Du hattest dir Proviant besorgt für die Fahrt und für die Zeit, die du in der Hütte verbringen wolltest. Gut. Dann hast du es dir in der Laube gemütlich gemacht. Wie bist du denn hineingekommen? Hattest du einen Schlüssel?"

„Nein, aber ich wusste, wo der Schlüssel versteckt war: Unter einer Blumenschale neben der Tür. So haben Sandras Eltern das immer gemacht."

„Hm, kein besonders kluges Versteck, oder?"

Ein kleines Lächeln huschte über Jennifers Gesicht. „Nicht wirklich", bestätigte sie.

„Wie lange wolltest du denn in der Laube bleiben? Es war doch bestimmt sehr langweilig dort, oder?"

„Ich wollte zwei Tage dort bleiben. Ich hatte mir was zum Lesen mitgenommen. Und mein iPod mit Musik hatte ich auch dabei."

„Dein Handy hast du zu Hause gelassen. Warum?"

Jennifer warf einen verstohlenen Blick auf ihre Mutter, die den Arm wieder von ihrer Schulter genommen hatte. „Ich weiß aus dem Fernsehen, dass man Handys orten kann. Und ich wollte nicht, dass die Polizei mich findet. Ich wäre ja von alleine wieder nach Hause gekommen."

„Du hast auf der Polizeistation gesagt, dass du Angst hattest, deine Eltern könnten böse sein wegen deines Zeugnisses. Weil du nicht versetzt wirst. Wäre das denn so schlimm gewesen? Viele Schüler müssen ein Schuljahr wiederholen, da ist doch nichts dabei."

„Ja, schon ...", Jennifer warf einen scheuen Blick zu ihrem Vater hinüber.

„Nun, dich bedrückt doch noch etwas, Jennifer. Heraus damit, nur Mut."

„Ich habe gehört, wie Papa zu Mama sagte, wenn ich nicht versetzt werde, müsste ich in ein Internat. Schließlich könne es nicht angehen, dass seine Tochter das Abitur nicht schaffe."

Winter registrierte, dass das Mädchen offensichtlich die Worte ihrer Eltern wiederholte. Anscheinend hatte sie diesen Satz des Öfteren hören müssen. Aufmerksam betrachtete er das Gesicht des Kindes. Jennifer presste trotzig die Lippen aufeinander.

„Und ich wollte ihnen zeigen, wie es ist, wenn ich nicht mehr da bin", ergänzte sie.

Jennifers Vater schickte sich an, etwas zu sagen. Winter bemerkte es und hob warnend die Hand. Der Anwalt legte beruhigend die Hand auf Frankes Arm und flüsterte ihm etwas zu. Der Arzt entspannte sich wieder.

„Also: Jetzt warst du in der Laube. Hattest du denn gar keine Angst, als es dunkel wurde?"

„Ja, schon ein bisschen. Aber ich bin da auf der Liege sehr schnell eingeschlafen. Ich war ziemlich müde."

„Und den nächsten Tag hast du damit verbracht, zu lesen, etwas zu essen, Musik zu hören und zu faulenzen, ist das richtig?"

Wieder huschte ein Lächeln über die kindlichen Züge.

„Ja, so war es."

„Und dann wurde es wieder Abend. Was ist dann passiert?"

Jennifers Gesicht verschloss sich. Wieder trat dieser verängstigte Ausdruck in ihre Augen. Unruhig rutschte sie auf ihrem Stuhl hin und her.

„Du musst uns alles erzählen, was passiert ist in dieser Nacht,

Jennifer." Kommissar Winter gab seiner Stimme einen eindringlichen Ton. Das Mädchen starrte auf ihre Hände, die sie in ihrem Schoß ineinander verschränkt hatte.

„Jennifer, wir haben auf deinem Sweatshirt, das du gestern getragen hast, Blut gefunden. Das Blut stammt nicht von dir. Bitte erkläre uns, wie das Blut auf dein Shirt geraten ist."

Jennifer richtete sich auf und holte tief Luft. Aufgeregt biss sie sich auf die Lippen. Dann sah sie den Kommissar offen an.

„Ich hatte schon geschlafen. Da hörte ich plötzlich Geräusche an der Tür. Es war ganz dunkel in der Hütte. Ich hatte solche Angst! Dann ging plötzlich die Tür auf und drei Männer kamen herein. Sie hatten Taschenlampen und leuchteten mir damit ins Gesicht. Zuerst konnte ich nichts sehen. Sie leuchteten mit den Taschenlampen in der Hütte herum. Einer kam auf mich zu. Ich lag ja auf der Liege. Er hatte eine Maske auf, so eine Skimaske. Alle drei hatten solche Masken auf. Der eine packte mich an den Haaren und zerrte mich hoch. Er hatte ein Messer. Das hielt er mir vors Gesicht. Ich habe laut geschrien. Da hat er mir den Mund zugehalten und mich auf den Stuhl am Tisch gesetzt. „Sei still", hat er gesagt, ganz nah an meinem Ohr, „sonst mach ich dich kalt, du Göre."

Jennifer rutschte unruhig auf ihrem Stuhl hin und her. Ihre Mutter nahm sie in die Arme und drückte sie an sich. „Mein armes Kind", murmelte sie, „meine arme Kleine."

Es klopfte an der Tür. Winter unterdrückte einen Fluch. Ein Polizeibeamter betrat den Vernehmungsraum und legte eine Akte vor den Kommissar auf den Tisch. Der seufzte und schlug die Akte auf. Er brauchte nur wenige Sekunden, um die Notiz zu lesen.

„Entschuldigen Sie, ich komme gleich wieder. Meine Kollegin übernimmt solange die Befragung." Er nickte der Kommissarin zu und verließ mit schnellen Schritten den Raum.

Anette Hilvers brauchte nur eine Sekunde, um sich auf ihre

neue Rolle zu konzentrieren. Sie lächelte Jennifer freundlich an.

„Jennifer. Es ist gut, dass du uns alles erzählst. Ich kann mir vor-stellen, dass es nicht leicht für dich ist. Also: drei maskierte Männer kamen mitten in der Nacht in die Gartenlaube, wo du gera-de geschlafen hast. Wie ging es dann weiter?"

„Ich … ich weiß es nicht mehr so ganz genau. Ich hatte schreckliche Angst."

„Das kann ich gut verstehen, Jennifer. Trotzdem, versuche dich zu erinnern."

„Der eine Mann hielt mich auf dem Stuhl fest, mit dem Messer in der Hand. Die beiden anderen liefen herum und warfen alles durcheinander. Dabei lachten sie und sagten irgendetwas."

„Kannst du dich erinnern, was sie sagten?"

„Irgendetwas von, dass hier nichts zu holen ist, alles nur Schrott, ja, Schrott, sagte der eine. Und dann sagte einer: Mal se-hen, vielleicht bringt die Kleine uns ja was."

„Und dann, was ist dann passiert, Jennifer?"

Das Kind war wieder aufgesprungen, ganz in der Erinnerung gefangen.

„Der Mann, der mich festhielt, nahm einen von meinen Äpfeln, die auf dem Tisch lagen, und fing an ihn aufzuessen. Das Messer hatte er auf den Tisch gelegt."

Sie stockte. Unglücklich sah sie die Beamtin an. In ihren Augen spiegelte sich das Entsetzen, das sie erlebt hatte.

„Lass dir Zeit, Jennifer" sagte Anette Hilvers sanft. „Wenn du eine Pause brauchst, sag es nur."

Das Mädchen schüttelte den Kopf. Sie holte tief Luft. Dann platzten die Worte aus ihr heraus:

„Ich nahm das Messer und habe es ihm in den Bauch gestoßen. Da hat er mich losgelassen und ich bin ganz schnell zur Tür ge-rannt und hinaus. Einer der Männer kam hinter mir her. Da habe ich mich hinter einem der Büsche versteckt, bis er wieder zur Hütte zurückging. Dann bin ich zur Hauptstraße gelaufen. Ich hatte solche Angst, dass sie hinter mir her kommen. Da bin ich vor das Auto gelaufen."

Erschöpft ließ sie sich auf den Stuhl sinken und fing an zu weinen. Ihre Mutter legte sanft ihren Arm um sie. Jennifer barg ihr Gesicht an der Schulter ihrer Mutter.

„Komme ich jetzt ins Gefängnis, Mama?" Nur undeutlich war die Kinderstimme zu verstehen.

„Nein, ganz sicher nicht, Jennifer", versuchte Anette Hilvers das Mädchen zu beruhigen. „Kinder kommen nicht ins Gefängnis."

Hauptkommissar Winter kam wieder in den Raum und setzte sich auf seinen Platz. Er hatte von außen die Vernehmung verfolgt, während er sich von seinen Kollegen über die neuesten Ermittlungsergebnisse informieren ließ. Nun übernahm er wieder die Leitung.

„Danke, Jennifer. Es war sehr tapfer von dir, dass du uns alles so gut geschildert hast. Deine Eltern können dich in fünf Minuten mit nach Hause nehmen. Warte bitte einen Moment mit Frau Hilvers draußen."

Nachdem die beiden den Raum verlassen hatten, wandte Winter sich an das Ehepaar, das ihn gespannt ansah.

„Herr und Frau Franke, ich setzte Sie jetzt von dem aktuellen Stand der Ermittlungen in Kenntnis.

Die Kollegen haben in einer der verlassenen Hütten des Schrebergartens Diebesgut sichergestellt und durch die dort gefundenen Fingerabdrücke einen vorbestraften Kriminellen dingfest gemacht. Der Verdächtige ist inzwischen verhaftet worden. Es handelt sich um einen gewissen Lukas Möhlenkamp. Er hat den Hergang der Tat so geschildert, wie Jennifer vorhin. Allerdings behauptet er, sie seien nur zu zweit gewesen. Dieser Punkt muss noch geklärt werden. Das wäre alles. Ihr Anwalt wird Sie von dem weiteren Verfahren in dieser Sache, besonders was Ihre Tochter betrifft, auf dem Laufenden halten. Ich danke Ihnen für ihre Kooperation."

7

Kevin konnte an dem Abend nach dem schrecklichen Geschehen in der Laube lange nicht einschlafen.

Unruhig wälzte er sich hin und her. Immer wieder musste er an das Blut denken, das aus der Stichwunde, die das Mädchen Benny zugefügt hatte, hervorgequollen war. Der arme Benny! Er war tot! Es hatte so entsetzlich ausgesehen, wie das Messer aus Bennys Bauch herausgeragt hatte. Das viele Blut! Der ganze Boden war voll gewesen.

Als Lukas, der hinter dem Mädchen hergelaufen war, wieder in die Hütte kam, hatte er zuerst nur geglotzt. Sie waren beide völlig geschockt gewesen und wussten nicht, was sie tun sollten. Entsetzt sahen sie, wie Benny anfing zu zucken, seine Beine und sein ganzer Körper: es war furchtbar! Seine Augen verdrehten sich und er wurde kreideweiß im Gesicht. Dann war er plötzlich ganz still geworden.

Lukas hatte sich über ihn gebeugt um zu sehen, ob er noch atmete. Kevin wollte mit seinem Handy die Polizei und einen Krankenwagen rufen, aber Lukas hatte den Kopf geschüttelt und gesagt: „Das hat keinen Sinn. Er atmet nicht mehr." Dann war er aufgestanden und hatte sich umgesehen. Sein Gesicht war ganz blass gewesen.

„Was machen wir jetzt, Lukas, was machen wir jetzt bloß?", hatte Kevin gejammert.

Aber Lukas war plötzlich ganz ruhig geworden. Richtig kalt hatte seine Stimme geklungen.

„Hier sind jetzt überall unsere Fingerabdrücke. Meine kennt die

Polizei, Bennys werden sie auch identifizieren, aber deine sind nicht registriert. Das ist gut für dich." Mit einem prüfenden Blick hatte er Kevin gemustert. „Du musst die Klamotten, die du jetzt anhast, verschwinden lassen. Da ist Blut dran."

Kevin hatte wie gelähmt dagestanden. Er konnte es nicht fassen, dass Benny tot sein sollte. Er war doch sein bester Freund gewesen.

„Komm jetzt, Kevin", hatte Lukas gedrängt, „wir müssen hier verschwinden."

„Wir können Benny doch nicht hier einfach liegen lassen!", protestierte Kevin, aber Lukas hatte ihn mitgezogen und sie waren so schnell wie möglich zu ihrer Hütte gelaufen. Dort hatte Lukas schnell einige Sachen zusammengepackt und sie in die Satteltaschen seines Motorrades gesteckt.

„Hör zu, Kevin." Lukas hatte ihn an den Schultern gepackt und geschüttelt. „Du fährst jetzt mit dem Fahrrad nach Hause. Ich komme mit dem Motorrad hinterher. Ich stelle es bei euch in der Garage unter, hörst du? Du musst auf mein Motorrad aufpassen."

Kevin hatte ihn entgeistert angesehen. „Auf dein Motorrad aufpassen? Warum das denn?!"

„Das Mädchen wird jetzt sicher zur Polizei rennen. Wir sind zwar nicht direkt schuld daran, dass Benny tot ist, aber sie kommen mir sicher auf die Spur, weil ich vorbestraft bin. Dann werden sie mich verhören, und ich werde sagen, dass ich allein mit Benny in die Hütte zu dem Mädchen gegangen bin. Dass wir ihr nur einen kleinen Schrecken einjagen wollten. Auf dem Messer sind ihre Fingerabdrücke, das ist der Beweis, dass sie Benny erstochen hat."

Lukas sah ihm eindringlich in die Augen.

„Ich halte dich aus dem Schlamassel raus, Kevin. Dafür musst du auf mein Motorrad aufpassen, versprochen? Erzähl deinen Eltern irgendeine Geschichte, denk dir was aus, damit sie sich nicht wundern. Ich bleibe bestimmt nicht lange im Knast, und ich will nicht, dass sie mir mein Motorrad wegnehmen. Alles klar?"

Kevin verstand gar nicht richtig, was Lukas meinte, nur, dass er ihn aus allem heraus halten wollte. Er hatte genickt und okay gesagt. Zu Hause hatte er sich umgezogen und die Jeans und den Pullover, den er getragen hatte, in die Mülltonne gestopft. Dann war er ins Bett gegangen. Seine Eltern hatten von alldem nichts mitgekriegt, sie schliefen schon seit Stunden.

Wieder und wieder wälzte Kevin sich von einer auf die andere Seite. Immer wieder musste er an Benny denken. Er spürte kaum, wie ihm die Tränen aus den Augen liefen.

8

Zwei Jahre später. Kevin kam mit einem großen Korb frisch gebackener Brötchen in den Verkaufsraum der Bäckerei. Er schüttete die duftenden Backwaren in die Mulde unter der Glasscheibe des Tresens. Maja, die Auszubildende zur Bäckereifachverkäuferin, wie ihr offizieller Titel lautete, lächelte ihn an. Ihre Wangen bekamen dabei diese süßen Grübchen, in die Kevin sich sofort verliebt hatte, als sie vor ein paar Wochen beim Bäcker Riesenbeck angefangen hatte. Ganz zu schweigen von ihren haselnussbraunen Augen unter den endlos langen geschwungenen Wimpern!

„Na, Kevin", begrüßte sie ihn fröhlich, „wieder mal in aller Herrgottsfrühe auf?" Ihr lockiger brauner Pferdeschwanz wippte bei jeder Bewegung hin und her.

„Och", sagte er, „das ist gar nicht so schlimm. Dafür hat man nachmittags frei." Er war trotz seines wild klopfenden Herzens drauf und dran, sie zu fragen, ob sie nicht mit ihm ins Kino gehen möchte, da bimmelte die Türglocke und ein Kunde betrat den Verkaufsraum. Ärgerlich über die unliebsame Unterbrechung, warf Kevin ihm einen Blick zu - und erstarrte. Es war Lukas!

Seit den Ereignissen vor zwei Jahren hatte Kevin ihn nicht mehr gesehen. Aus der Zeitung hatte er von seiner Verhaftung erfahren und dass er wegen der Einbruchsdiebstähle, die man ihm nachweisen konnte, und des Überfalls auf das Mädchen in der Hütte zu zwanzig Monaten Jugendknast verurteilt worden war.

„Hallo Kevin", sagte Lukas.

„Hallo Lukas", brachte Kevin mit Mühe heraus. Er war überrascht, wie gut Lukas aussah. Er hatte seine Haare wachsen lassen und sah viel jünger aus als damals. Kevin hatte sofort ein schlechtes Gewissen, weil er ihn nie besucht hatte in der JVA, aber er hatte sich einfach nicht getraut. Dabei hatte Lukas es tatsächlich geschafft, ihn aus der ganzen schrecklichen Geschichte herauszuhalten, indem er steif und fest behauptet hatte, er wäre mit Benny allein zu der Hütte mit dem Mädchen gegangen, obwohl das Mädchen von drei Männern sprach. Zuletzt hatte man wohl angenommen, sie hätte sich getäuscht bei all der Aufregung.

Kevin musste an Benny denke. Plötzlich waren all die Bilder wieder da. Auch die von der Beerdigung, an der alle Dorfbewohner teilgenommen hatten. Kevin hatte noch Bennys Mutter vor Augen, wie sie so herzzerreißend weinte.

„Du weißt, weshalb ich hier bin, Kevin?"

„Ja, klar. Dein Motorrad! Es ist genau da, wo du es hingestellt hast, Lukas. Unversehrt. Ich habe es mit einem Laken zugedeckt, damit es nicht verstaubt." Kevin hatte verstanden, dass Lukas' Besitz, hätte er welchen gehabt, als Schadensersatz für seine Diebstähle verwendet worden wäre, und dass er deshalb sein Motorrad in Sicherheit gebracht hatte. Seine Honda war nun mal sein Ein und Alles.

„Klasse", sagte Lukas, „dann lass es uns holen."

Kevin wagte nicht zu fragen, wie es im Gefängnis gewesen wäre, auch nicht, wie es ihm jetzt gehen würde, als er nach einer fadenscheinigen Entschuldigung bei seinem Chef mit Lukas den kurzen Weg zum Haus seiner Eltern ging.

„Was hast du denn jetzt vor?", fragte er schließlich.

„Weiß noch nicht." Lukas zog das Laken von dem Motorrad und strich mit den Fingern liebevoll, fast zärtlich über die Maschine. Dann holte er seine Motorradkluft aus den Satteltaschen und zog sie an. Seine Jeans und die anderen Kleidungsstücke verstaute er in den Taschen.

Vorsichtig schob er die Honda aus der Garage auf die Straße, wo die Sonne die Chromteile hell aufblitzen ließ. Er setzte den Helm auf und schwang sich in den Sattel.

„Und wo willst du hin?", fragte Kevin.

„Mal sehen. Irgendwohin."

Er drückte auf den Anlasser und der Motor heulte gehorsam auf, als wären nicht fast zwei Jahre seit dem letzten Mal vergangen.

„Mach's gut, Lukas", sagte Kevin.

Lukas hob die Hand zum Abschied und brauste los. Kevin sah ihm hinterher, so lange, bis das Motorrad hinter einer Kurve verschwunden war.

Begegnung auf dem Deich

Der Mann kam jeden Tag an den Deich. Bei jedem Wetter. Wenn es kalt war und der Nordwestwind übers Watt pfiff, zog er die Kapuze seiner Windjacke tief ins Gesicht. Wenn eine zögerliche Sonne unverhofft wärmende Strahlen durch die Wolken schickte und das sandige, mit schwärzlichen Algen durchsetzte Nordsee-wasser die Besucher mit einem leuchtenden Blau überraschte, zog er die Jacke aus, faltete sie sorgfältig zusammen und legte sie neben sich auf die Bank.

Stundenlang saß er da, der Mann, und starrte aufs Wasser hinaus. Seine Augen spiegelten die Weite der See wider. Spaziergänger, die auf dem Deich an ihm vorbeigingen, schien er gar nicht wahr-zunehmen.

Es lag etwas Schwermütiges in der Art, wie er den Kopf hielt und die Schultern nach vorne beugte. Als läge eine schwere Last auf ihm.

Nie setzte sich jemand zu ihm. Seine abweisende Haltung signalisierte unmissverständlich, dass er allein sein wollte.

Das Kind kümmerte sich nicht um diese wortlose Bitte. Ungeniert setzte es sich zu dem Mann. Vier oder fünf Jahre war es wohl alt, das Kind. Lebhafte Augen hatte es, und es sah dem Mann neugierig ins Gesicht.

„Hallo!" Munter und fröhlich klang die Stimme des Kindes. Überhaupt nicht schüchtern oder ängstlich.

„Was machst du hier?", fragte das Kind.

„Ich sitze hier", antwortete der Mann abweisend.

„Ja, aber was machst du, wenn du hier sitzt?"

„Ich schaue aufs Meer hinaus", sagte der Mann.

„Okay", sagte das Kind, „dann schaue ich jetzt auch aufs Meer hinaus.“

Eine Weile blieb es still. Der Mann und das Kind saßen ne-ben-einander und blickten aufs Wattenmeer.

„Das Wasser kommt wieder“, sagte das Kind. „Siehst du? Da hinten!“ Es wies mit seiner auffallend zarten Hand in Richtung Meer.

„Mama sagt, das sind die Gezeiten. Ebbe und Flut. Mal kommt das Wasser, mal geht es. Lustig!“

Der Mann antwortete nicht.

„Es ist schön, dass das Wasser immer wiederkommt. Und bei Ebbe kann man über das Watt laufen.“

„Hm“, sagte der Mann

Das Kind musste husten. Höflich hielt es sich die Hand vor den Mund.

„Mama sagt, die Luft hier ist gut für mich. Ich bin nämlich krank. Ich muss immer so viel husten.“

„Aha“, sagte der Mann.

„Ja. Der Doktor sagt, meine Lunge muss kräftiger werden. Da-mit ich richtig atmen kann, weißt du? Deshalb sind wir hier, Mama und ich.“

„Aha“, sagte der Mann wieder.

„Und warum bist du hier? Hast du auch eine kranke Lunge?“ Das Kind war aufgesprungen und hatte sich vor den Mann hinge-stellt. Der Blick seiner Augen traf sich mit dem des Mannes.

„Nein, ich habe keine kranke Lunge.“

„Was dann?“

Der Mann blickte in das blasse Gesicht des Kindes.

„Ich bin traurig.“

„Warum bist du traurig?“, fragte das Kind.

„Jemand ist gestorben“, sagte der Mann. Er sah wieder aufs Meer hinaus.

„Ach. Ja, das ist traurig", antwortete das Kind. „Als meine Oma gestorben ist, war ich auch traurig. Ich habe sogar geweint. Hast du auch geweint?"

„Nein, nicht richtig."

„Meine Mama hat gesagt, man darf ruhig weinen, wenn man traurig ist. Da ist nichts dabei."

„Ja, da hat deine Mama sicher Recht."

Plötzlich ergriff ein heftiger Hustenanfall den schmalen Körper des Kindes. In schrecklichen Stößen versuchte es, seine Lunge und Bronchien von dem zähen Schleim zu befreien. Die bleichen Wangen röteten sich von der Anstrengung, während das Kind beide Hände vor den Mund presste. Hilflos sah der Mann das Leid des Kindes mit an. Offensichtlich wusste er nicht, was er tun sollte.

Eine junge Frau, wohl die Mutter des Kindes, die bisher auf der Nachbarbank in einem Buch gelesen hatte, kam herbeigelaufen.

„Lisa, schnell! Hier ist dein Spray." Sie schob dem Kind den gebogenen Hals einer Spraydose in den Mund und drückte zweimal kräftig auf den Auslöser. Langsam legte sich der Hustenreiz und das Kind begann wieder ruhiger ein- und auszuatmen. „Es geht schon wieder, Mama", beruhigte das Kind seine Mutter.

„Ich hoffe, meine Tochter hat Sie nicht belästigt?"

„Nein, schon gut."

„Verabschiede dich jetzt, Lisa, wir müssen zurück ins Sanatorium."

Das Kind streckte dem Mann seine Hand hin. „Bis morgen, trauri-ger Mann."

Der Mann nahm die winzige Hand und drückte sie.

„Bis morgen", sagte er.

Das Kind lächelte ihn an. Dann nahm es die Hand seiner Mutter und ging davon.

Einen Moment lang blickte der Mann ihnen nach. Dann sah er wieder hinaus aufs Meer. Die Flut kam. Zuverlässig. Tröstlich. Das graue Wasser bedeckte schon fast das gesamte Watt. Die Wolken lichteten sich. Durch eine Lücke stahl sich ein Sonnenstrahl. Der Mann blinzelte. Tränen liefen über seine Wangen. Er wischte sie nicht fort, sondern hielt sein Gesicht der Sonne entgegen.

Ein Strauß Astern

„Ihr Kind?" Marlene zuckte zusammen. Sie hatte die alte Frau nicht bemerkt, die neben sie an den Rand der schmalen Grabstelle getreten war. Sie warf der Frau einen kurzen Blick zu. Ein freundliches Gesicht mit unzähligen Runzeln, dünne weiße Haare unter einem wollenem Kopftuch, die gebeugte Gestalt in einem dicken Mantel gehüllt, der für diesen noch warmen Herbsttag viel zu winterlich schien.

„Es ist nicht recht, wenn die Kinder vor ihren Eltern sterben", sagte die Alte mit überraschend selbstsicherer Stimme. „Die Natur hat es so nicht vorgesehen."

„Ja", sagte Marlene, „das ist wohl wahr."

Eigentlich war ihr nicht nach einer Unterhaltung zumute, aber sie wollte nicht unhöflich sein. Sie bückte sich und nahm die halb verwelkten Nelken, die unter dem Regen der letzten Tage gelitten hatten, aus der bronzenen Friedhofsvase und legte sie beiseite. Dann wickelte sie den üppigen Strauß Astern, den sie mitgebracht hatte, aus dem Papier und ordnete die Blumen in der Vase gefällig an. Die Oktobersonne ließ das Rot, Gelb, Orange und Violett der Blüten vor dem Weiß der Kieselsteine aufleuchten.

„Der Engel ist schön", sagte die alte Frau, „er passt gut zum Grab eines Kindes."

Erst letzte Woche hatte Marlene die Grabfigur mit dem Tuch, das sie dafür immer mitbrachte, sorgfältig gesäubert, jetzt brauchte sie sie wegen des Regens nur kurz abzuwischen. *Zu kitschig*, hatte Jürgen gesagt, als sie sich die Grabsteine für Kinder angesehen hatten, und *so melodramatisch*. Aber Marlene hatte darauf bestanden, den trauernden Engel zu kaufen. Die sitzende Figur mit dem zarten Kindergesicht und den kleinen Flügeln am Rücken bestand aus teurem weißen Marmor. Passend für ihr kleines Mädchen. Nicht dass der Engel Ähnlichkeit gehabt hätte mit Susanne, dafür war er viel zu stark idealisiert. Aber sie hatte deutlich machen wollen, dass hier ein Kind begraben lag. Ihr Kind.

„Wie war sie denn so, Ihre Kleine?"

Seltsamerweise war die Neugier der Alten Marlene nicht unangenehm, obwohl es ihr schwerfiel, über Susanne zu reden.

„Lebhaft und fröhlich war sie, unsere kleine Susanne." Marlene lächelte wehmütig. „Sie liebte Tiere. Wollte Tierärztin werden. Nächste Woche hätte sie Geburtstag gehabt. Dann wäre sie elf Jahre alt geworden." Sie verstummte, weil ihr plötzlich ein Kloß in der Kehle saß.

„Schön, die Blumen", sagte die Alte, als ob sie Marlenes Trauer nicht bemerkt hätte, „so schön bunt. Und lebendig."

„Ja", sagte Marlene, als sie sich wieder gefangen hatte. „Astern waren Susannes Lieblingsblumen. Sie sagte immer, sie hätten so coole Blüten." Sie musste lächeln über diesen Ausdruck. Das Gesicht der Alten legte sich in noch mehr Falten, als sie ebenfalls schmunzelte.

„Was ist passiert? Ein Unfall? Oder war es eine Krankheit?"

Das Lächeln auf Marlenes Gesicht verschwand. Plötzlich war ihr die Neugier der Alten unerträglich.

„Ein ... Unglück", brachte sie schließlich heraus. Sie wünschte, die Alte möge verschwinden und sie in Ruhe lassen.

„Ja, das Leben ist manchmal sehr grausam zu uns, nicht wahr?"

Die alte Frau nickte weise mit dem Kopf. „Ich habe meinen Mann und drei Söhne verloren. Aber ich bin immer noch da."

Sie strich Marlene sanft über den Arm. Marlene zuckte zurück. „Eines Tages werden Sie darüber hinweg kommen, meine Liebe", sagte die Greisin, drehte sich um und ging, gestützt auf ihrem altmodischen Handstock, davon. Marlene blickte der kleinen gebückten Gestalt lange nach. Dann schüttelte sie unwillig den Kopf. Was wusste diese alte Frau schon von der Last, die sie zu tragen hatte! Darüber hinwegkommen! Wie leicht sich das sagte!

Langsam ging sie den geraden Pfad durch die ordentlichen Reihen der Gräber zurück. Sie hatte es nicht eilig, nach Hause zu kommen.

2

Wie eine achtlos liegen gelassene Puppe hatte Susanne dagelegen, auf ihrem Bett mit den Hello-Kitty-Bezügen, ganz still und regungslos. Marlene hatte sie eine ganze Weile angestarrt, bevor sie begriff, dass sie nicht mehr lebte. Nie würde sie den Augenblick vergessen, als die Bestattungsleute den kleinen Sarg aus dem Haus trugen.

Dann war ihr die schreckliche Unordnung im Zimmer aufgefallen. Sofort, nachdem die Spurensicherung der Kriminalpolizei das Zimmer freigegeben hatte, ging Marlene daran, aufzuräumen. Zuerst schüttelte sie das Kopfkissen auf, zog das Laken gerade und glättete sorgfältig das Deckbett. Dann sammelte sie die überall verstreuten Plüschtiere ein und setzte sie auf den Rand des Bettes, so dass sie aufrecht an der Wand lehnten. Jedes einzelne davon hatte Susanne geliebt. Das Schaf ganz besonders, ohne ihr Schaf konnte sie als Kleinkind nicht einschlafen. Als nächstes hob Marlene die aus den Fächern des Kleiderschrankes gerissenen Kleidungsstücke vom Boden auf, legte sie sorgfältig zusammen und ordnete sie zurück in den Schrank. Zuletzt räumte sie die auf den Boden geworfenen Bücher, die Schulsachen und die restlichen Dinge wieder an ihren Platz. Nichts sollte mehr an das erinnern, was hier geschehen war. Es musste alles unberührt und wie immer aussehen. Susanne war ein ordentliches, gewissenhaftes Mädchen gewesen.

Danach hatte Marlene die Rollläden herunter gelassen, so dass das Zimmer im Dunkeln lag. Jeden Tag kam sie seitdem hierher, schaltete das Nachtlicht ein, das an der Decke den Mond und die Sterne kreisen ließ, und setzte sich auf den kleinen Plüschsessel.

„Verrückt", hatte Jürgen gesagt, „du machst dich doch vollkommen verrückt damit." Er hatte nicht verstanden, dass sie ihrer Tochter auf diese Weise nahe sein wollte. Sie wusste, auch er hatte getrauert, auch er hatte unter dem gewaltsamen Tod seiner Tochter gelitten. Aber dann hatte er sich wieder dem Alltag zugewandt, war zur Arbeit gegangen, hatte weitergelebt. Sie konnte ihm darin nicht folgen. „Lass mir Zeit", hatte sie zu ihm gesagt, „ich brauche mehr Zeit."

3

Marlene ging nach ihrem Friedhofsbesuch in die Küche ihrer Wohnung und bereitete sich einen starken schwarzen Tee zu. Sie süßte das heiße Getränk und nahm den Becher mit in ihr Arbeitszimmer. An ihrem Schreibtisch öffnete sie eine Schublade. Ein Stapel ungeöffneter Briefe lag darin. Sie nahm die Briefe heraus und breitete sie vor sich auf der sauber aufgeräumten Schreibtischplatte aus. Zehn Briefe. Für jeden Monat einen. Ihr Blick verharrte auf der Anschrift. Ihr Name und ihre Adresse. Sie kannte die Schrift: kleine, steile Buchstaben. Sollte sie nicht endlich einen der Briefe öffnen? Sie müsse sich der Wahrheit stellen, hatte ihr Therapeut gesagt, sonst werde die Wunde nie heilen.

Die Wahrheit. Wusste sie nicht schon genug von der Wahrheit? Musste sie noch mehr wissen? Ihre Hände ordneten die gleichförmigen weißen Umschläge zu einer Doppelreihe von je zwei Briefen. Sie trank ihren Tee in kleinen Schlucken und starrte auf die Briefe. Das Weiß des Papiers tat ihren Augen weh ...

Wie bunt die Astern geleuchtet hatten, vor dem Weiß der Kieselsteine und des Engels! So lebendig und frisch!

Coole Blüten.

Marlene atmete tief ein. Sie fasste einen Entschluss. Warum nicht heute? Irgendwann musste sie diesen Schritt doch tun. Sie schob die Briefe mit einer energischen Handbewegung zu einem Stapel zusammen und legte sie zurück in die Schublade. Ja, sie musste der Wahrheit ins Gesicht blicken. Entschlossen stand sie auf. Mit festen Schritten ging sie in den Flur, zog ihre Jacke an, nahm den Schlüsselbund und verließ die Wohnung.

Nach einer Stunde Fahrt stellte sie ihr Auto auf dem Besucherparkplatz vor der Justizvollzugsanstalt ab. Man hatte ihr ohne weiteres einen Termin am heutigen Tag gegeben, als hätte man schon lange auf einen Besuch von ihr gewartet. Jetzt, da sie kurz davor war, zögerte sie. Sie starrte durch die Windschutzscheibe auf das graue Gebäude, das von einer hohen Mauer aus roten Ziegelsteinen umgeben war. Der gerollte Stacheldraht oben auf der Mauer und die Wachtürme ließen keinen Zweifel an der Funktion des Gebäudes. 'Noch kann ich umkehren', dachte sie. Niemand konnte sie zwingen zu diesem Besuch. Sie spürte, wie sich alles in ihr dagegen sträubte. Was sollte sie zu ihm sagen? Was würde er sagen? Wie sollte sie auf ihn reagieren?

Der Regen hatte nachgelassen, zwischen den Wolken kam zögernd die Sonne zum Vorschein. Die bunten Astern auf dem Grab. Wieso musste sie dauernd an diese Blumen denken?

Marlene gab sich einen Ruck. Sie stieg aus. Ihre Knie zitterten ein wenig, als sie auf den geschlossenen Eingang zuging. Nachdem sie ihr Anliegen geäußert, ihren Ausweis vorgezeigt hatte und ihre Handtasche kontrolliert worden war, führte der Beamte sie in den Besuchsraum und bat sie zu warten. Sie setzte sich auf einen der Holzstühle und faltete die Hände vor sich auf den Tisch. Sie fühlte, wie ihr Herz klopfte. Ihr Mund fühlte sich ganz trocken an, gerne hätte sie einen Schluck Wasser getrunken. Sie atmete tief durch und setzte sich gerade hin. Die Tür ging auf und der Beamte trat ins Zimmer. Hinter ihm Tobias.

„Hallo Mama!", sagte er.

4

Es war unerträglich! Er konnte es einfach nicht mehr aushalten!
Er brauchte was! Sofort! Sonst würde er sterben, das wusste er. Er
hatte gewartet, bis er seine Mutter aus dem Haus kommen sah. Bis
Susanne allein zu Hause war. Mit langen Schritten näherte er sich
dem Haus. Er schlang beide Arme um seinen Oberkörper, um das
unkontrollierte Zittern zu verbergen, und klingelte. Susanne öffnete
die Tür einen Spalt.

„Lässt du mich bitte herein, Susi?" Er versuchte, seine Stimme
nicht allzu verzweifelt klingen zu lassen. Er wusste, seine Schwester war von den Sozialarbeitern belehrt worden, wie sie sich ihm
gegenüber zu verhalten hatte, genau wie seine Eltern. Unter keinen
Umständen durften sie seine Sucht unterstützen, indem sie ihm
Geld gaben oder sonst wie halfen, hatte man ihnen eingeprägt.

„Ich darf dich nicht herein lassen, Tobias, das weißt du doch!",
sagte sie. Ängstlich lugte sie durch den Spalt. Ihre großen braunen
Augen musterten ihren Bruder misstrauisch.

„Ach komm, Kleines, sei doch nicht so. Ich will nur etwas zu
essen und einen Schluck Cola. Das ist doch nicht zu viel verlangt,
oder?" Er sah, dass sie unschlüssig wurde. Schließlich war er ihr
großer Bruder, den sie liebte. Sie öffnete die Tür ein kleines Stück
weiter, und Tobias schlüpfte ins Haus.

„Tobias, du musst in die Beratungsstelle, wenn du was brauchst.
Wir dürfen dir nichts geben."

„Ich will mich nur ein bisschen aufwärmen", sagte er, „es ist
kalt draußen. Und ich habe vergessen, mir eine Jacke anzuziehen."
Er tat, als ob er fröstelte.

„Mama und Papa sind nicht zu Hause, oder?", fragte er. Zwar

nahm er an, dass sein Vater zur Arbeit war, aber er wollte sicher-
gehen.

„Nein, Papa arbeitet doch. Und Mama ist einkaufen", bestätigte
Susanne. „Soll ich dir ein Brot machen? Oder willst du was anderes essen?"

„Ein Brot wäre schön", antwortete er. Während Susanne in der
Küche beschäftigt war, konnte er sich in der Wohnung nach Geld
umsehen. Vielleicht hatte seine Mutter ja irgendwo ein bisschen
Haushaltsgeld liegenlassen. Schnell durchsuchte er die Schubladen
und Fächer der Schränke im Wohnzimmer und im Flur. Nichts!
Unruhig lief er hin und her. Er brauchte was! Es tat schon richtig
weh. Er musste unbedingt an Geld für Stoff kommen! Ohne Geld
ging gar nichts.

Susanne kam zurück mit einem Schinkenbrot und einem Glas
Milch.

„Hier", sagte sie, „iss erst mal was. Dann geht es dir besser."
Sie stellte das Tablett vor ihn auf den Tisch. 'Wie ihre Mutter',
dachte er spöttisch. 'Immer so nett und fürsorglich.' Aber es war
nicht der Hunger, der ihn quälte. Genervt sah er Susanne an. Seine
ach so vorbildliche kleine Schwester! Mamas und Papas Liebling!
Susanne hatte ein Sparbuch, fiel ihm plötzlich ein. Sie sparte fleißig, weil sich an einem Pony vom Reiterhof beteiligen wollte oder
sowas. Sicher hatte sie schon eine ganze Stange Geld zurückgelegt.

„Susi, kannst du mir nicht was leihen? Du bekommst es auch
ganz bestimmt zurück!"

„Ich hab noch drei Euro von meinem Taschengeld für diese
Woche. Aber ich darf dir doch kein Geld geben, Tobias!"

Er ignorierte ihren Einwand.

„Und dein Sparbuch? Da ist bestimmt ganz schön viel Geld
drauf. Bitte, gib mir dein Sparbuch. Ich brauche es unbedingt! Es
geht mir so schlecht, weißt du? Diese Schmerzen! Ich kann es

kaum noch aushalten! Bitte, Susi! Du bist doch meine Schwester!"

Susanne sah ihn mit schreckgeweiteten Augen an. Tobias wusste, er machte ihr Angst.

„Wo hast du es? Zeig mir, wo du es versteckt hast!"

Seine Stimme hatte ihren schmeichlerischen Ton verloren, war drängend, fast schon drohend geworden. Voller Angst sprang Susanne auf und lief zur Tür. Wenn sie sich in ihrem Zimmer einschloss, konnte er nicht mehr an das Geld heran. Mit ein paar Schritten war er bei ihr, packte sie am Arm und zerrte sie mit sich.

„Du gibst mir jetzt dein Sparbuch, verstanden?"

„Das ist mein Geld! Ich spare für das Pony. Du darfst es mir nicht wegnehmen!" Sie fing an zu weinen. Da packte er sie an den Oberarmen und schüttelte sie. Ihr Kopf flog hin und her. Sie fing an zu kreischen und zu schreien. Plötzlich hatte er Angst, jemand könnte sie hören, die Nachbarn oder Leute, die draußen vor dem Haus vorbeigingen. Er umfasste ihren Hals. Wie dünn er war! Er brauchte nur ein klein wenig zu drücken, und sie wäre still.

Er drückte zu.

Als sie aufhörte zu schreien, ließ er sie auf ihr Bett fallen.

Wo hatte sie ihr Sparbuch versteckt? Irgendwo musste es doch sein! Rasend schnell durchsuchte er das kleine Zimmer. Er fand es in einem Band der „Drei Fragezeichen", ihrer Lieblingsbuchserie. Mit zitternden Händen schlug er es auf. 376,90 Euro! Genug, um Stoff für die nächsten Tage zu kaufen! Gott sei Dank! Jetzt aber schnell weg, bevor seine Mutter heimkam. Tobias warf noch einen Blick auf die reglose Gestalt seiner Schwester. 'Sie wird sicher gleich aufwachen', dachte er. Schnell verließ er das Haus.

5

Eigentlich sieht er gut aus, dachte Marlene. Gesund. Ob er sich schon rasierte? Sein Gesicht war glatt und voller als sie es in Erinnerung hatte. War er noch gewachsen? Das blonde Haar war kurz geschnitten, sein Körper war nicht mehr so ausgemergelt wie damals, als sie ihn zuletzt gesehen hatte. Das war vor Gericht gewesen, als der Jugendrichter ihn zu acht Jahren Jugendhaft verurteilt hatte wegen Totschlags an seiner Schwester. Und ihm eine Zwangstherapie verordnet hatte, damit er von dem Heroin loskäme.

Marlene war plötzlich ganz ruhig.

„Wie geht es dir?", fragte sie.

„Es geht mir ganz gut jetzt", sagte Tobias. Seine Stimme klang aufgeregt, aber fest. Ganz anders, als früher. Nicht mehr so gehetzt, so weinerlich.

„Der Entzug zuerst war hart, aber jetzt geht es mir gut."

„Was machst du den ganzen Tag?", fragte Marlene. Seine blauen Augen sahen sie überrascht an. Ach ja, er dachte an die Briefe.

„Hast du meine Briefe nicht bekommen? Ich habe dir doch alles geschrieben. Du hast nie geantwortet."

Marlene erstarrte. Wagte er es etwa, ihr einen Vorwurf zu machen?

„Ich habe deine Briefe nicht gelesen", sagte sie. Ihre Stimme klang spröde.

Tobias senkte die Augen und nickte. Dann schaute er auf und sagte: „Ich mache eine Schreinerlehre, schon seit einem halben Jahr. Die Arbeit mit Holz macht mir richtig Spaß. Dann habe ich später einen vernünftigen Beruf, haben sie gesagt. Der Meister in der Werkstatt sagt, ich hätte eine gute Hand dafür."

Marlene sah erstaunt, dass Tobias' Augen angefangen hatten zu leuchten. Es geht ihm tatsächlich gut, dachte sie. Er hat sich gefangen, hat sich von seiner Sucht befreit. Er lernt und arbeitet. Er lebt. Marlene spürte wieder die eisige Kälte in ihrem Inneren. Er lebte, während Susanne in ihrem kalten weißen Grab lag. Nie mehr atmen würde. Oder sich über etwas freuen.

Ein lastendes Schweigen war entstanden nach Tobias' Worten.

Marlene wartete.

„Es tut mir so unendlich leid, Mama", sagte Tobias endlich. Seine Stimme war kaum zu hören, Marlene musste sich anstrengen, ihn zu verstehen.

„Ich habe das nicht gewollt, das weißt du doch, oder? Ich werde es mir nie verzeihen, glaub mir bitte. Niemals." Er hatte seine Hände auf den Tisch gelegt, der zwischen ihnen stand, und knetete unruhig seine Finger. Marlene starrte auf diese Hände. Sie waren sauber und kräftig, die Nägel kurz geschnitten, man sah ihnen die handwerkliche Arbeit an. Damit hatte er seine kleine Schwester umgebracht. Verzeihen, dachte sie. Ja, das hatte er gesagt, der Psychologe, der sie betreute, und auch Jürgen hatte davon gesprochen. Man müsste verstehen, wie es zu dieser Tat hatte kommen können, und man müsste letztendlich verzeihen können. Nicht vergessen, natürlich nicht, soweit wollte man nicht gehen, aber verzeihen.

„Sag doch was, Mama!", flehte Tobias. Seine Hände tasteten auf dem Tisch nach ihren. Nein, sie wollte ihn nicht berühren! Sie konnte nicht. Es war zu früh. Viel zu früh.

Unversehens schob sich ein anderes Bild vor ihre Augen. Ein Junge mit einer Schultüte im Arm und einem viel zu großen Schulranzen auf dem schmalen Rücken. Der erste Schultag. Die vielen Kinder mit ihren Eltern. Der Schulhof und das riesige Schulgebäude. Eine kleine Hand, die sich unauffällig in ihre schob. Augen, die ein wenig ängstlich, aber voller Vertrauen zu ihr aufschauten.

Marlene sah Tobias an. Ihren Sohn. Er war ihr Sohn. Ihre Hand schwebte über der seinen. Nein, sie konnte es nicht. Noch nicht. Sie stand ruckartig auf und griff nach ihrer Jacke.

Seine Stimme holte sie an der Tür ein. Sie klang bittend, zaghaft.

„Kommst du wieder, Mama?"

Sie drehte sich um. Zwang sich zu einem Lächeln. Er war ihr Sohn.

„Ja", sagte sie.

6

Zu Hause ging Marlene in das Zimmer ihrer Tochter. Sie setzte sich in den Plüschsessel, knipste die Nachtleuchte an und betrachtete die an der Decke langsam vorbei ziehenden Sterne. Nach einer Weile wurde sie unruhig. Sie würde darüber hinwegkommen, hatte die alte Frau gesagt. *Coole Blüten.* Sie stand auf, zögerte einen Moment, dann ging sie zum Fenster und zog die Rollläden hoch. Draußen schien die Sonne. In dem Jungmädchenzimmer wurde es ungewohnt hell. Marlene sah sich um. Überall lag Staub. Plötzlich fiel ihr auf, wie muffig es roch. Sie öffnete das Fenster weit und ließ frische Luft herein. Es wurde Zeit, hier gründlich sauber zu machen.

Das Skelett im Watt

Also hatten sie ihn gefunden. Nach so vielen Jahren. Fast war sie erleichtert, dass es nun ein Ende haben würde, das Leben auf Abruf.

Anna legte die Lokalzeitung, in der sie die Nachricht von dem „mysteriösen Skelettfund im Wattenmeer" gelesen hatte, beiseite. Mysteriös, schrieben sie. Ja, so musste es wohl aussehen, wenn man nicht wusste, was geschehen war. Damals, vor fünfundsechzig Jahren.

An dem Tag, als sie gemerkt hatte, dass sie schwanger war, hatte sie lange darüber nachgedacht, auf welche Art sie sich am leichtesten umbringen konnte, denn sie hatte Angst davor, allzu große Schmerzen aushalten zu müssen. Sie erwog verschiedene Möglichkeiten. Zum Beispiel konnte sie bei Ebbe so weit ins Watt hinausgehen, dass sie nicht rechtzeitig zurück an Land sein würde, bevor die Flut kam. Oder sie konnte eines der kräftigen Schiffstaue nehmen, es im Keller um einen Balken binden und sich erhängen. Möglich wäre auch, ein scharfes Fischmesser aus der Küche zu holen, sich auf ihr Bett zu legen und die Pulsadern aufzuschneiden.

Alle diese Todesarten schienen ihr erträglich zu sein, was die Schmerzen betraf. Sie tat es aber dann doch nicht. Irgendwie brachte sie es nicht fertig. Und dann war es zu spät. Ihre Mutter bemerkte ihren wachsenden Bauch und brach sofort in tränenreiches Jammern aus über die Schande, die Anna über die Familie brächte. Ihr Vater tobte seinen Ärger über ihren Zustand aus, indem er ihr den Rücken mit einer Weidenrute blutig schlug.

Niemand interessierte sich dafür, dass sie quasi vergewaltigt worden war. Selbst der Vater des Kindes, Hinrich, hatte den Verkehr mit ihr anscheinend als durchaus normal betrachtet. Sie war noch Jungfrau gewesen; vielleicht hatte er sich ihr Weinen und Schreien damit erklärt.

Jedenfalls musste geheiratet werden, so schnell wie möglich. Die Leute im Dorf zerrissen sich natürlich das Maul über die plötzliche Heirat, die ohne viel Aufhebens vor sich ging. Annas „Ja" hatte in ihren Ohren wie das klägliche Miauen einer Katze geklungen.

Mit ihren wenigen Kleidern und etwas Bettwäsche war sie in das kleine Fischerhaus gleich hinter dem Deich gezogen. Für Hinrichs Vater und seinen älteren Bruder kam die junge Frau gerade recht. Die Mutter war zwei Jahre zuvor an Schwindsucht gestorben, und die alte Großmutter wurde langsam senil und verwechselte schon mal Salz mit Zucker oder vergaß ganz, das Essen zu kochen, so dass Anna den drei Männern als Köchin und Putzfrau durchaus willkommen war.

Es hatte ihr nichts ausgemacht, schwer zu arbeiten. Auch daran, dass Hinrich jede Nacht, wenn er mit Bruder und Vater lange im Wirtshaus gesessen und einen Schnaps nach dem anderen getrunken hatte, im Bett über sie herfiel, hatte sie sich mit der Zeit gewöhnt. Niemals fragte er danach, wie sie sich fühlte, niemals nahm er sich Zeit für etwas Zärtlichkeit. Auch damit hatte sie sich abgefunden. Aber dann fing er an, sie zu schlagen. Wenn er betrunken nach Hause kam, fand er immer wieder einen Anlass, ihr Ohrfeigen zu versetzen, sie umher zu stoßen, so dass sie gegen die Kommode oder gegen den Kleiderschrank fiel, oder er schlug mit der Faust gegen ihre Arme, mit denen sie sich zu schützen versuchte. Wenn sie vor Schmerzen aufschrie oder anfing zu weinen, machte ihn das nur noch wütender. Anna war überzeugt, dass die übrigen Familienmitglieder den Lärm hörten, den Hinrich dabei in ihrer kleinen Kammer verursachte, aber niemand griff ein. Wenn die Männer morgens mit dem Kutter zum Fischen ausgefahren waren und sie mit blauen Flecken und zugeschwollenen Augen in die Stube kam, saß die Großmutter in ihrem alten Lehnstuhl mit dem Strickzeug am Fenster, schüttelte den Kopf oder machte ihr Vorwürfe, dass sie dies und jenes nicht gut genug erledigte, so dass ihrem Mann ja nichts anderes übrig bliebe, als ihr auf seine Weise beizubringen, wie sie sich zu verhalten habe.

Anna seufzte tief. Die Erinnerung an diese Zeit tat immer noch weh. Sie war erst siebzehn Jahre alt gewesen, als sie Hinrich heiraten musste. Wie verzweifelt sie damals gewesen war!

Sie stand mühsam auf und räumte den Frühstückstisch ab. Ihr Blick fiel durch das Fenster. Was für ein schöner Frühlingstag! Wenn Franz noch leben würde, dachte sie wehmütig, würden sie jetzt überlegen, was sie an diesem herrlichen Tag zusammen unternehmen könnten. Vielleicht einen Spaziergang auf dem Deich, wenn der Nordwestwind nicht zu sehr wehte, oder einen kleinen Stadtbummel.

Anna schüttelte den Kopf. Ohne Franz machte das alles keinen Spaß mehr. Außerdem machte die Gicht, die langsam alle ihre Gelenke befiel, ihr mehr und mehr zu schaffen, so dass sie froh war, sich nicht allzu sehr bewegen zu müssen.

Heute, nach der Meldung in der Zeitung, waren solche Überlegungen sowieso nicht angebracht. Sie musste darüber nachdenken, was sie jetzt tun sollte. Jetzt, nachdem man ihn endlich gefunden hatte. Ob man nach so langer Zeit noch feststellen konnte, wer er gewesen war? Und wie er zu Tode gekommen war? In den Krimis im Fernsehen war von DNA-Analysen die Rede, und davon, dass man anhand der Zähne die Identität von Menschen feststellen konnte, auch wenn von dem Körper nur noch Knochen vorhanden waren. Aber vielleicht war noch etwas mehr von dem Körper übrig, bei dem hohen Salzgehalt im Wattenmeer? Und das mit den

Zähnen konnte natürlich nur funktionieren, wenn bei einem Zahnarzt Röntgenaufnahmen vorhanden waren, mit denen man das Gebiss des Toten vergleichen konnte. Das kam also wohl nicht in Frage, denn Hinrich war nie bei einem Zahnarzt gewesen.

„Kannst du denn nicht aufpassen, du blöde Kuh", hatte er gebrüllt, als er gegen elf Uhr abends nach Hause gekommen war. „Warum musst du denn die Schuhe mitten in den Weg stellen, dass man darüber fallen muss?" Wie immer war er betrunken. Hinrichs Vater und Bruder waren zum Fischfang draußen, die Großmutter lag schon im Bett in ihrer winzigen Kammer.

Mühsam stand Anna vom Küchentisch auf, an dem sie gesessen und Socken gestopft hatte. Der Bauch jetzt im neunten Monat behinderte sie und machte ihr das Bücken schwer, als sie die Schuhe, über die Hinrich beim Hereinkommen gestolpert war, aufhob. Sie wusste, wenn sie nur die kleinste Bemerkung machte oder ihn auch nur ansah, würde er einen seiner Wutanfälle bekommen und sie zusammenschlagen. Nicht, dass ihr die Schmerzen noch viel ausgemacht hätten, daran hatte sie sich mittlerweile gewöhnt, nein, sie fürchtete um das Kind.

Vorsichtig versuchte sie sich an ihrem Mann vorbei zu drücken, um in die Schlafkammer zu gelangen. Dabei streifte sie in der engen Küche mit ihrem vorgewölbten Bauch seinen Arm. Diese kleine Ungeschicklichkeit löste einen Wutanfall in Hinrich aus, der an Heftigkeit alles, was sie bisher erlebt hatte, übertraf. Unablässig prasselten seine harten Faustschläge auf sie nieder. Sie krümmte sich und versuchte sich mit den Armen zu schützen, verlor dabei den Halt und fiel zu Boden. In seinem rasenden Zorn genügten ihm nun die Fäuste nicht mehr, mit seinem derben Arbeitsschuhen trat er immer wieder in ihren Rücken und ihren Bauch. Dabei stieß er wüste Beschimpfungen aus, schrie, das verdammte Kind hätte ihm sein Leben versaut, sie sei eine verfluchte Hure, die ihn in die Falle gelockt hätte, so dass er jetzt auf ewig in der elenden Bruchbude in diesem Drecksnest versauern müsse. Immer mehr steigerte er sich in seine Wut hinein, es schien kein Ende zu nehmen.

Als er endlich von ihr abließ und torkelnd in der Schlafkammer verschwand, blieb Anna wie betäubt liegen. Sie versuchte Kraft zu sammeln, um aufstehen zu können. Erschrocken fühlte sie, wie sich zwischen ihren Beinen eine warme Flüssigkeit ausbreitete. Noch immer gekrümmt am Boden liegend, tastete sie mit der Hand danach. Es war Blut. Mit letzter Kraft schleppte sie sich zur Tür und aus dem Haus hinaus zu den Nachbarn. Sie wusste, dass dort ein Telefon war.

Das Kind kam tot zur Welt. Nach Stunden qualvoller Wehen zog der Arzt den leblosen Körper aus ihrem Leib. Nie würde Anna den Anblick des winzigen stillen Gesichtes vergessen! Ihr kleiner Sohn! Als Totgeburt würde er nicht kirchlich bestattet, sondern unauffällig am Rande des Friedhofs verscharrt werden müssen. Anna wusste nicht mehr, wann sie schließlich aufgehört hatte zu weinen.

Sie war wieder zu ihrem Mann zurückgekehrt, natürlich. Was blieb ihr anderes übrig, damals, neunzehnhundertfünfzig. Über den Vorfall wurde nicht gesprochen; es war, als hätte es ihn nicht gegeben. Alles ging weiter wie bisher. Nur, dass Anna nicht mehr lachen konnte, nicht einmal lächeln, und kaum noch ein Wort sagte. Bis sie wieder schwanger wurde.

Anna war ins Wohnzimmer gegangen und hatte eins ihrer alten Fotoalben aus dem Schrank geholt, sich damit auf das Sofa gesetzt und aufgeschlagen. Da war Ludger, ihr Ältester. 'Er ist mir wie aus dem Gesicht geschnitten', dachte Anna, 'Gott sei Dank hat er nichts von seinem Vater geerbt. Vor allem nicht das jähzornige, gewalttätige Wesen.'

Als sie bemerkt hatte, dass sie wieder schwanger war, hatte sie den Entschluss gefasst, Hinrich zu töten. Er sollte diesem neuen Kind nicht dasselbe antun können wie dem ersten. Anna fing an über Tötungsmöglichkeiten nachzudenken. Ähnlich wie damals, als sie sich selber umbringen wollte, fielen ihr nun verschiedene Mordvarianten ein. Sie könnte ihn, wenn er wieder auf sie losging, mit einem Messer aus der Küche erstechen. Das würde vielleicht als Notwehr gewertet werden. Aber hätte sie die Kraft dazu? Hinrich war mehr als einen Kopf größer als sie, kräftig und schwer. Er würde sich sicher gegen sie zur Wehr setzen. Nein, das war zu riskant. Oder sie könnte die Axt aus dem Schuppen holen und ihn, wenn er seinen Rausch ausschlief, im Schlaf erschlagen. Aber dann würde sie als Mörderin verurteilt werden und ins Gefängnis kommen. Was würde dann aus ihrem ungeborenen Baby werden? Nein, sie musste es so machen, dass sie nicht erwischt wurde. Gift! Sie würde ihn vergiften! Aber dann würde man anschließend seine Leiche untersuchen und feststellen, woran er gestorben war. Und sie würde als Erste in Verdacht geraten. Am besten wäre es, Hinrichs Leiche würde danach einfach verschwinden, spurlos. Anna fasste einen Plan.

Das erste Problem bestand darin, an ein Gift zu kommen. Rattengift? Aber das musste man in der Apotheke kaufen und damit würde sie sich verdächtig machen. Sie hatte einmal gehört, dass der Fingerhut, diese hübsche, rot blühende Blume, giftig sein sollte. Sie schlug in dem abgegriffenen Lexikon nach, das im Wohnzimmerschrank neben dem halben Dutzend anderer Bücher stand, und fand ihre Annahme bestätigt. Sogar eine Abbildung von der Blüte war da, und der Hinweis, dass alle Teile der Pflanze hochgiftig wären. Sie kannte die Pflanze; sie hatte sie schon häufig auf Brachflächen oder in Gärten gesehen. Es war gar keine Schwierigkeit, an ein paar Blätter oder sogar ganze Pflanzen heran zu kommen.

Aber wie sollte sie Hinrich das Gift verabreichen? Der Geschmack wäre sehr bitter, stand im Lexikon. Sie beschloss, eine komplette Pflanze mit Wurzeln, Stängel, Blättern und Blüten zu nehmen, sie zu zerkleinern und in Wasser so lange zu kochen, bis nur noch ein dickflüssiger Sud übrigblieb. Dann würde sie den Sud durch ein grobes Geschirrtuch pressen, sodass sie eine Flüssigkeit erhielte, die man in ein Getränk oder unter das Essen mischen konnte. Sicher würde das Gift in dieser Flüssigkeit sehr konzentriert sein, so dass es schnell tödlich wirken würde. Damit es nicht so bitter schmeckte, würde sie das Gift in einen Becher stark gesüßten Kakaos geben, den Hinrich so gerne trank.

Es dauerte lange, bis Anna eine Gelegenheit fand, ihren Plan umzusetzen. Das fertige Gift, eine trübe, bitter riechende Flüssigkeit, füllte sie in ein Marmeladenglas, das sie fest verschloss. Vorher hatte sie die Wirkung überprüft, indem sie vorsichtig mit dem Finger in die Flüssigkeit getippt hatte. Sofort hatte sich ein taubes Gefühl in dem Finger ausgebreitet, das später in ein schmerzhaftes Kribbeln überging. Das Glas mit dem Gift versteckte sie im Keller ganz hinten unter den eingelagerten Kartoffeln.

In einer mondhellen Nacht im Juni war es soweit. Die Ebbe würde gegen elf Uhr nachts eintreten, Hinrichs Bruder und sein Vater waren auf Nachtfischfang, die Großmutter war krank und hütete schon seit Tagen das Bett.

Als Hinrich am Abend nach Hause kam - seit einigen Wochen arbeitete er als Handlanger auf dem Bau, um ein wenig Geld dazu zu verdienen - stellte Anna ihm nach dem Abendessen einen großen Becher mit warmem Kakao auf den Tisch. Er sah sie ein wenig verwundert an, aber als sie nichts weiter sagte und anfing das Geschirr abzuräumen, nahm er den Becher und trank ihn in einem Zug aus.

Anna ließ das Geschirrtuch fallen, als die im Lexikon beschriebene Wirkung des Gifts einsetzte, und lief in die Schlafkammer. Sie starrte auf die Wiege, die für das tote Baby gedacht gewesen war und in der bald ein lebendiges Kind liegen sollte, während sie sich die Ohren zuhielt, um die Geräusche aus der Küche nicht hören zu müssen. Als alles still war, öffnete sie vorsichtig die Tür und spähte hinein. Hinrich lag in verkrampfter Haltung auf dem Boden, beide Hände am Hals, den Mund weit aufgerissen, die Augen verdreht. Atemlähmung, hatte im Lexikon gestanden. Anna horchte auf seinen Herzschlag. Nichts. Er war tot.

Noch heute hatte Anna jede Einzelheit vor Augen von dem, was nun folgte. Sie wickelte den Körper in ein Bettlaken und hievte ihn auf die Schubkarre, die sie durch die Haustür bis zur Küche geschoben hatte. Über eine Sandbank, die einen einigermaßen festen Untergrund bot, schob sie die Karre mit der Leiche samt einem Spaten hinaus aufs Watt, so weit sie konnte. Am Himmel trieb der Nordwestwind unablässig Wolken ins Land und der Halbmond tauchte das Wattenmeer in ein gespenstisches silbriges Licht. An Land war alles dunkel. Keine Menschenseele war zu sehen.

Als sie glaubte, weit genug aufs Watt hinaus gefahren zu sein, hob Anna eine Grube aus, die tief genug war, um den leblosen Körper aufzunehmen. Es kostete sie alle Kraft, die sie aufbringen konnte, weil der Sand und der Schlick so feucht und zäh waren. Zuletzt ließ sie den Leichnam in die Grube fallen und schaufelte sie wieder zu.

Die Arbeit hatte mehrere Stunden gedauert, und als Anna endlich fertig war, kam die Flut. Sie stellte die Schubkarre wieder an ihren gewohnten Platz, säuberte den Spaten und hängte ihn an den Haken im Schuppen, wo er hingehörte. Am Spülstein in der Küche wusch sie sich den Schlick und den Schweiß vom Körper. Im Osten dämmerte es schon, als sie ins Bett ging und sofort in einen traumlosen Erschöpfungsschlaf fiel.

Anna blätterte in dem Fotoalbum. Wie eine Geschichte in Bildern erzählten die Fotografien von ihrem Leben nach der schrecklichen Tat. Sie hatte Hinrichs Bruder und seinem Vater weiterhin den Haushalt geführt, hatte ihr Kind zur Welt gebracht, den kleinen Ludger, und jeden Tag gebangt, man könnte den Leichnam ihres Mannes finden. Aber nichts geschah. Täglich wechselten die Gezeiten, die Flut kam und setzte das Watt unter Wasser, die Ebbe kam und legte die Stelle, wo Anna den toten Körper begraben hatte, wieder bloß. Die Polizei hatte die Vermisstenmeldung aufgenommen, und überall auf den Polizeirevieren wurde das Foto aus Hinrichs Ausweis ausgehängt.

Als die zehn Jahre, die es dauerte, bis man sie offiziell zur Witwe erklärte, vorbei waren, hatten Franz und sie geheiratet. Franz, der gelernter Maurer war, baute der Familie mit eigenen Händen ein kleines Haus, die beiden Kinder wurden geboren, sie führten ein ganz normales, glückliches Familienleben. Die Kinder wuchsen heran, lernten solide Berufe. Inzwischen waren auch die Enkel schon erwachsen und überall in Deutschland verstreut.

Anna fuhr mit den Fingerspitzen liebevoll über die Bilder, die die Stationen ihres Lebens zeigten. Nie hatte sie jemandem von dem Geheimnis erzählt, das sie all die Jahrzehnte mit sich herumtrug. Auch Franz nicht. Manchmal, wenn es ihr gar zu schwer geworden war, allein mit dieser Bürde zu sein, war sie versucht gewesen, ihm alles zu erzählen und die ständige Angst, man könnte die Leiche doch noch finden, mit ihm zu teilen. Aber sie hatte es nicht getan. Er war solch ein rechtschaffener Mensch gewesen, liebevoll und fürsorglich; sie durfte ihn nicht mit ihrer Tat belasten.

Anna schlug das Album zu. Sie hatte ein gutes, langes Leben gehabt. Sie musste dankbar sein, dass das Schicksal sie so lange verschont hatte. Stöhnend stand sie vom Sofa auf, ging auf den Flur und öffnete die Kellertür.

Sie war sicher, dass das Gift nichts von seiner Wirksamkeit verloren hatte. Gut, dass sie es aufbewahrt hatte, sie hatte damals ja nicht einmal die Hälfte verbraucht.

Mühsam stieg sie die Kellertreppe hinab, knipste das Licht an und ging zu dem Holzgestell mit den Einweckgläsern. Sie fand das Marmeladenglas sofort. Es war staubig und voller Spinnweben. Vorsichtig trug sie es die Treppe hinauf in die Küche. Mit einem feuchten Tuch wischte sie es sorgfältig sauber. Die trübe Flüssigkeit im Innern des Glases sah noch genauso aus wie damals. Sie öffnete es. Der bittere Geruch war ebenfalls noch derselbe. Sorgfältig verschloss sie das Glas wieder. Dann trug sie es ins Schlafzimmer, wo noch immer das Doppelbett stand, in dem Franz und sie so viele Jahre geschlafen hatten, und stellte es in das Nachtschränkchen.

Anna wollte vorbereitet sein. Sicher dauerte es nicht lange, bis die Polizei herausfinden würde, wann der Tote im Watt gestorben war. Dann würde man nachforschen, wer damals als vermisst gemeldet worden war und danach nie wieder auftauchte. Ganz bestimmt würden die Beamten bald auf ihren, Annas, Namen stoßen. Und dann vor ihrer Haustür stehen und Fragen stellen.

Wenn es soweit war, würde Anna ihnen zuvorkommen und auf dieselbe Art sterben wie Hinrich. Das war nur gerecht.

Kai und Liliane

Das Erste, was Kai von ihr wahrnahm, war ihr Duft. Er erinnerte ihn an frisch gemähtes Gras, an saubere Wäsche und an ein altmodisches Parfüm mit Rosenduft. Alles zusammen vereinigte sich auf ihrer Haut zu ihrem eigenen, unverwechselbaren Geruch. Er empfand ihn als ausgesprochen angenehm.

Das Zweite war ihre Stimme. Hell und klar wie der Klang einer Glocke, aber nicht so metallisch, sondern weicher, variationsreicher. Erwachsen, dachte er, das ist die Stimme einer erwachsenen Frau, nicht die eines Mädchens. Er hatte ein Mädchen erwartet oder einen Jungen, der das Freiwillige Soziale Jahr ableisten wollte. Aber es gab auch Erwachsene im Sozialen Dienst.

„Hallo", sagte die Stimme. „Ich bin Liliane, aber alle nennen mich Lili. Ich bin deine neue Betreuerin. Und du bist Kai, stimmt's?"

Sie konnte nicht größer sein als höchstens einssiebzig, schloss er aus der Richtung ihrer Stimme.

„Ja. Hallo!" Auf gut Glück streckte er seine Hand aus zur Begrüßung. Ihr Händedruck war fest, ihre Hand fühlte sich klein und schmal an. Wahrscheinlich hatte sie eine zierliche Gestalt.

„Ich werde dich also jetzt zum Training fahren, Kai. Mein Auto steht gleich hier vorne." Offenbar wies sie mit der Hand in die entsprechende Richtung. Als sie ihren Fehler bemerkte, lachte sie leise. „Entschuldige meine Dummheit, Kai, aber du bist mein erster Blinder. Soll ich dich führen?"

Kai war von ihrer Direktheit beeindruckt. Die meisten Sehenden waren zuerst befangen in seiner Gegenwart und wussten nicht, wie sie auf seine Behinderung regieren sollten.

„Wenn du einfach meinen Arm nehmen würdest?" Er nahm seine Sporttasche hoch und schulterte sie. Der Griff ihrer Hand war fest, und zielstrebig führte sie ihn zum Auto. Er registrierte, wie sie die Beifahrertür öffnete und ihm die Sporttasche abnahm.

„Die stelle ich in den Kofferraum. Steigst du schon mal ein?"

Er tastete nach der Autotür. Offenbar ein Kleinwagen, wahrscheinlich ein Polo oder Seat. Vorsichtig manövrierte er seinen langen Körper auf den Sitz und schloss die Tür. Im Innern des Wagens war ihr Duft noch stärker. Nichtraucherin, stellte er befriedigt fest. Kai hasste Zigarettenrauch. Sein vorheriger Betreuer hatte dauernd geraucht, sein Auto hatte widerlich gestunken.

Liliane setzte sich neben ihn und startete den Motor.

„Du trainierst für die Olympiade, habe ich gehört. Alle Achtung! Hast du Lust, mir davon zu erzählen? Jetzt, wo ich dich dreimal die Woche zum Training chauffieren soll, möchte ich natürlich wissen, mit wem ich es zu tun habe."

Kai unterdrückte einen Seufzer. Oh Gott, dachte er, hoffentlich gehörte sie nicht zu denen, die ununterbrochen quatschten.

Sie schien seine Gedanken gelesen zu haben.

„Entschuldige bitte! Ich wollte nicht neugierig sein. Du brauchst nicht zu antworten."

Liliane biss sich auf die Lippen. Typisch! Vor lauter Verlegenheit fing sie an, den armen Jungen zu löchern. Verstohlen musterte sie ihn von der Seite. Ein nettes Gesicht, noch ohne Bartwuchs, aber schon mit ausgeprägten männlichen Zügen. Kurzgeschnittenes Haar, kräftige dunkle Augenbrauen. Die Augenlider halb geschlossen, darunter konnte man, wenn man genau hinsah, die unwillkürlichen Bewegungen der Augäpfel erkennen. Wie es wohl ist, vollständig blind zu sein, dachte sie. Rührend, wie er dahockte, die Knie fast bis zur Brust hochgezogen. Sie musste grinsen.

„Kai, vorne unter deinem Sitz ist ein Bügel, mit dem kannst du den Sitz nach hinten schieben. Dann haben deine Stelzen etwas mehr Platz."

Gehorsam folgte Kai ihrer Anweisung.

„Danke!", sagte er. „So ist es besser."

„Ich habe heute zum ersten Mal meinen Schützling zum Training gefahren, Christian. Ein netter Junge. Von Geburt an vollkommen blind. Aber er läuft trotzdem die Hundert- und die Zweihundert-Meter. Der Trainer steht in Hörweite auf der Bahn und klatscht in die Hände, so dass der Junge sich orientieren kann. So etwas habe ich noch nie gesehen."

Liliane sah ihren Mann, der ihr am Abendbrottisch gegenüber saß, nachdenklich an, während sie an ihrem Käsebrot kaute.

„Ja, es ist schon erstaunlich, was der Mensch leisten kann. Denk nur an die Paralympics." Christian widmete sich seinem Eiersalat. „Es gehört eine große Portion Willenskraft dazu, es trotz einer Behinderung zu solchen Höchstleistungen zu bringen."

„Dieser Junge, Kai heißt er, trainiert tatsächlich für die Behinderten-Olympiade. Der hat einen eisernen Willen. Ich bewundere ihn. Mancher meiner Schüler könnte sich von ihm eine Scheibe abschneiden."

Wieder nicht geschafft! Wieder hatte Kai die geforderte Zeit nicht erreicht, obwohl er alles aus sich herausgeholt hatte. Der Trainer hatte ihn nur um die Schultern gefasst und gemeint, er müsse mehr an sich arbeiten. Mist! Was war nur los mit ihm? Irgendwie konnte er sich nicht richtig konzentrieren.

„Hallo, Kai. Na, wie war's?"

„Hallo!"

„Warum so einsilbig? Ist was?"

„Ach, lass nur." Kai schloss die Augen und lehnte seinen Kopf an die Kopfstütze. Tief sog er den Duft ein, der von Liliane ausging. Wie schön es war, hier bei ihr im Auto zu sitzen! Ihre Gegenwart hatte etwas Beruhigendes. Er spürte ihre Hand auf seinem Arm.

„Kopf hoch, Kai. Es kann nicht jeden Tag super laufen. Das nächste Mal wirst du wieder besser sein, glaub mir."

Ihre Worte taten ihm gut. Er wünschte, sie würde ihre Hand für immer auf seinem Arm ruhen lassen.

Wie erschöpft er aussieht, dachte Liliane. Am liebsten hätte sie ihn in ihre Arme genommen und getröstet. Dass er sich dieses harte Training antun musste! Nun kannte sie ihn schon mehrere Wochen, und noch kein einziges Mal hatte er die Sportstunden ausfallen lassen. Immer öfter nahm sie sich die Zeit und beobachtete ihn beim Training. Es hatte etwas Faszinierendes zu sehen, wie er seinem jungen Körper alles abverlangte, immer wieder von vorne anfing, die Hundert lief, die Zweihundert, dann Konditionstraining, dann wieder die Schnellstrecken. Wie er am Ende der Trainingsstunde schweißgebadet am Arm des Trainers in der Umkleidekabine verschwand und dann mit noch nassen Haaren vor dem Eingang der Sporthalle auf sie wartete.

„Eines Tages wirst du es schaffen, Kai, dann nimmst du an den olympischen Spielen teil und gewinnst eine Medaille."

„Du siehst ziemlich kaputt aus, mein Junge." Kais Vater strich ihm über den Arm. „Wird dir das Training auch nicht zu viel?"

„Es geht schon. Mach dir keine Sorgen, Papa."

Der Pieper, den sein Vater bei sich trug, wenn er Bereitschaftsdienst hatte, gab einen Ton von sich.

„Das Krankenhaus! Ich muss los. Tut mir Leid, Kai, es wird heute nichts aus unserem Schachspiel." Seufzend stand er auf.

„Schon okay. Ich höre ein bisschen Musik."

Es war ihm ganz recht, dass sein Vater zum Dienst musste. Er wollte allein sein. Die schlechte Trainingsleistung ging ihm nicht aus dem Kopf. Er musste überlegen, wie er seine mentale Belastbarkeit stabilisieren konnte. Aber eigentlich wollte er nur in Ruhe an Lili denken. Wie sehr er sich jedes Mal auf das kurze Zusammensein mit ihr freute! Dabei wechselten sie immer nur ein paar Worte miteinander. In ihrer hellen Stimme spürte er oft eine große Herzlichkeit, wenn sie ihn begrüßte. Er freute sich darüber, dass sie ihn beim Training beobachtete, und immer, wenn sie ihn lobte, hörte er die Anerkennung in ihrer Stimme, sogar Bewunderung. Er streckte sich auf seinem Bett aus und verschränkte die Arme hinter dem Kopf. Wie sie wohl aussah? Ob sie lange oder kurze Haare hatte? Sicher fühlte es sich weich und seidig an. Wie gern würde er Lili einmal in den Arm nehmen! Seit seine Mutter tot war, hatte er keinen weiblichen Körper mehr gespürt. Er erinnerte sich noch genau daran, wie sanft und zart seine Mutter sich angefühlt hatte, wenn er sie umarmte. Er vermisste sie immer noch!

„Lili, was meinen die Menschen, wenn sie von Farben sprechen?" Oft hatte Kai darüber nachgedacht. Es musste etwas sein, dass er sich nicht vorstellen konnte. Etwas sehr Schönes.

„Das ist schwer zu erklären, Kai."

„Bitte versuch es!"

Liliane überlegte.

„Also: Nehmen wir Rot. Stell' dir ein Feuer vor. Einen großen Holzhaufen, der brennt. Kannst du das?"

„Ja. Ich habe einen Holzscheit schon einmal in der Hand gehabt."

„Gut. Dieser Holzscheit liegt mit sehr vielen anderen auf einem Haufen, und der Haufen steht in Flammen. Was fühlst du?"

„Es ist heiß."

„Wo ist es am heißesten?"

„In der Mitte des brennenden Holzhaufens."

„Ja, genau! Dort, wo es glüht. Dort ist es rot."

„Rot ist also heiß."

„Ja, aber nicht nur. Rot ist auch alarmierend.

Stell' dir vor, du liegst im Bett und bist dabei einzuschlafen. Plötzlich hörst du ein lautes klirrendes Geräusch, als ob jemand ein Fenster einschlägt. Du fährst hoch, dein Herz klopft zum Zerspringen. Du bist ganz allein zu Haus. Was fühlst du?"

„Ich bin erschrocken, habe Angst ..."

„Genau! Das ist Rot."

„Aha."

„Aber Rot ist noch mehr. Es ist ein Symbol für die Liebe. Aber auch für Wut und Ärger. Wahrscheinlich hat es damit zu tun, dass uns das Blut in die Wangen steigt und unser Gesicht ganz heiß wird, wenn wir verliebt sind oder wütend."

„Wie geht es deinem blinden Sportler, Lili?"

Christian sah Liliane über die Zeitung hinweg an. „Will er immer noch Olympiateilnehmer werden?"

Liliane legte ihr Buch beiseite. "Er strengt sich unheimlich an. Manchmal denke ich, er übertreibt es. Er ist wahnsinnig ehrgeizig!"

Eine Pause entstand.

„Sag' mal wie würdest du einem Blinden erklären, was Farben sind?"

„Farben?" Christian überlegte. „Das ist unmöglich", meinte er dann. „Wenn du zum Beispiel sagst: Rot ist wie ..., dann vergleichst du die Farbe wieder mit etwas, was man gesehen haben muss. Und das kann ein Blinder ja nicht."

Liliane seufzte. „Neulich hat Kai mich nach den Farben gefragt.

Ich sollte sie ihm erklären."

„Und? Hast du?"

„Mehr schlecht als recht, glaube ich."

Wieder entstand eine Pause. Dann fuhr sie nachdenklich fort: „Wie mag es wohl sein, nicht sehen zu können? Keine Farben, keine Menschen, keine Bäume ... Gar nichts."

„Ich glaube, wenn man von Geburt an blind ist, vermisst man nichts. Man kennt es ja nicht anders. Die restlichen Sinne sind dann besser ausgebildet."

„Ja, mag sein. Aber trotzdem ... Irgendwie tut es mir für Kai so Leid. Was er alles nicht kennt! Er ist solch ein lieber Mensch. Und so jung ..."

„Heute werde ich besser sein, Lili, ich spüre es!"

„Ich werde zuschauen und dich anfeuern, das hilft bestimmt."

Einen Moment lang hielt Kai ihre Hand auf seinem Arm fest. „Drück mir die Daumen!"

Liliane setzte sich auf die Zuschauertribüne und verfolgte die Übungen, die Kai absolvierte. Jetzt kam sein abschließender Lauf. Der Trainer stand am Ende der Hundertmeterstrecke und klatschte schnell hintereinander in die Hände. Die Zeit wurde automatisch gestoppt. Kai hatte einen guten Start und lief, wie er noch nie gelaufen war. Bestzeit! Der Trainer warf die Arme hoch und umarmte seinen Schützling. Liliane eilte auf die Aschenbahn und rief schon von Weitem: „Glückwunsch, Kai, das war toll!" Er stand da, die Hände auf den Oberschenkeln abgestützt, noch immer ganz außer Atem. Dann richtete er sich auf und lächelte ihr triumphierend entgegen. Bei ihm angekommen, sagte sie: „Nicht erschrecken, Kai, ich werde dich jetzt umarmen."

Sie legte ihre Arme um seine Taille und drückte ihn an sich. Deutlich spürte sie sein heftig klopfendes Herz und seinen schnellen Atem. Wie groß und athletisch er war! Und so voller Leben!

Zögernd legte nun auch Kai seine Arme um Lilianes Oberkörper und beugte seinen Kopf zu ihr hinunter. Seine Wange berührte die ihre. Er schmiegte sein Gesicht an ihren Hals und sog tief ihren Duft ein. Wie wunderbar sie roch! Mit der Hand strich er ihr über den Rücken. Wie er vermutet hatte: Sie war schlank und zierlich. Ihre Brüste drückten weich gegen seinen Oberkörper. Eine Welle von Gefühlen überflutete ihn, Gefühle von Sehnsucht, Begierde, Zärtlichkeit. Aber da hatte sie sich schon von ihm gelöst.

„Erkläre mir bitte die Farbe Blau!"

„Okay. Du sitzt an einem warmen Frühlingstag am Ufer eines Baches und hältst die nackten Füße ins Wasser. Wie fühlt es sich an?"

„Kühl. Angenehm."

„Gut. Du gehst im Sommer durch den Wald. Große Bäume mit viel Laub umgeben dich. Es riecht nach Erde und Moos. Du hörst Vogelgezwitscher. In den Baumkronen rauscht leise der Wind. Was empfindest du?"

„Frische. Ruhe. Harmonie."

„Das ist Blau."

Eine nachdenkliche Pause.

„Und Gelb?"

„Gelb ist schwierig. Lass mich mal überlegen." Liliane lenkte ihren Polo gekonnt durch den Verkehr.

„Warst du schon einmal an einem Strand am Meer? Stell dir vor, du liegst im weichen Sand. Die Sonne wärmt deine Haut. Du lässt den Sand durch deine Finger rieseln. Ganz fern hörst du das Meer rauschen. Ein leichter Wind streicht über deinen Körper. Wie fühlst du dich?"

„Leicht. Unbeschwert. Warm."

„Genau. So ist Gelb. Kannst du es dir nun vorstellen?"

„Hm. Ich glaube, ja."

Liliane parkte das Auto vor Kais Elternhaus.

"Da sind wir."

„Lili?"

„Ja?"

„Darf ich dich einmal ansehen? Ich meine, mit meinen Händen?"

Überrascht wandte sich Liliane ihrem Schützling zu.

„Du willst mein Gesicht abtasten?"

„Ja. Ich habe danach ein Bild davon in meinem Kopf. Aber nur, wenn es dir nichts ausmacht."

„Also gut." Sie wandte sich ihm zu und schloss die Augen.

Kai fuhr mit den Fingerspitzen ganz leicht über ihre Stirn, ihr Haar und die Konturen ihres Gesichtes. Aha, dachte er, sie trägt die Haare nach hinten gekämmt. Lange Haare, am Hinterkopf mit einer großen Spange locker zusammengehalten. Gewölbte Augenbrauen, dazwischen zwei steile Falten. Offenbar zog sie häufig die Brauen zusammen. Lange Wimpern. Eine gerade Nase. Schmale Wangen. Ein voller Mund mit ausgeprägtem Amorbogen. Kleine Fältchen in den Mundwinkeln. Ein rundes Kinn.

„Du bist wunderschön, Lili", sagte er. Er fühlte, wie ihr Gesicht sich zu einem Lächeln verzog. „Ich wette, deine Augen sind blau und deine Haare gelb." Er umfasste ihren Kopf mit beiden Händen, zog ihn zu sich heran und küsste sie auf den Mund. Zuerst ganz zart, dann mit wachsender Intensität.

Liliane erstarrte. Was geschah hier? Sie ergriff Kais Hände und stieß ihn von sich. Oh Gott, das konnte doch nicht wahr sein! Der Junge war verliebt in sie!

Bestürzt sah sie den tief verletzten Ausdruck über ihre brüske

Reaktion in seinem Gesicht.

„Es tut mir Leid, Kai, ich wollte dich nicht verletzen. Aber du hast da etwas missverstanden. Ich habe dich sehr gern, das musst du mir glauben, aber ..."

„Ich liebe dich, Lili. Und ich dachte, dass du auch ..."

„Aber Kai, wenn du mich sehen könntest ..."

„Ich kann dich doch sehen! Du bist wunderschön!"

„Nein!" Es war fast ein Schrei. Liliane seufzte tief auf. „Nein", fuhr sie etwas ruhiger fort, „du hast nur eine Vorstellung von mir in deinem Kopf, und diese Vorstellung stimmt nicht."

Stumm saß er da. Sein junges Gesicht wirkte verstört und hilflos. Liliane holte tief Luft.

„Hör mir zu, Kai! Du hast mich nach meiner Haarfarbe gefragt. Ja, meine Haare waren einmal blond, aber jetzt haben sie keine Farbe mehr. Sie sind grau, ganz und gar grau. Fast schon weiß. Kai, ich bin neunundfünfzig Jahre alt! Ich könnte deine Großmutter sein!"

Der Ausdruck von Fassungslosigkeit und Scham, der sich auf Kais Gesicht ausbreitete, wollte ihr schier das Herz brechen. Wortlos stieg er aus dem Auto und ging ohne auf sie zu warten blindlings mit ausgestreckten Armen auf das Haus zu. Eilig holte sie seine Sporttasche aus dem Kofferraum und folgte ihm zur Haustür.

„Kai ..."

Ohne ein Wort zu sagen, schloss er die Tür auf und ging ins Haus. Sein Gesicht war hochrot und nass von Tränen.

Die Beichte

„Ich werde mich heute umbringen, Herr Pfarrer." Konsterniertes Schweigen, mehrere Sekunden lang. Es füllt den winzigen Raum des Beichtstuhls, als wäre es flüssiges Glas. Ich warte. Es riecht nach altem Holz, nach Staub und nach dem Schweiß der unzähligen Menschen, die hier schon gekniet haben, wie ich jetzt. Ein ganz leichter Duft nach Aftershave. Benutzen Geistliche Rasierwasser?

„Sie haben sich also entschieden. Wollen Sie mir verraten, was Sie zu diesem Entschluss geführt hat?"

Kein 'Im Namen des Vaters' und so weiter, kein 'Wann war deine letzte Beichte, mein Sohn?' Es hat sich anscheinend einiges geändert, seit ich das letzte Mal gebeichtet habe. Wie lange ist das her? Dreißig, vierzig Jahre?

Die Stimme des Pfarrers ist angenehm. Freundlich. Interessiert. Die Ankündigung meines Selbstmordes hat ihn anscheinend kaum aus der Fassung gebracht. Kein Entsetzen, keine Vorhaltungen, keine Gegenargumente. Nur neutrale Sachlichkeit und die Bereitschaft zuzuhören.

„Das ist eine lange Geschichte. Wollen Sie sie wirklich hören, Herr Pfarrer?"

„Dafür sitze ich hier. Ich habe alle Zeit der Welt."

Er meint es ernst. Ich muss zugeben, ich bin beeindruckt. Ein erfahrener Seelsorger. Versiert im Umgang mit reumütigen Schäfchen, denen er die Sorgen abnimmt. Geständnis, Buße, Vergebung. So einfach ist das.

Nicht, dass ich gläubig wäre. Bis Mitte dreißig hat es gedauert, bis ich meine erzkatholische Erziehung verarbeitet hatte. Seitdem bin ich überzeugter Atheist. Was sonst kann man sein, wenn man sieht, was in der Welt los ist? Welche Gräueltaten gerade im Namen von religiösen Überzeugungen begangen werden! Aber das braucht mich jetzt ja nicht mehr zu beunruhigen.

Ich bemerke, dass der Geistliche sich auf seinem Stuhl bewegt, als suche er eine bequemere Sitzhaltung. Sein Gesicht hinter dem engmaschigen Holzgitter ist nur schemenhaft auszumachen. Ich sehe lediglich die Konturen. Und weißes Haar. Gut. Er ist also schon älter. Es wäre mir schwer gefallen, mich einem gerade aus dem Priesterseminar entlassenen Jüngling anzuvertrauen.

Soll ich ihm wirklich alles erzählen? Warum nicht, immerhin unterliegt er ja dem Beichtgeheimnis.

Die Holzbank, auf der ich knie, ist unangenehm hart. Schon interessant, dass ich ausgerechnet hier gelandet bin. Nur weg! Das war mein einziger Gedanke, als ich aus meiner Praxis gestürmt bin, die verblüfften Blicke der Sprechstundenhilfe in meinem Rücken. Mit dem Auto durch die Straßen, ziellos. In der Fußgängerzone mit blinden Augen von einem Schaufenster zum nächsten. Dann: die offene Tür einer Kirche. Einladend. Und irgendwie tröstlich. Die Stille in dem hohen gotischen Kirchenraum. Wie früher. Das schimmernde Gold der Heiligenfiguren an den steinernen Säulen. Das sanfte Licht der Kerzen auf dem Altar und der Duft nach Blumen und Weihrauch. Die Realität schien plötzlich ganz weit weg zu sein, wie das ferne Rauschen des Straßenverkehrs draußen. Einige Kinder und zwei alte Frauen knieten in der Bankreihe vor dem Beichtstuhl und warteten darauf, bis sie an der Reihe waren. Ich setzte mich auf eine der Bänke und sah zu, wie sie in den Beichtstuhl gingen und nach überraschend kurzer Zeit wieder heraus kamen. Was können sie auch schon zu beichten haben, diese Kinder und alten Leute?

Ein Räuspern. Der Pfarrer wartet auf meine Antwort.

„Also." Auch ich muss mich räuspern. „Um es gleich zu sagen: Ich bin ein Mörder."

Will ich den Mann hinter dem Holzgitter schockieren? Will ich ihn aus seiner professionellen Ruhe bringen? Selbst in meinen Ohren klingt der Satz theatralisch. Und doch: Es ist die Wahrheit.

„Erzählen Sie. Ich höre Ihnen zu." Souverän. Gelassen.

Also gut. Ich werde erzählen. Was ich noch nie jemanden erzählt habe. Plötzlich drängen die Worte aus mir heraus. Als hätten sie nur darauf gewartet, endlich ausgesprochen zu werden.

„Eigentlich ist es eine ganz einfache Geschichte. Es war vor mehr als dreißig Jahren. Ich war vierundzwanzig, das Mädchen war achtzehn. Wir hatten eine wilde Party gefeiert, es wurde viel getrunken und gekifft, und ich war ganz verrückt nach ihr. Auf dem Nachhauseweg sind wir durch den Park gegangen. Dort habe ich sie vergewaltigt. Ihre Gegenwehr habe ich, betrunken wie ich war, nicht ernst genommen. Anschließend weinte sie und schrie und drohte, sie würde zur Polizei gehen und mich anzeigen. Das wäre das Ende meiner beruflichen Laufbahn gewesen, ich stand damals kurz vor dem ersten Examen als Mediziner. Da habe ich sie am Hals gepackt und gewürgt, bis sie still war."

Völlig außer Atem, als hätte ich zwischendurch vergessen Luft zu holen, halte ich inne. Mein Herz klopft laut und heftig gegen meine Rippen. Ich atme tief ein und aus. Jetzt habe ich es endlich ausgesprochen. Erstaunlich, wie erleichtert ich mich fühle.

„Das ist sicher noch nicht alles."

Die ruhige Stimme des Geistlichen hat etwas aufreizend Geduldiges. Wie kann der Mann nur so gefasst bleiben? Ich habe ihm doch gerade einen Mord gestanden!

„Erzählen Sie weiter."

„Wir sind alle in Verdacht geraten, das heißt, alle Männer, die auf der Party gewesen sind. Besonders ich, weil ich mit dem Mädchen geflirtet hatte. Aber ich habe einfach alles abgestritten. Die Polizei konnte mir nichts nachweisen. Der Fall wurde schließlich zu den Akten gelegt. Ich habe die ganze Sache verdrängt und versucht alles zu vergessen."

„Sie haben so getan, als wäre nichts geschehen? Und einfach weitergelebt wie bisher?"

„Ja, genau." Ich hole tief Luft. Wie schwer es ist, es auszusprechen! „Ich habe mein Examen gemacht, später meinen Facharzt, habe einen Kredit aufgenommen und in der Kreisstadt eine Praxis eröffnet. Ich habe geheiratet und zwei wunderbare Kinder bekommen."

Ich kann nicht weitersprechen. Der Gedanke an Heike, meine Frau, und an Jennifer und Max verursacht mir einen steinharten Kloß in der Kehle.

Die sonore Stimme des Pfarrers reißt mich aus meinen Gedanken.

„Ich spüre, dass Ihnen jetzt die Tränen kommen. Sie denken daran, was sie alles verlieren können." Er macht eine bedeutungsvolle Pause. Dann: „Das ist nur Selbstmitleid, keine Reue."

Selbstmitleid? Empört versuche ich das Gesicht hinter dem Gitter zu erkennen. Wie kann der Mann nur von Selbstmitleid sprechen, wo ich doch bereit bin, mit meinem Leben zu bezahlen? Seine Stimme erscheint mir nicht mehr ganz so sympathisch wie vorher. Mit unverminderter Sachlichkeit fährt er fort:

„Es ist doch alles eigentlich gut gelaufen für Sie. Wie kommt es, dass Sie jetzt hier sind und sagen, Sie wollen sich umbringen?"

„Wissen Sie, ich habe oft an das Mädchen gedacht und meine Tat bedauert. Irgendwie habe ich auch versucht, ein besonders rechtschaffenes Leben zu führen, um dadurch wieder etwas gutzumachen. Als Arzt habe ich vielen Menschen helfen können. Ich habe eine Familie gegründet und zwei Kinder groß gezogen. Ich habe mir seither nie wieder etwas zuschulden kommen lassen. Ich bin in vielen gemeinnützigen Vereinen und spende regelmäßig große Beträge für verschiedene Organisationen."

„Sie haben also ein gutes Leben geführt in den letzten dreißig Jahren. Das Mädchen, das Sie ermordet haben, hatte diese Chance nicht."

Es klingt wie eine simple Feststellung. Aber es ist eine Anklage.

„Sie haben völlig Recht, Herr Pfarrer, ich habe mich schuldig gemacht. Und diese Schuld kann durch nichts ausgelöscht werden. Es sei denn, durch meinen Tod."

Eine kleine Pause entsteht. Na klar, jetzt ist selbst dieser unerschütterliche Mann berührt.

„Wieso kommen Sie gerade jetzt, nachdem so viele Jahre vergangen sind, auf diese Idee?"

Täusche ich mich, oder ist in der ruhigen Stimme des Pfarrers ein Anflug von Sarkasmus zu hören?

„Heute Morgen waren zwei Kriminalbeamte in meiner Praxis. Völlig überraschend und ohne Vorankündigung. Mit einem richterlichen Beschluss. Sie sagten, die Polizei habe nun neue Untersuchungsmethoden, um die archivierten Spuren ungelöster Mordfälle besser auszuwerten. DNA-Spuren zum Beispiel. Deshalb haben sie eine Speichelprobe verlangt. Man hat nämlich damals auf dem Körper des Mädchens Spermaspuren gefunden. Und nun werden sie diese Spuren mit meiner DNA vergleichen und feststellen, dass ich der Täter bin."

Wie höflich sie gewesen sind, die Kriminalbeamten! Höflich, aber bestimmt Haben mit dem langen Wattestäbchen in meiner Mundhöhle herumgefuchtelt. Widerlich! Zur Beweissicherung. Dass mit diesem Beweis mein Leben von einer Minute auf die andere zerstört ist, hat sie nicht eine Minute lang interessiert. Wie soll ich meiner Frau, meinen Kindern je wieder in die Augen sehen, wenn sie von meiner Untat erfahren? Was werden meine Freunde, meine Patienten, die Bewohner der Kleinstadt, in der mich so gut wie jeder kennt, von mir halten? Nein, es gibt nur einen Ausweg.

„Und deshalb wollen Sie Ihrem Leben jetzt also ein Ende setzen."

Es ist, als habe der alte Pfarrer meine Gedanken gelesen.

„Ja", sage ich, „es ist der einzige Ausweg."

„Es ist der Ausweg eines Feiglings!" Plötzlich ist die Stimme des Geistlichen nicht mehr ruhig und verständnisvoll. Sie ist streng und unerbittlich.

„Eines Feiglings?" Ich bin zutiefst verletzt. „Wo ich doch bereit bin, mit meinem Leben zu bezahlen?"

„Sie wollen den einfachsten Weg gehen. Dabei denken Sie nur an sich selbst und nicht etwa daran, was ihr Selbstmord für ihre Familie bedeuten würde, zusätzlich zu allem anderen. Sie wollen sich heimlich davonstehlen, um nicht die Konsequenzen Ihrer abscheulichen Tat tragen zu müssen. Das nenne ich feige."

Ich spüre, wie mir das Blut in den Kopf steigt. Mein Gesicht brennt, in meinen Ohren braust es. Wie kann dieser alte Pfaffe nur so mit mir reden! Ich stürze aus dem Beichtstuhl. Dieses ganze Gerede von Reue, Buße und Vergebung! Nichts als christliches Geschwafel. Ich ein Feigling! Wie kann er so etwas sagen! Als wäre es leicht zu sterben. Und damit auf alles zu verzichten, was das Leben vielleicht noch zu bieten hat. Ich bin schließlich erst vierundfünfzig Jahre alt!

Ich reiße die Tür des Beichtstuhls auf und haste zum Ausgang der Kirche. Die schwere Holztür mit den schönen alten Schnitzereien fällt mit einem dumpfen Knall hinter mir zu. Draußen im Sonnenlicht bleibe ich stehen. Was soll ich jetzt tun? Eine Weile stehe ich da, wie erstarrt. Auf einmal spüre ich, wie meine Knie weich werden. Ich muss mich hinsetzen, auf die Stufen des Kirchenportals. Die Wut, die mich aus dem Beichtstuhl getrieben hat, ist verraucht, hat sich buchstäblich in Nichts aufgelöst. Ich zittere am ganzen Körper. Der Pfarrer hat Recht: Ich bin ein Feigling! Als ob ich es fertigbrächte, mich umzubringen! Ich habe doch viel zu viel Angst vor dem Tod. Das großspurige „Ich bringe mich um" stellt sich als hohle Phrase heraus.

Geradezu jämmerlich, wie ich hier hocke und nicht weiß, was ich tun soll! Die Leute, die vorbeigehen, werfen mir schon befremdete Blicke zu. Ja, starrt mich nur an, ich bin ein feiger Mörder! Plötzlich höre ich, wie die Kirchentür hinter mir sich öffnet. Der Pfarrer tritt heraus. Dass er mich hier so sehen muss! Vor Scham möchte ich in den Erdboden versinken. Ich schlage wie ein Kind die Hände vors Gesicht. Er bückt sich zu mir herunter und legt mir die Hand auf die Schulter. Die Berührung geht mir durch und durch. Ich hebe den Blick und wage es ihn anzusehen. In seinen Augen lese ich Verständnis, aber auch die Forderung, Verantwortung zu übernehmen.

Auf einmal ist alles ganz klar. Also gut. Es wird höchste Zeit, die Konsequenzen zu tragen für das, was ich getan habe. Was jetzt auch kommt, ich bin bereit, es auszuhalten.

Ich stehe auf und reiche dem Pfarrer die Hand. Sein Händedruck ist warm und kräftig. Dann setze ich mich in Bewegung. Irgendwo hier in der Innenstadt wird es sicher eine Polizeistation geben. Erstaunlich, wie erleichtert ich mich fühle.

Julias Liebe

Ich bin viel zu früh hier, denkt Julia und setzt sich auf die lange hölzerne Bank, die an der Wand der Flurs steht. Nervös schaut sie sich um. Es ist noch niemand sonst hier. Sie atmet tief durch und versucht, sich zu beruhigen.

Lächerlich! Es war geradezu lächerlich, wie ihr Herz geklopft hatte, als das Telefon klingelte. Als wäre sie ein sechzehnjähriger Teenager, der sich zum ersten Mal verknallt hatte und nicht eine erwachsene Frau, die mitten im Leben stand.

„Hallo! Ich bin's. Thomas Bremer. Wie geht es Ihnen?"

„Gut, es geht mir gut." Hoffentlich merkt er nicht, wie aufgeregt ich bin, dachte sie. Mein Gott, dieses Herzklopfen ist ja nicht normal! Reiß dich zusammen, Julia!

„Und Ihnen?"

„Alles bestens! Sie haben doch hoffentlich nicht vergessen, dass Sie mir ein Abendessen versprochen haben, Frau Westphal? Wie wäre es mit morgen Abend? Ich habe gerade in der Stadt zu tun und würde mich schrecklich freuen, wenn Sie Zeit für mich hätten."

Seine Stimme! Allein seine Stimme war zum Dahinschmelzen!

„Morgen Abend? Das passt mir ausgezeichnet." Als wenn sie jemals etwas vorhatte an ihren freien Tagen!

„Also morgen. Acht Uhr? Ich freue mich!"

„Ich mich auch. Bis dann!"

„Bis dann!" Er legte auf.

Julia konnte nicht verhindern, dass ihre Hände zitterten, als sie den Telefonhörer auflegte. Was war nur los mit ihr? Wieso ließ sie es zu, dass diese Gefühle ihr komplettes Bewusstsein vereinnahmten, sobald sie eine freie Minute hatte? Sogar während ihrer Arbeit, wenn sie sich auf ihre Patienten konzentrierte, konnte sie sich nur schwer von den Gedanken an diesen Mann lösen. Dabei hatte sie ihn erst zweimal gesehen. Und es war nicht gerade ein erfreulicher Anlass gewesen, der ihr die Begegnung mit Thomas Bremer beschert hatte. Ein Unfall nämlich. Ein dämlicher kleiner Autounfall.

Sie war am frühen Morgen von einer Vierundzwanzig-Stunden-Schicht im Krankenhaus gekommen, todmüde und erschöpft, und hatte in der Dreißigerzone das Rechts-vor-Links-Gebot missachtet. Sein schöner Porsche hatte bei dem Zusammenstoß am linken hinteren Kotflügel eine hässliche kleine Beule davongetragen, ihr Toyota am rechten vorderen. Stumm begutachtete er den Schaden, während sie sich wortreich und den Tränen nahe für ihre Unaufmerksamkeit entschuldigte. Schließlich lächelte er sie an und meinte, sie solle sich beruhigen, es sei alles halb so schlimm, niemand sei schließlich zu Schaden gekommen und ein Auto sei nur ein Gegenstand, den man reparieren könne. Dabei legte er seine große, warme Hand beruhigend auf ihre Schulter; noch heute meinte sie, den tröstlichen Druck zu spüren. Sie hatte in graue Augen geblickt, Augen, die sie freundlich und verständnisvoll anschauten, mit einer ruhigen Gelassenheit, die sie überraschte. Er bat sie um ihren Namen und die Adresse, sagte, er würde den Schaden an seinem Auto von einem Gutachter schätzen lassen, drückte ihr eine Visitenkarte in die Hand und versprach, sich wieder bei ihr zu melden. Mit immer noch weichen Knien war sie nach Hause gefahren, froh, die unerfreuliche Angelegenheit auf diese Weise unspektakulär und ohne Polizei regeln zu können. Ihre Haftpflichtversicherung würde für den Schaden an dem Porsche aufkommen, und die Beule an ihrem eigenen Auto war nicht so wichtig. Der Toyota war sieben Jahre alt und hatte schon mehrere kleine Macken.

Sie musste schmunzeln bei der Erinnerung daran, wie er ein

paar Tage nach dem Unfall vor ihrer Wohnungstür gestanden hatte, mit einem Topf Alpenveilchen in der Hand. Alpenveilchen! „Ich mag keine Schnittblumen", sagte er, „ich kauf' nie welche. Weil sie zum Sterben verurteilt sind." Julia betrachtete gedankenverloren die violetten Blüten der Pflanze, die sie an einen halbschattigen Platz in ihrem Wohnzimmer in der Nähe ihrer Leseecke aufgestellt hatte.

„Sie verträgt keine direkte Sonne", hatte Thomas Bremer gesagt, „und immer nur von unten gießen."

War dies der Augenblick gewesen, in dem sie sich in ihn verliebt hatte? Berührte sie die fürsorgliche Art, mit der er ihr die Pflege der Blume ans Herz legte, weil es irgendwie unmännlich war, sich Sorgen um eine Topfpflanze zu machen? Jedenfalls hatte er ihr Interesse geweckt. Sie lud ihn zu einer Tasse Kaffee ein. Während sie den Kaffeetisch deckte, lief er mit einer Ungeniertheit, die ihr gefiel, in ihrer Wohnung umher und betrachtete die Kunstdrucke an den Wänden und die Bücher in den Regalen.

„Aha, ein Picasso-Fan", meinte er anerkennend, „und eine Krimi-Liebhaberin. Genau wie ich. Wir scheinen viel gemeinsam zu haben, Frau Westphal."

Julia hatte das Gefühl, dass ihre Wohnung durch seine körperliche Präsens geschrumpft war. Wie lange war es her, dass ein Mann bei ihr gewesen war? Seit sie damals mit Joachim Schluss gemacht hatte, war nur ihre Freundin Ute hin und wieder bei ihr gewesen. Sonst niemand. Und die Sache mit Matthias, der sich auch nach fünf Jahren immer noch nicht dazu hatte entschließen können, seine Familie zu verlassen, lag schon drei Jahre zurück. Schnell verscheuchte sie den Gedanken an ihn und die durchweinten Nächte und konzentrierte sich auf ihren Besucher.

Nachdem sie den frisch aufgebrühten Kaffee eingeschenkt hatte, musterte sie den Mann unauffällig, der ihr auf dem Sofa gegenüber saß und versuchte, seine langen Beine unter dem Couchtisch zu verstauen. Wie alt mochte er sein? Knapp fünfzig vielleicht? Volles graues Haar, gut geschnittenes Gesicht. Selbstsicher. Eine sonore, wohlklingende Stimme. Ja, sie musste zugeben, er war sehr attraktiv. Verstohlen sah Julia auf seine rechte Hand. Kein Ehering. Auf der Visitenkarte hatte neben dem Namen und der Handy-Nummer nur „Journalist" gestanden und der Name einer großen Hamburger Wochenzeitung.

Sie tranken Kaffee, er vertilgte unbekümmert alle ihre Plätzchen, was sie sympathisch fand, und sie plauderten angeregt miteinander. Über ihren Beruf als Ärztin, über seine journalistische Tätigkeit, die ihn in die Kleinstadt geführt hatte, weil er für einen Bericht über Umweltverschmutzung recherchierte, über ihre gemeinsame Vorliebe für Jazzmusik und moderne Kunst. Schließlich kam er auf den Schaden am Auto zu sprechen. Er bot ihr an, die Autoangelegenheit dadurch zu regeln, dass sie die Reparaturkosten, die kaum den Selbstbehalt ihrer Versicherung überschritten, direkt bar bezahlte. So würde sie ihren Rabatt bei der Versicherung behalten. Als er sich verabschiedete, fragte er, ob er sich in den nächsten Tagen bei ihr melden dürfe, um sie zu einem gemeinsamen Abendessen einzuladen. Mit geröteten Wangen hatte sie zugestimmt. Geradezu albern, wie sehr sie sich darüber gefreut hatte.

Julia zuckt heftig zusammen, als die Lautsprecherstimme ihren Namen aufruft und sie auffordert, in den Gerichtssaal Nr. 4 einzutreten. Sie hat nicht lange warten müssen; offenbar ist sie die erste Zeugin, die aussagen soll. Auf der hölzernen Bank, die an der Wand des mit hässlichem grauen Linoleum ausgelegten Flurs steht, sitzen noch mehrere Menschen, die warten, vorwiegend Frauen. Niemand sagt etwas. Verstohlen mustert man sich gegenseitig, neugierig, abschätzig. Julia fragt sich, ob diese Frauen auch ... ?

Sie denkt den Gedanken nicht zu Ende. Mit steifen Beinen steht sie auf, geht die paar Schritte zum Eingang des Gerichtssaals und öffnet die schwere Tür, durch die kein Laut nach draußen dringt.

Die Zuschauerplätze in dem kleinen Saal sind dicht besetzt. Es ist eine öffentliche Verhandlung. Anscheinend befriedigt der Fall ein voyeuristisches Interesse bei den Leuten, denkt Julia, warum sonst sollten sie hierherkommen. Alle Köpfe drehen sich zu ihr herum. Ja, starrt mich nur an, ich bin eine von ihnen! Sie hebt den Kopf und versucht, tief durchzuatmen. Dort links sitzt er, neben seinem Anwalt. Nur nicht hinschauen! Rechts, das ist der Staatsanwalt. Auf dem Pult vorne die Vorsitzende Richterin mit ihren beiden Beisitzern. Ich darf nicht zu ihm hinsehen! Auf keinen Fall!

„Treten Sie näher und nehmen Sie hier vorne Platz, bitte." Die Richterin weist auf einen kleinen Tisch vor dem Richterpult, an dem ein Stuhl steht. Während Julia mechanisch einen Fuß vor den anderen setzt und sich den Stuhl zurecht rückt, fixiert sie ihren Blick auf die Richterin. Automatisch registriert sie: graue Haare, ein kluges Gesicht, nicht ohne Güte, aufmerksame Augen hinter einer randlosen Brille. Sie fühlt, dass ihr Herzklopfen unter diesem wohlwollenden Blick nachlässt und sie innerlich ein wenig ruhiger wird.

„Sie werden hier als Zeugin vernommen, und als Zeugin müssen sie die Wahrheit sagen. Sie dürfen nichts hinzufügen und nichts weglassen. Haben sie das verstanden?"

„Ja." Julia bemerkt, dass ihre Stimme belegt klingt. Sie räuspert sich und wiederholt lauter: „Ja". Sie streckt den Rücken und konzentriert sich auf die Richterin.

„Zunächst zu Ihren Personalien. Nennen sie uns bitte Ihren vollen Namen, Alter, Personenstand, Beruf und Adresse."

„Mein Name ist Dr. Julia Henriette Westphal. Ich bin ledig. Ich arbeite als Fachärztin für Gerontologie im Herz-Jesu-Hospital. Ich bin dreiundvierzig Jahre alt. Meine Adresse ist ...

Während sie die Daten nennt, hat sich ein Wort in ihrem Kopf festgesetzt: Wahrheit. Sie soll die Wahrheit sagen. Was ist die Wahrheit?

„Sie hatten ein Verhältnis mit dem Mann, der sich Ihnen als Thomas Bremer vorgestellt hat, Frau Westphal? Obwohl sie ihn erst kurz kannten?"

Julia glaubt, einen versteckten Vorwurf in der Stimme der Richterin zu hören, aber als sie ihr in die Augen blickt, sieht sie nur Verständnis und, was schlimmer ist als ein Vorwurf, Mitleid. Julia spürt, wie sie errötet. Sie blickt auf ihre Hände, die völlig ineinander verkrampft in ihrem Schoß liegen.

„Ich habe mich sofort in ihn verliebt." Sie hebt den Blick und wagt es, der Richterin direkt in die Augen zu sehen. „Und er hat gesagt, dass er mich liebt."

Ja, das hatte er ...

„Thomas?"

„Ja?"

„Wie warst du als Kind?"

Julia schmiegte sich an Thomas Bremers Schulter und strich ihm sanft mit dem Zeigefinger über die behaarte Brust. Frühes Morgenlicht drang durch die Jalousien und erzeugte schwache helle Streifen auf der Bettdecke.

Julia glaubte, noch nie in ihrem Leben so glücklich gewesen zu sein wie in diesem Moment. Sie fühlte sich geborgen. Und geliebt. Ihr Körper war entspannt und befriedigt wie seit Ewigkeiten nicht mehr. Fast machte es ihr Angst, dieses Glücksgefühl.

Der Abend gestern war geradezu kitschig schön gewesen, mit allem, was zum Klischee eines romantischen Zusammenseins dazu gehörte: Kerzenlicht, das sich in feinem Porzellan und Kristallglas spiegelte, ein exzellentes Vier-Gänge-Menü, leise Musik in gepflegter Atmosphäre. Sie hatten Wein getrunken und sich unterhalten, als wären sie alte Vertraute. Thomas erzählte Anekdoten von seinen vielen Reisen, die er für seine Zeitung unternahm, auf eine charmante, witzige Art, die sie ständig zum Lachen brachte. Als sie von ihrer Arbeit mit den kranken, alten und manchmal sterbenden Menschen erzählte, hörte er mit echter Anteilnahme zu, und in seinen Augen hatte sie Respekt und Anerkennung gelesen für die Aufgabe, der sie ihr Leben gewidmet hatte. Nach dem wunderbaren Abendessen führte Thomas sie in eine Bar, wo eine Jazz-Combo spielte, sie hatten getanzt, und Julia fühlte sich in seinen Armen, als sei sie nach einer langen Reise endlich an ihrem Ziel angekommen. Wie selbstverständlich kam er anschließend mit in ihre Wohnung und sie schliefen miteinander, leidenschaftlich und zärtlich, als wäre es das Natürlichste auf der Welt.

„Wie ich als Kind war?"

Thomas ließ sich Zeit mit der Antwort.

„Hm, lass mich mal überlegen. Also: Ich war ein ziemlicher Draufgänger, forsch und selbstbewusst. Ich habe schon als Zehnjähriger an der Schülerzeitung mitgearbeitet, habe alle möglichen Interviews gemacht und die Lehrer mit frechen Fragen genervt."

Er lachte leise. Julia wurde sich bewusst, dass sie sein Lachen jetzt schon liebte.

„Da fällt mir eine lustige Episode ein", fuhr Thomas fort, „Ich war vielleicht elf oder zwölf Jahre alt und wollte einen Artikel über einen unserer Lehrer schreiben. Wir hatten bemerkt, dass er und eine seiner jungen Kolleginnen auf dem Schulhof auffallend häufig zusammenstanden. Ich fragte ihn, warum er denn noch nicht verheiratet sei. Er wurde prompt verlegen und sagte, er habe eben die richtige Frau noch nicht gefunden. Darauf ich: Dann solle er es doch einmal mit Frau Grote versuchen, das war die besagte Kollegin. Er wurde puterrot und ließ mich stehen. Aber, was soll ich dir sagen? Ein viertel Jahr später waren die beiden verheiratet." Wieder dieses leise Lachen.

„Du siehst, ich bin eine Naturbegabung als Journalist. Aber ich muss zugeben: Noch lieber wäre ich Detektiv geworden. Oder Formel-Eins-Rennfahrer. Viel Geld verdienen und tolle Autos fahren. Ja, das war mein Traum." Er drehte sich zu ihr hin, stützte sich auf seinen Ellenbogen und sah Julia ins Gesicht.

„Und du? Wie muss ich mir die kleine Julia vorstellen?"

Julia löste sich von ihm, legte sich auf den Rücken und verschränkte die Arme hinter dem Kopf.

„Ich? Ich war diejenige, die in der Ecke stand und die Jungs, die so waren wie du, aus der Ferne angehimmelt hat. Ich war still und schüchtern. Habe mich immer wegen irgendwas geschämt. Habe mir eingebildet, dass ich zu klein oder zu dünn war, dass meine Haare zu kraus waren, dass ich zu große Füße hatte und so weiter. Aber ich war fleißig und ordentlich, dafür bekam ich sehr viel Lob, und ich war pflichtbewusst." Sie schwieg gedankenverloren einen Moment. Dann fuhr sie fort.

„Ich glaube, im Grunde habe ich mich immer nach Beachtung gesehnt, von meinen Eltern, meinen Lehrern, von den Männern in meinem Leben. Deshalb auch diese lange Beziehung zu einem verheirateten Mann, von der ich dir erzählt habe. Es hat ewig gedauert, bis ich verstanden hatte, dass er nie daran dachte, seine Familie für mich aufzugeben."

Julia verstummte. Eine Pause entstand. Plötzlich fürchtete sie, sich zu sehr geöffnet zu haben.

Thomas setzte sich auf. Mit einer liebevollen Geste strich er ihr eine Haarlocke aus dem Gesicht. „Schau mich mal an, Liebes", bat er leise. Julia wagte es kaum, seinem Blick zu begegnen.

„Julia, ich glaube, ich bin dabei, mich ganz ernsthaft in dich zu verlieben", sagte er. Seine Lippen waren sanft und warm, als er sie küsste.

„Sie haben sich immer nur in Ihrer Wohnung getroffen, ist das richtig?"

„Ja."

"Hat es Sie nicht gewundert, dass er Sie nie mitgenommen hat in seine eigene Wohnung? Oder darüber, dass er so häufig unterwegs und nicht erreichbar war für Sie?"

„Nein. Er ist ja Journalist und muss für seine Reportagen recherchieren. Deshalb war er häufig unterwegs. Außerdem wohnt er in Hamburg. Das ist über hundert Kilometer entfernt."

„Wann hat Bremer das erste Mal Geld von Ihnen verlangt, Frau Westphal?"

Der Staatsanwalt, der die Befragung übernommen hat, blättert in seinen Unterlagen. Dann sieht er Julia herausfordernd an. „Es wollte doch Geld von Ihnen, oder?"

„Er hat es nicht von mir verlangt. Ich habe es ihm gegeben. Es war für unser Haus." Das jedenfalls hat sie geglaubt. Eigentlich will sie es immer noch glauben. Es kann doch nicht sein, dass ...

Sie hatten Julias Eltern besucht, die in einem Seniorenheim lebten. Die beiden hatten ihr Häuschen im Grünen verkaufen müssen, um sich den Platz in dem Heim auf Lebenszeit zu sichern. Ihre Mutter, eine einfache Frau Mitte siebzig, war ganz angetan von dem Charme und der Liebenswürdigkeit ihres Besuchers. Thomas hatte ihr eine große Schachtel der teuersten Pralinen überreicht und ihrem Vater eine Flasche Cognac.

„Mama, Papa, darf ich euch Thomas vorstellen. Wir sind ..." verlobt, hatte sie sagen wollen, aber dann erschien ihr das Wort doch allzu altmodisch zu sein, „wir sind zusammen und wollen heiraten." Ihre Mutter war ihr um den Hals gefallen und hatte den Diamantring bewundert, den Thomas Julia geschenkt hatte.

„Das ist der Mann, den ich heiraten werde, Papa", wiederholte Julia ein ums andere Mal. Sie liebte den Satz und genoss es, ihn laut auszusprechen. Ihr Vater litt stark an Altersdemenz, vergaß sofort wieder, wer ihm gegenüber saß und fragte wiederholt, wer denn der Mann wäre, den sie mitgebracht hatte.

Als sie auf dem Heimweg in Thomas bequemem Porsche über die Autobahn rollten, fragte er: „Hast du etwas dagegen, wenn wir einen kleinen Umweg machen, Schatz? Ich möchte dir etwas zeigen."

Er fuhr in eine am Stadtrand neu angelegte Wohnsiedlung und hielt vor einem offenbar leerstehenden Wohnhaus an. Es war modern gehalten, in dem schlichten, geradlinigen Bauhausstil, den Julia so gern mochte.

„Komm, steig aus", sagte Thomas lächelnd, "du stehst vor unserem zukünftigen Heim." Er wedelte mit den Schlüsseln, nahm sie bei der Hand und führte sie über den mit weißen Kieseln belegten Weg zum Haus, schloss auf und sie gingen hinein. Begeistert wie ein Kind lachte er sie an.

„Na, gefällt es dir?"

Wortlos folgte sie ihm durch die leeren weißen Räume, staunend und sprachlos vor Glück. Hier würden sie wohnen, in diesem wunderschönen, makellosen Haus!

„Gefällt es dir nicht? Du sagst ja gar nichts!"

Sie schlang die Arme um seinen Hals und sah ihn mit tränenblinden Augen an.

„Ich liebe dich! Weißt du überhaupt, wie sehr ich dich liebe, Thomas?" Er küsste sie und drückte sie an sich. Dann löste er sich von ihr.

„Ich habe schon alles geregelt mit dem Makler. Wir werden natürlich eine Anzahlung leisten müssen, aber den Rest können wir leicht über die Bank finanzieren. Bei den niedrigen Zinsen heutzutage ein Kinderspiel." Er legte den Arm um ihre Schultern und führte sie durch das Haus. „Ich kann etwa fünfzigtausend Euro beisteuern, soviel habe ich in den letzten Jahren zurückgelegt. Wenn du dieselbe Summe noch einmal drauflegen könntest, ist die Restfinanzierung kein Problem. Und bald können wir in unser eigenes Haus einziehen. Na, was sagst du, Liebes?"

Julia dachte an das Geld, dass unnütz auf einem Festzinskonto bei ihrer Bank herumlag. Sie hatte von ihrem Gehalt seit Jahren nur einen kleinen Teil ausgegeben, da sie keine Familie zu versorgen hatte und bescheiden lebte. Sie sah in die erwartungsvollen Augen des Mannes, mit dem sie ihr Leben verbringen wollte, und lächelte.

„Das mit dem Geld ist kein Problem, Liebster."

„Sie haben ihm also die Summe von fünfzigtausend Euro ohne weitere Prüfung der Grundstücks- und Gebäudeunterlagen auf sein Konto überwiesen, Frau Westphal? War das nicht reichlich gutgläubig von Ihnen, um nicht zu sagen, leichtsinnig?"

Der Rechtsanwalt von Thomas Bremer spricht aus, was die meisten Zuhörer im Saal denken, vermutet Julia. Sie spürt, wie ihre Wangen brennen. Trotzig hebt sie das Kinn.

„Ich habe ihm vertraut. Schließlich wollten wir heiraten", sagt sie. Nicht hinsehen! Ich darf ihn nicht ansehen. Wenn ich ihn ansehe, breche ich bestimmt in Tränen aus.

„Danke, Frau Zeugin, sie dürfen auf der Zeugenbank Platz nehmen und der Verhandlung weiter beiwohnen." Julia kann das Mitleid in der Stimme der Richterin nun ganz deutlich hören. Sie presst die Lippen zusammen und setzt sich auf die Zeugenbank.

Die weitere Verhandlung nimmt sie wie durch einen Nebel wahr. Drei weitere Frauen werden als Zeuginnen befragt, eine davon ist gleichzeitig Nebenklägerin. Sie hat Thomas Bremer angezeigt, so dass nach ihm gefahndet und er schließlich verhaftet wurde. Immer dieselben Fragen werden gestellt.

Wie ist Ihr Name?

Ruth Brandner. Marie Luise Körber. Annegret Lechner.

Einundfünfzig Jahre. Fünfundvierzig Jahre. Zweiundvierzig Jahre.

Lehrerin am Gymnasium. Geschäftsführerin. Friseurmeisterin und Besitzerin eines Frisiersalons.

Geschieden. Ledig. Verwitwet.

„Es war ein Unfall. Ich bin ihm hintendrauf gefahren. Ich hatte natürlich Schuld. Aber er war sehr großzügig."

„Er mag keine Schnittblumen, deshalb hat er mir ein Alpenveilchen mitgebracht. Das war so süß."

„Er hat gesagt, er sei Journalist. Deshalb war er so viel unterwegs."

„Ich hab den Diamantring, den er mir geschenkt hat, von einem Juwelier prüfen lassen. Das ist nur Zirkonia."

„Ich mag die bayrische Volksmusik so gern. Er auch. Er hat gesagt, dass er als Bub Trompete gespielt hat."

„Er hat mich zu einem Konzert von Andre Rieu mitgenommen. Den liebt er genauso wie ich. Diese wunderbare Walzermusik."

„Er ist Klassik-Fan. Genau wie ich. Er hat mir eine CD mit Mozarts Klavierkonzerten geschenkt."

„Das Haus war wie für uns gemacht. Nur noch sechzigtausend Euro brauchte er für die Anzahlung."

„Fünfzigtausend Euro hab ich ihm gegeben."

„Vierzigtausend, mehr hatte ich nicht."

Immobilienmakler, ehemalige Kollegen, Autovermieter treten auf. Charmant und freundlich sei er gewesen, ein sehr guter Verkäufer. Seine Abschlussquote bei den Versicherungsverträgen sei eine der besten gewesen. Er konnte jeden um den Finger wickeln mit seiner ansprechenden Art. Hatte wohl einen Hang zu schnellen Autos und teuren Markenklamotten, aber seine Manieren: tadellos! Julia kann kaum fassen, was sie über den Mann, den sie heiraten wollte, erfährt. Er heißt nicht Thomas Bremer, sondern Karl-Heinz Moormann. Er ist kein Journalist, sondern Versicherungsvertreter. Er war nie verheiratet und hat auch keinen Sohn, wie er ihr erzählt hat. Nicht einmal der Porsche hat ihm gehört, sondern war nur geleast. Lügen, nichts als Lügen!

Als das Urteil gesprochen wird, kann Julia der Versuchung nicht widerstehen, den Mann, den sie als Thomas Bremer kennt, anzusehen. Groß, aufrecht, aber mit gesenktem Kopf steht er da. Für die Ewigkeit eines Sekundenbruchteils treffen sich ihre Blicke. In seinen Augen liest Julia Resignation und Bedauern. Die Andeutung eines winzig kleinen Lächelns, wie um Entschuldigung bittend, huscht über sein schönes Gesicht. Wie sie es geliebt hat, dieses Gesicht!

Drei Jahre Haft, lautet der Richterspruch. Wegen vierfachen schweren Betruges in Tateinheit mit vorsätzlicher Täuschung und Führens falscher Identitäten.

Innerlich völlig erstarrt verlässt Julia das Gerichtsgebäude, steigt in ihr Auto und fährt nach Hause. Erst als die Wohnungstür hinter ihr ins Schloss fällt, bricht ihre mühsam aufrecht erhaltene Selbstbeherrschung zusammen. Ein krampfhaftes Schluchzen steigt in ihr auf, ihre Knie geben nach, langsam sinkt sie zu Boden. Mit dem Rücken an ihrer Wohnungstür kauernd, schlägt sie die Hände vors Gesicht und bricht in Tränen aus. Wie hat er ihr das nur antun können! Diese vielen Lügen! Und sie hat ihm alles von sich preisgegeben, ihre intimsten Gedanken und Geheimnisse! Julia fühlt, wie ihr ganz schlecht wird vor Scham. Wie naiv sie gewesen ist! Sicher haben die Leute im Gerichtssaal gegrinst und den Kopf geschüttelt über soviel Dummheit. Diese Demütigung! Wie hat sie ihm nur so blind vertrauen können! Oh Gott, sie kann sich ja nirgendwo mehr sehen lassen, wenn bekannt wird, wie sie hereingelegt worden ist.

Plötzlich wallt heißer Zorn in ihr auf. Sie rappelt sich vom Boden auf und wischt sich grob die Tränen vom Gesicht. Dieser Lügner! Dieser Betrüger! Sie so zu hintergehen! Gemein und hinterhältig ist er vorgegangen. Hat sich gezielt Frauen wie sie ausgesucht, in weit auseinanderliegenden Kleinstädten. Frauen mittleren Alters, alleinstehend, mit gutem Einkommen natürlich, damit es sich auch lohnte! Frauen, die empfänglich für die Avancen eines solchen Mannes sind. Während er von dem Geld der einen Frau lebte, machte er sich schon an die nächste heran. Sie, Julia, war die Letzte in einer langen Reihe.

Julias Herz rast vor Empörung. Wie perfekt seine Masche war! Jahrelang hat sie funktioniert. Ein kleiner Unfall, dann das Alpenveilchen und dann die große Liebe. Mit ein paar langen Schritten ist sie beim Blumenständer, ergreift den Topf mit den Veilchen und schmettert ihn wutentbrannt gegen das Foto in dem Silberrahmen, das auf dem Regal steht. Der Tontopf zersplittert und die Blumenerde samt Pflanze fliegt in alle Richtungen. Das Glas des Bilderrahmens liegt zerbrochen auf dem Teppich zwischen den Tonscherben.

Verzweifelt starrt Julia auf das Chaos, dann läuft sie in ihr Schlafzimmer, wirft sich auf ihr Bett und weint. Sie krallt ihre Hände in das Kopfkissen, wirft sich laut schluchzend hin und her. Der Tränenstrom will kein Ende nehmen.

Doch plötzlich verstummt sie. Mit einem Ruck setzt sie sich auf. In ihrem Kopf ist ein neuer Gedanke aufgetaucht. Noch ist er unscharf, nicht ganz klar und greifbar, aber schon von großer

Kraft. Sie steht auf, wischt sich flüchtig die Tränen vom Gesicht und geht ins Wohnzimmer, wo noch immer der zerbrochene Bilderrahmen in der Blumenerde liegt. Sie kniet nieder, sammelt langsam und vorsichtig die Ton- und Glasscherben ein und bringt sie in den Mülleimer in der Küche. Dann hebt sie das Foto auf und betrachtet das lächelnde Gesicht darauf. Immer wieder streichen ihre Finger über die Augen und den Mund des Abgebildeten. Der Gedanke in ihr nimmt Form an. Gewinnt an Klarheit. Und dann ist sie sich plötzlich ganz sicher: Er muss sie geliebt haben, trotz allem! Denn sein Körper hat sie geliebt! Sein Körper konnte nicht lügen. Seine Hände, seine Augen, seine Lippen. Das konnte er nicht vortäuschen! Diese Zärtlichkeit! Diese Hingabe und Leidenschaft! Das war echt! Er hat sie geliebt!

Aufgeregt läuft sie in ihrer Wohnung hin und her, das Foto an ihre Brust gedrückt haltend. Immer neue Gedanken tauchen auf. Es kann doch durchaus sein, dass bei ihr, Julia, alles anders gewesen ist als bei den Frauen vor ihr. *Sie* hat er ja nicht verlassen, sie beide waren noch zusammen, als dieser schreckliche Brief von der Staatsanwaltschaft kam und sie erfuhr, dass er verhaftet worden ist!

Julia eilt ins Schlafzimmer und stellt sich vor den großen Spiegel. Sie betrachtet ihre Gestalt, ihr verheultes Gesicht, die zerzausten Haare. Ganz nahe tritt sie an den Spiegel heran. Sie registriert die Fältchen an ihren Augen und die noch kaum sichtbaren, aber doch vorhandenen grauen Fäden in ihrem Haar. Besonders hübsch ist sie nie gewesen, darüber macht sie sich keine Illusionen. Und sie wird immer älter.

In ihr ist auf einmal eine große Ruhe. Und wenn auch alles wahr ist, was über ihn gesagt wurde: Sie liebt ihn immer noch. Und sie wird ihm verzeihen. Drei Jahre sind eine lange Zeit, aber danach werden sie ein neues Leben beginnen. Zusammen. Ohne Lügen oder Geheimnisse. Er hat sie geliebt, da ist sie sich ganz sicher, und er wird es wieder tun. Sie werden in das weiße Haus einziehen. Schon heute wird sie anfangen dafür zu sparen. Sie werden glücklich miteinander werden in diesem Haus. Sie und Karl-Heinz Moormann.

Das Paket

„Hast du eigentlich eine Ahnung, wie sehr ich mich auf die Kreuzfahrt freue, Georg?"

Carla biss kräftig in ihr Brötchen und fuhr mit halbvollem Mund fort: „Ich bin jetzt schon fürchterlich aufgeregt, wenn ich nur daran denke."

„Hm, ja, natürlich." Georg wirkte abwesend. Er blätterte eine Seite seiner Zeitung um und vertiefte sich in einen Artikel.

„Stell dir nur mal vor, was wir alles sehen werden! Neapel, Rom, Marseille, Barcelona! Und dann das Schiff! Ich kann es kaum noch erwarten!"

Georgs Stimme hinter der Zeitung klang wenig interessiert. „Ja, sicher, es wird bestimmt sehr schön. Ist noch etwas Kaffee da?"

Carla stand auf, nahm die Glaskanne von der Warmhalteplatte der Kaffeemaschine und füllte Georgs Tasse.

„Ich habe mir gestern einen neuen Badeanzug gekauft. War gar nicht so teuer. Der alte hat mir nicht mehr gepasst."

„Ach so? Ja, gut."

„Wenn ich mir vorstelle, wie es sein wird auf dem Schiff! Im Whirlpool oder auf dem Sonnendeck! Man blickt auf das weite blaue Meer, lässt sich einen Cocktail servieren und genießt die Sonne. Ach Georg, du weißt ja gar nicht, wie sehr ich mich freue!"

Georg faltete seine Zeitung zusammen, legte sie ordentlich neben seinen Teller und trank seinen Kaffee aus.

„Ich gehe gleich rüber zu Hannes. Er will mir die neuen Teile zeigen, die er für seine Bahn gekauft hat." An der Tür drehte er sich noch mal um. „Wenn der Postbote ein Paket bringt, kannst du es ruhig annehmen. Es ist schon bezahlt."

„Ist gut."

Carla fing an, das Frühstücksgeschirr abzuräumen. Sie summte vor sich hin. Die Vorfreude auf die Reise ließ sie wie auf Wolken schweben. Hin und wieder stieg ein Juchzen in ihrer Kehle auf, das sie kaum unterdrücken konnte. Sie legte das Wischtuch aus der Hand und griff zu dem Reisekatalog, der, schon etwas zerfleddert, aufgeschlagen auf dem Wohnzimmertisch lag. Dieses wunderschöne Schiff! Genauso schön wie das Traumschiff im Fernsehen, von dem sie noch keine Folge versäumt hatte. Doppelkabine auf Deck acht. Ganz in der Nähe des Theaters und der Restaurants. Sogar ein Casino gab es! Und einen Fitnessraum. Obwohl Carla nicht glaubte, dass Georg und sie sich oft dort aufhalten würden. Bei dem Gedanken daran musste sie schmunzeln.

„War die Post schon da?" Georg wischte sich seine Schuhe auf dem Abtreter im Flur ab und kam in die Küche, wo Carla das Mittagessen vorbereitete. Gerade wälzte sie ein Schnitzel in Mehl, Ei und Panade, bevor sie es in das siedende Fett legte.

„Essen ist gleich fertig, Georg. Nur noch ein paar Minuten."

„Ist das Paket gekommen?" Georgs Stimme klang ungeduldig.

„Ja, die Post war da, aber ein Paket war nicht dabei." Carla wende-te die Schnitzel. „Erwartest du denn etwas Besonderes?"

„Ich habe bei Ebay etwas für meine Eisenbahn ersteigert."

Carla unterdrückte einen Seufzer. Die Modelleisenbahn! Sie war Georgs Ein und Alles. Seit er vorzeitig in Rente gegangen war, verbrachte er jede freie Minute im Keller bei seiner Eisenbahn. Und dauernd kam etwas Neues dazu. Mal ein paar Schienen, mal ein neues Häuschen für die Landschaft, mal ein paar Miniaturautos. Carla gönnte ihm ja sein Hobby, aber jetzt war erst einmal die Schiffsreise dran. Sie hatte ewig lange einen Euro nach dem anderen von ihrem Haushaltsgeld zurückgelegt, bis sie genug gespart hatte, damit sie sich diese Reise leisten konnten. Sechshundert Euro hatte sie schon bei der Buchung angezahlt, jetzt, fünf Wochen vor Reiseantritt, waren die restlichen eintausendneunhundert Euro fällig. Für die Landausflüge brauchten sie auch noch ein paar Hundert Euro. Sie hatte das Geld nach und nach auf ein Sparkonto eingezahlt, wo es jetzt nur noch darauf wartete, an die Reisegesellschaft überwiesen zu werden.

„Warst du schon auf der Bank wegen der Reise, Georg?"

Georg schüttelte den Kopf. „Bin noch nicht dazu gekommen. Hat ja auch noch Zeit."

„Aber bald musst du das Geld überweisen. Damit sie uns die Reiseunterlagen schicken können."

„Ja, ja, schon gut!" Georg war mit den Gedanken anscheinend woanders. „Ist das Essen noch nicht fertig?"

Abends steckte Georg den Kopf zur Wohnzimmertür hinein. „Ich geh dann. Wenn das Paket noch kommt, nimm es bitte an. Vielleicht kommt es ja per Kurier."

„Ja, mach ich. Viel Spaß beim Skat, Georg!" Carla schaute kaum vom Fernseher auf, in dem gerade die Abendnachrichten liefen. Diese Skatabende jeden Donnerstag waren auch etwas, was Georg heilig war. Vor allem, weil sein Kumpel Hannes mit dabei war. Hannes stand Georg in seiner Leidenschaft für Modelleisenbahnen in nichts nach. Nun ja, sagte Carla sich, sie hatte ja schließlich auch ihren Handarbeitsclub.

Es war eine Woche später, als Carla, schlaflos im Bett liegend, hörte, wie Georg nach seinem Skatabend wieder nach Hause kam. Wie immer, führte ihn sein Weg als erstes in den Hobbykeller zu seiner Eisenbahn.

„Oh mein Gott", hörte Carla ihn schreien, und noch einmal „oh mein Gott!" Und dann, ziemlich schrill, ihren Namen. Sie sprang aus dem Bett und eilte die Treppe hinunter bis in den Keller, wo

Georg fassungslos vor den Trümmern seiner Modellbahn stand. „Ruf die Polizei, Carla", rief er, „hier ist eingebrochen worden. „Sie soll sofort kommen! Wähle 110!" Er rang die Hände und blickte sich verzweifelt in dem Chaos um. „Alles haben sie zerstört! Und alle meine Lokomotiven haben sie mitgenommen!"

„Nun beruhige dich erst einmal, Georg", sagte Carla. Sie schaute sich in dem Hobbyraum um. Die große Spanplatte, auf der Georg seine Anlage montiert und aufgebaut hatte, war umgestürzt worden, die Pappmachéberge, die Brücken und Straßen, die Georg in tagelanger Arbeit gebastelt hatte, lagen zertreten und zerfetzt über den Boden verstreut. Die elektrischen Kabel für die Lokomotiven und die Schienen ragten wie Adern und Sehnen aus dem Haufen heraus. Eine einzelne Plastikkuh in Miniaturformat lag zusammen mit einem Gewirr von Bäumen, Büschen, Autos und Fachwerkhäuschen vor ihren Füßen.

Sie ging zum Telefon. „Die Polizei kommt gleich, Georg." Carla betrachtete ihren Mann, der sich ständig mit allen zehn Fingern durch sein schütteres graues Haar fuhr. Wie verzweifelt er aussah, so alt und jammervoll, in seiner grauen Strickjacke und der Cordhose, die am Gesäß schon ganz blank war.

Die beiden Polizisten in Uniform besahen sich kopfschüttelnd das Chaos.

„Und sonst ist nichts gestohlen worden?"

„Nein, soviel ich sehe, ist im übrigen Haus alles in Ordnung", antwortete Carla.

„Offensichtlich sind die Täter durchs Kellerfenster eingestiegen. Die Scheibe ist eingedrückt worden. War ein Kinderspiel." Der junge Polizist, der sich das Fenster angesehen hatte, schüttelte missbilligend den Kopf über die offensichtlich unzureichenden Sicherheitsvorkehrungen.

„War die Anlage wertvoll?", fragte der Ältere. Georg schüttelte den Kopf. „Eigentlich nicht. Aber einige der Loks hatten einen großen Sammlerwert."

„Bitte, machen Sie uns eine Liste der gestohlenen Gegenstände. Und schätzen sie den ungefähren Gesamtschaden ein. Aber fassen Sie nichts an, bevor die Spurensicherung hier war, wegen der Fingerabdrücke und so." Er ließ seine fachkundigen Augen über die verwüstete Anlage gleiten. „Hier hat jemand ganze Arbeit geleistet. Können Sie sich vorstellen, wer das getan haben könnte, Herr Möller? Wer wusste denn von den wertvollen Loks?"

Georg kratzte sich am Kopf. „Eigentlich nur Hannes. Er hat auch eine Modellbahn. Und natürlich die Kumpels vom Club."

„Okay. Machen Sie uns bitte eine Liste mit den Namen." Er wandte sich an Carla. „Und Sie, Frau Möller. Haben Sie nichts gehört? Das hier muss doch ganz schön Krach gemacht haben."

„Ich war heute Abend bei meiner Freundin Anni. Sie ist Mitglied in meinem Handarbeitsclub. Sie hat heute ihren Geburtstag gefeiert. Den zweiundsechzigsten." Carla zog ihren Morgenmantel fester um ihren Oberkörper.

Als die Polizisten gegangen waren, nahm Carla Georg am Arm. „Komm, wir gehen jetzt am besten ins Bett. Hier können wir doch nichts mehr machen."

Während Carla darauf wartete, dass Georg endlich einschlief, dachte sie an den Donnerstag letzter Woche.

Es hatte tatsächlich ein Kurier von einem Paketdienst vor der Tür gestanden, als Carla nach dem Klingeln die Tür geöffnet hatte. „Ich habe hier ein Paket für Georg Möller. Können Sie es entgegennehmen?"

„Selbstverständlich. Das ist für meinen Mann."

„Bitte, unterschreiben Sie hier." Der eilige junge Mann hielt

Carla eines dieser merkwürdigen Computergeräte hin und sie unterschrieb auf der grauen Displayfläche.

Sie wog das Paket in der Hand. Es war so groß wie ein Schuhkarton und ganz schön schwer. Wieder etwas für die Modelleisenbahn. Was es wohl diesmal war? Georg hatte bestimmt nichts dagegen, wenn sie mal hineinschaute. Sie entfernte das Packpapier und öffnete das Päckchen. Sorgfältig verpackt in Formkartons und geschützt durch eine Unmenge von Seidenpapier lagen drei Modelllokomotiven vor ihr. Vorsichtig nahm Carla eine nach der anderen in die Hand und betrachtete sie. Jede von ihnen hatte ein ausgefallenes Erscheinungsbild. Die eine sah altertümlich aus, schwarz lackiert mit goldenen Rädern, die zweite hatte eine moderne, schnittige Form und die dritte eine merkwürdige Bemalung. Carla nahm den beigefügten Rechnungsbeleg zur Hand. Betrag dankend erhalten, stand da. Plötzlich wurde ihr ganz kalt. 2138,50 Euro! Wie eine Eislawine breitete sich die Kälte in ihrem Inneren aus. Ihr Geld! Das Geld für die Kreuzfahrt! Georg hatte es ausgegeben für dieses lächerliche Spielzeug! Ihr Herz fing an schmerzhaft gegen ihre Rippen zu schlagen. Die Eislawine in ihrem Inneren verwandelte sich in glühende Lava. Ihre Wangen brannten. Sie musste sich auf den nächstbesten Stuhl setzen, weil ihre Knie auf einmal wie aus Pudding waren. Es dauerte eine ganze Weile, bis sie wieder normal atmen konnte. Mit zitternden Händen packte sie die Lokomotiven zurück in den Karton, wickelte das Packpapier sorgfältig darum herum und klebte die kleinen Risse mit Tesafilm zu. Georg würde nicht bemerken, dass das Paket geöffnet worden war. Dann hatte sie es gut sichtbar auf die Flurgarderobe gelegt, wo er es sofort finden würde, wenn er heimkam von seinem Skataabend. Sie konnte in dieser Nacht und auch in den folgenden kaum schlafen.

Es dauerte lange, bis Carla an dem ruhiger werdenden Atem Georgs merkte, dass er nach all der Aufregung endlich eingeschlafen war. Leise stand sie auf und schlich in das kleine Hauswirtschaftszimmer, in dem ihre Nähmaschine stand und die anderen Sachen, die sie für ihre Handarbeiten brauchte. Sie rückte das Bügelbrett beiseite und zog einen gefüllten Wäschekorb hervor. Da lagen sie, zwischen Stoffresten und ausrangierten Röcken und Hemden: Die Lokomotiven. Nicht nur die drei, die Georg für ihr Reisegeld ersteigert hatte, sondern auch alle anderen. Sie wusste noch nicht, was sie mit den Modellen anfangen wollte, vielleicht konnte sie sie ja verkaufen, aber auf jeden Fall würde Georg jetzt keine Freude mehr an ihnen haben. Genauso wenig, wie sie an der Kreuzfahrt, die nun nicht stattfinden konnte. Auf ihrem Gesicht zeigte sich ein böses Lächeln.

Der Überfall

Das ist ja wie in einem schlechten Gangsterfilm, dachte Joachim Herzog, während er die Männer mit den Masken anstarrte. Er fühlte, wie sein Herz mit harten Schlägen gegen seine Rippen pochte.

Noch vor zwei Minuten hatten Thilo und er gemütlich vor dem Fernseher gesessen, als es an der Haustür klingelte.

„Wer kann das sein? Um diese Zeit?"

Er hatte Thilo, der sich mit einem Automagazin auf der Couch hingelümmelt hatte, fragend angesehen und die Stirn gerunzelt. Thilo zuckte mit den Schultern. Auf dem Fernsehschirm kündigte der Sprecher vom Heute Journal gerade die Wettervorhersage an. Seufzend schickte Joachim sich an, die Rückenlehne seines Fernsehsessels hochzuklappen um aufzustehen. Dabei drückte er auf die Fernbedienung und stellte den Ton des Fernsehers aus.

„Lass nur, Papa. Ich geh schon", sagte Thilo, „das wird Markus sein. Mir fällt gerade ein, dass er eventuell vorbeikommen wollte. Wir haben vor, ein bisschen um die Häuser zu ziehen." Er hievte seinen langen Körper aus dem Sofa und durchquerte das Wohnzimmer.

Joachim schmunzelte, als er seinem Sohn mit den Augen folgte. Es war nett, Thilo für ein paar Tage im Haus zu haben. Selten genug, dass der Junge seine Eltern besuchte. Seine kleine Softwarefirma, die er vor zwei Jahren gegründet hatte, ließ ihm nicht viel Zeit für Besuche. Jetzt, wo Angelika nach fast vierzig Jahren Schuldienst wie er in den wohlverdienten Ruhestand getreten war, wurden die Tage manchmal doch recht lang, obwohl sie das Leben ohne Pflichten und ohne Hektik sehr genossen. Wenn die beiden Töchter mit den Kindern und Ehemännern zu Besuch kamen, war jedes Mal so viel Trubel im Haus, dass sie, Angelika und er, am Ende froh waren, wenn sie wieder abreisten. Aber mit Thilo war das anders. Nach seiner Scheidung hatte er anscheinend noch keine neue Beziehung gefunden, und da keine Kinder da waren, brachte er kaum Unruhe ins Haus.

Zufrieden lehnte Joachim sich zurück, nahm seine Zigarre vom Aschenbecher, auf dessen Rand er sie abgelegt hatte, und paffte ein paar aromatische Wolken in den Raum. Was gibt es Schöneres, als bei einem guten Glas Spätburgunder genussvoll eine echte Havanna zu rauchen und dabei einen alten Spielfilm anzuschauen, dachte er. Wie heute Abend. Im ZDF würde in ein paar Minuten der Klassiker „Wenn die Gondeln Trauer tragen" mit Donald Sutherland und Julie Christie gezeigt werden, und Joachim hoffte, dass der Besuch von Thilos Freund nicht allzu lange dauern würde.

Er hörte gedämpfte Stimmen im Flur, und als gleich darauf die Wohnzimmertür aufging, erwartete er, Thilo und Markus eintreten zu sehen.

Stattdessen blickte er in das entsetzte Gesicht seines Sohnes, der mit hoch über dem Kopf erhobenen Händen ins Zimmer gestoßen wurde, gefolgt von drei ganz in Schwarz gekleideten Männern mit Skimasken. Die Löcher für Augen und Mund in den Masken erinnerten auf furchterregende Weise an Totenköpfe. Während Thilo hilflos dastand, verteilten sich die Männer im Raum. Dabei zielten sie mit den Pistolen, die sie in den Händen hielten, abwechselnd auf Thilo und Joachim. Joachim erkannte sofort, dass es sich um echte Waffen handelte; schließlich hatte man ihm solche Tatwerkzeuge oft genug auf sein Richterpult gelegt.

Einen Augenblick lang war er wie erstarrt gewesen. Er fühlte, wie sein Herz aussetzte; dann fing es mit beängstigender Geschwindigkeit wieder an zu schlagen. Er war aufgesprungen und hatte die Männer entgeistert angestarrt.

„Was zum Teufel ...?"

„Schnauze!"

Mit drei großen Schritten quer durch das Wohnzimmer war einer der drei Maskierten, ein hochgewachsener, kräftiger Mann, bis auf wenige Zentimeter an Joachim herangetreten und starrte von oben herab in sein Gesicht. Als er sprach, konnte Joachim seinen unangenehmen Atem riechen. Unwillkürlich drehte er den Kopf zur Seite, doch der Mann umfasste mit einem brutalen Griff seinen Kiefer und zwang ihn, ihm in die Augen zu sehen..

„Hier wird nur geredet, wenn ich es sage, verstanden?"

Der Mann sprach im Flüsterton. Mit einer kalten Eindringlichkeit, die Joachim einen eisigen Schauer über den Rücken jagte. Die schmalen Augen hinter der Maske bohrten sich mehrere Sekunden lang in seine, und Joachim verstand, dass er gehorchen musste.

„Hinsetzen! Hände auf den Rücken!"

Ohne Widerspruch setzte sich Joachim Herzog, Jugendrichter am Amtsgericht i. R., auf den Esszimmerstuhl, den der Mann ihm anwies. Einer der Komplizen des Schmaläugigen nahm eine Rolle Textilklebeband und wickelte es mehrere Male um Joachims Handgelenke, so dass er die Hände nicht mehr rühren konnte. Dann fixierte er mit demselben Band seinen Oberkörper an die Rückenlehne und die Unterschenkel an die Stuhlbeine, so dass Joachim in einer geraden, unnatürlichen Sitzposition verharren musste. Thilo, der mit erhobenen Händen vor dem dritten Mann in Schwarz stand und völlig entgeistert in die Mündung der schwarzen Pistole starrte, die auf ihn gerichtet war, musste sich ebenfalls auf einen Stuhl setzen und wurde auf die gleiche Art gefesselt.

„Wenn Sie Geld wollen ..."

Der Schlag traf Joachim mit solcher Kraft ins Gesicht, dass sein Kopf zur Seite flog und sein Stuhl fast umgekippt wäre. Für einen

Moment wurde ihm schwarz vor Augen. Dann setzte der Schmerz ein, der sich vom Kiefer ausgehend im ganzen Kopf ausbreitete. Er schmeckte Blut im Mund. Wieder drehte die behandschuhte Hand des Schmaläugigen sein Gesicht so, dass er ihm genau in die Augen schauen musste.

„Was habe ich eben gesagt?", zischte er unter der Maske hervor.

Joachim schüttelte benommen den Kopf. Diese Demütigung! Noch nie war er geschlagen worden! Er spürte, wie ohnmächtige Wut in ihm auflohderte. Was fiel diesem Typen ein ihm ins Gesicht zu schlagen? Hatte er das nötig? Schließlich war er nicht irgendwer! Vierzig Jahre lang hatte er als Richter solche elenden Verbrecher wie diese drei Typen verurteilt und in den Knast geschickt. Er biss sich auf die Lippen. Mit erschreckender Deutlichkeit wurde ihm seine Hilflosigkeit bewusst. Im Moment war er machtlos. Er musste sich fügen. Was blieb ihm anderes übrig?

Er beobachtete, wie der Schmaläugige mit einer Handbewegung seine Komplizen aufforderte, das Haus zu durchsuchen. Siedend heiß fiel ihm seine Frau ein. Mein Gott, Angelika! Was würden sie ihr antun? Einige Minuten später musste er mit ansehen, wie der dritte Einbrecher Angelika am Arm ins Wohnzimmer zerrte und sie auf einen Stuhl bugsierte. In ihren Augen stand blankes Entsetzen. Sie hatte wohl schon geschlafen, so dass sie völlig überrascht worden war von dem Angriff. Joachim versuchte ihr aufmunternd zuzunicken, aber der Anblick seiner geschwollenen Wange und der Fesseln war offensichtlich nicht dazu angetan, sie zu beruhigen. Voller Angst schrie sie auf, als der dritte Mann nun auch sie auf einen Stuhl festband. Ihre Haare hingen zerzaust um ihr Gesicht herum, ihr Körper in dem langen weißen Nachthemd wirkte rührend zerbrechlich und schutzlos. Joachim merkte, wie ihm das Blut in den Kopf stieg. In seinen Ohren brauste es. Wie konnten diese

Verbrecher seiner Frau das antun! Er suchte den Blick seines Sohnes, aber der sah nur völlig regungslos vor sich hin. Er schien den Schock noch nicht überwunden zu haben. Wieder versuchte Joachim, Angelika beruhigend zuzulächeln, aber sie starrte ihn nur fassungslos an.

Der große Mann baute sich mit der Pistole vor ihnen auf und zielte auf sie. Die beiden anderen öffneten Schränke und Schubladen, liefen durch alle Räume und kehrten mit ihrer Beute zurück, die sie auf dem Esszimmertisch ausbreiteten: die Schatulle, in der Angelika ihren Schmuck aufbewahrte, den Laptop, den Joachim sich gerade angeschafft hatte, die beiden Smartphones, seine teure Fotoausrüstung. Die Brieftaschen und Angelikas Portemonnaie hatten sie auch gefunden.

„Die Pin-Nummer der Kreditkarte. Sofort!"

Joachim presste die Lippen aufeinander und schüttelte den Kopf. Diesmal traf ihn ein Faustschlag in die Magengrube. Er krümmte sich nach vorne. Der Schmerz durchfuhr seinen Körper wie glühende Lava. Ihm wurde übel. Krampfhaft schluckte er, um den Brechreiz zu unterdrücken.

„Um Gottes Willen! Sag sie ihm doch, Joachim! ", schrie Angelika.

Thilo, der sich endlich von dem Schock erholt zu haben schien, starrte den Schläger entsetzt an. Seine Stimme klang resigniert, aber fest, als er sagte:

„Ich gebe Ihnen die PIN von meinem Konto, aber bitte, schlagen Sie ihn nicht mehr." Dankbar wechselte Joachim einen Blick mit seinem Sohn.

„Okay. Ich notiere." Mit unverschämter Gelassenheit riss der Schmaläugige ein Blatt von der Fernsehzeitung, die auf dem Couchtisch lag, nahm einen Kugelschreiber aus seiner Brusttasche und notierte die Zahlenreihe, die Thomas ihm nannte. Dann wandte er sich wieder Joachim zu.

„Und jetzt du", flüsterte er ihm zu. Joachim glaubte erkennen zu können, wie der Mann sein Gesicht zu einem Grinsen verzog. Mit tonloser Stimme nannte Joachim die Geheimnummer seiner Bankkarte.

Mit wachsender Unruhe beobachtete er, wie die Männer umher gingen auf der Suche nach weiteren Gegenständen, die sie zu Geld machen konnten. Seine Augen folgten dem Kleinen, Drahtigen, der jetzt die Bilder an den Wänden inspizierte. Wenn sie nur den Safe nicht entdecken, dachte er. Seine wertvolle Münzsammlung! Und den kostbaren Goldschmuck, den er Angelika zum vierzigsten Hochzeitstag geschenkt hatte! Und den Fahrzeugbrief für den neuen Mercedes, der in der Garage stand!

Natürlich, jetzt hatte der Mann den Tresor gefunden. Hinter dem gerahmten impressionistischen Landschaftsaquarell befand sich der kleine Safe, dessen Kombination nur er, Joachim, kannte. Wie viele Schläge halte ich noch aus, dachte er verzweifelt. Jedenfalls werde ich die Kombination nicht freiwillig verraten, schwor er sich. Diese verdammten Verbrecher!

Schon kam der Anführer auf ihn zu, beugte sich zu ihm hinunter und flüsterte ganz nah an seinem Ohr: „Die Kombination!"

Joachim holte tief Luft, schüttelte den Kopf und kniff die Augen zusammen in Erwartung eines neuen Schlages. Der aber kam nicht. Stattdessen hörte ein klatschendes Geräusch. Alarmiert riss er die Augen auf. Der Schmaläugige stand vor Angelika und schlug ihr mit dem Handrücken ins Gesicht. Einmal, zweimal, dreimal. Ihre Lippe platzte auf, ihre Haare flogen bei jedem Schlag um ihren Kopf herum, die Augen füllten sich mit Tränen. Haltlos fing sie an zu schluchzen. Breitbeinig mit erhobener Hand vor Angelika stehend, starrten die Augen des Maskierten Joachim herausfordernd an. Thilo, der ebenso wie Joachim die Misshandlung hilflos mit ansehen musste, schrie den Schläger empört an: „Was fällt Ihnen ein, meine Mutter zu schlagen, Sie Schwein!" Ein brutaler Faustschlag brachte ihn abrupt zum Schweigen.

„Hören Sie auf! Ich sage Ihnen die Kombination!" Joachim gab auf.

„Ich höre", triumphierte der Schmaläugige und zückte wieder seinen Kugelschreiber.

Es dauerte keine Minute, und die Verbrecher hatten den Safe ausgeräumt. Joachim beobachtete wütend, wie sie seine geliebten Münzen achtlos in einer Plastiktüte verstauten, zusammen mit den anderen Kostbarkeiten.

„Autoschlüssel. Auch den Ersatzschlüssel!"

Der schöne Mercedes! Fast neu! Zusammen mit den dazugehörenden Papieren und Schlüsseln würden sie gut und gerne vierzigtausend Euro dafür bekommen. Er hatte, weil Gespartes im Moment kaum Zinsen brachte, den Wagen fast bar bezahlt, mit dem Geld aus seiner Lebensversicherung. Und die Goldmünzen waren über hunderttausend Euro wert! Vierzig Jahre hatte es gedauert, bis er die Sammlung so weit vervollständigt hatte, dass sie sich sehen lassen konnte. Sie war als Absicherung für Angelikas und sein Alter gedacht gewesen.

Bevor sie gingen, überprüften die Verbrecher noch einmal die Fesseln und klebten allen dreien einen Klebestreifen quer über den Mund, so dass sie nicht sprechen konnten. Es nützt sowieso nichts, um Hilfe zu rufen, dachte Joachim resigniert. Das Einfamilienhaus stand in einem großen Garten, so dass die Nachbarn zu weit entfernt waren, um etwas zu hören.

Nachdem die Männer das Haus verlassen hatten, fiel Joachim auf, dass der Fernseher noch immer lief. Keiner hatte daran gedacht, ihn auszuschalten. Auf dem Bildschirm huschte gerade eine kleine Gestalt in einem roten Kapuzenmantel durch die nächtlichen

Gassen von Venedig.

Es dauerte mehrere Stunden, bis Thilo es geschafft hatte, seine Hände durch ständiges Aneinanderreiben von den Klebestreifen zu befreien.

„Ruf sofort die Polizei an", sagte Joachim, als Thilo ihn von den Fesseln befreite. Dann nahm er seine völlig erschöpfte Frau in die Arme und hielt sie lange fest.

Thilo Herzog sah auf die Uhr. So spät schon! Er beschleunigte seine Schritte und überquerte die Straße zehn Meter von der roten Fußgängerampel entfernt, ohne sich um das Hupen der Autofahrer zu kümmern.

Die Polizei hatte länger gebraucht, als er gedacht hatte. Aufwendig hatten sie nach irgendwelchen Faser- oder Fingerspuren gesucht, obwohl Thilo den Beamten gesagt hatte, dass die Täter alle drei ständig Handschuhe getragen hatten. Endlos hatte die blonde Polizistin mit seiner Mutter geredet, die völlig aufgelöst gewesen war, und sein Vater hatte jede kleine Beobachtung über Größe, Statur, Kleidung der Männer, Aussehen der Waffen und was nicht sonst noch zu Protokoll gegeben. Da nur der Anführer gesprochen hatte, konnte er über die Stimmen nicht viel sagen, besonders da der Mann nur flüsternd geredet hatte, so dass seine eigentliche Stimme nicht zu erkennen gewesen war. Der Arzt hatte die Verletzungen von den Schlägen untersucht, aber nicht Gravierendes festgestellt. Schließlich hatte er seiner Mutter eine Beruhigungsspritze gegeben, und sie war schlafen gegangen, während sein Vater die Versicherung anrief, um den Verlust der Münzen und des Autos zu melden.

Der Mann, den Thilo treffen wollte, saß schon ungeduldig wartend ganz hinten in dem kleinen Café, das sie als Treffpunkt ausgemacht hatten. Ohne zu grüßen setzte Thilos ich zu ihm.

„Alles gut gelaufen?" Unruhig sah er sich um. Das Café war um diese Vormittagsstunde fast ganz leer. Nur an den Stehtischen lungerten ein paar Jugendliche herum. Offensichtlich schwänzten sie die Schule.

Frank Althaus grinste. Seine schmalen Augen musterten Thilos Kinn. „Ist ja gar nicht so schlimm. Wird nur einen schönen blauen Fleck geben."

„Musste das sein? Diese Brutalität? Besonders gegen meine Mutter?"

Das Grinsen verschwand. Das gut geschnittene Gesicht des Mannes bekam plötzlich einen brutalen Ausdruck. „Es sollte doch echt wirken, oder? Das hast du selbst gesagt!"

Die Kellnerin kam und fragte nach Thilos Wünschen. Er bestellte einen Kaffee. Als sie sich entfernt hatte, sagte er mit gedämpfter Stimme:

„Schon gut. Habt ihr das Geld von dem Konto? Und was ist mit dem Auto?"

Frank lehnte sich zurück auf seinem Sessel und grinste zufrieden.

„Fünfzehntausend hat der Apparat ausgespuckt. Bis zum Kreditlimit. Und Pavel und Miro sind mit dem Wagen schon über die Grenze. Ihr Abnehmer wird ein schönes Sümmchen für die Kiste herausrücken müssen, so komplett mit allen Papieren. Und fast neu." Er beugte sich vor und sah Thilo direkt ins Gesicht. „Da wird er sich aber ärgern, der Herr Richter, oder? Sein schönes Auto! Einfach futsch."

Thilo dachte daran, dass sein Vater das Auto Vollkasko versichert hatte und sicher bald ein ähnliches in der Garage stehen würde. Und das Bargeld konnte er leicht verschmerzen, bei der Pension, die er bezog.

„Was ist mit den Münzen?"

„Keine Sorge, die habe ich hier." Frank Althaus wies mit dem Kinn auf die Plastiktüte, die zwischen seinen Füßen stand. „Ganz schön viele sind das. Die haben bestimmt einen ordentlichen Wert, oder?"

Thilo sah das gierige Glitzern in den Augen seines Gegenübers. Es wurde Zeit. Er durfte diesem Kriminellen nicht die Gelegenheit geben, auf dumme Gedanken zu kommen. „Wir haben einen Deal, denk daran. Die Münzen bekomme ich, alles andere ist für euch. Dabei bleibt es."

Die Kellnerin brachte den Kaffee und stellte ihn vor Thilo auf das winzige Tischchen. Er lächelte ihr dankend zu und nahm einen Schluck.

„Ist ja schon gut. Der Schmuck bringt ja sicher auch noch eine Stange Geld. Mein 'Geschäftsfreund'", Frank setzte das Wort mit den Fingern in Häkchen, „in Holland wird bestimmt einiges für das Geschmeide der Frau Amtsrichterin herausrücken."

Thilo verzog das Gesicht über die Ausdrucksweise des Mannes. Winter hatte anscheinend immer noch nicht vergessen, dass der Richter ihn für drei Jahre in den Knast geschickt hatte wegen diverser Einbruchsdiebstähle als Jugendlicher. Erst dadurch war Thilo ja auf ihn gekommen, als er den Überfall auf seinen Vater geplant hatte. Wie sonst hätte er nach der grandiosen Pleite, die er mit seiner Firma erlebt hatte, wieder zu Geld kommen sollen? Seinen Vater um finanzielle Hilfe zu bitten, war für ihn ausgeschlossen gewesen, wo er ihm doch jahrelang etwas vorgelogen hatte über den Erfolg seiner Firma. Und freiwillig hätte Joachim seine Münzen sowieso nie zu Geld gemacht, dafür hing er viel zu sehr an der Sammlung. Nun ja, sagte Thilo sich, die Sammlung war sehr gut versichert. Also war seinem Vater kein allzu großer materieller Schaden entstanden. Und er, Thilo, war gerettet. In Antwerpen würde er die Sammlung sicher gut verkaufen können, auch wenn er die Münzen einzeln anbieten musste. Als Kollektion waren sie natürlich viel mehr wert, aber dann wäre der Verkauf zu auffällig.

„Gib mit die Tüte!" Thilo nahm die Plastiktüte, griff eine der flachen Schachteln heraus und öffnete sie unauffällig. Da lagen sie, glänzend und schön. Er klappte die Schachtel wieder zu und steckte sie zu den fünf anderen zurück in die Tüte.

„Das war's dann. Mach's gut, Frank."

Er legte fünf Euro auf den Tisch, stand auf und ging.

Der Beobachter

Saskia Feldmann starrte auf die Fotos in ihrer Hand, während sie das Telefon ans Ohr presste und nervös in ihrer Wohnung auf und ab lief. „Hallo, Marcel! Saskia hier. Sag mal, warst du das?"

Kurzes Schweigen am anderen Ende der Leitung.

„Saskia! Wie schön, mal wieder von dir zu hören! Wie geht's dir?"

„Hast du die Fotos geschickt? Das soll wohl ein blöder Scherz sein, was?"

„Moment mal! Ich weiß gar nicht, wovon du redest. Was ist denn los?"

„Du weißt also von nichts? Wirklich nicht?"

„Also, glaub mir, ich habe keine Ahnung! Willst du mir nicht endlich erklären, worum es geht?"

Saskia ließ sich auf ihr Sofa fallen und breitete die Fotos vor sich auf dem Couchtisch aus.

„Also hör zu. Als ich heute Nachmittag den Briefkasten öffnete, fand ich einen Umschlag mit Fotos. Lauter Fotos mit mir darauf. Jemand hat mich tagelang verfolgt und fotografiert. Bei jeder Gelegenheit: im Auto, vor der Kanzlei, im Supermarkt, auf meiner Terrasse. Überall!"

Sie hörte, wie Marcel tief Luft holte.

„Das ist ja ein Ding. War denn ein Brief dabei?"

„Nein, nichts. Kein Zettel, kein Brief. Nichts. Nur die Fotos."

„Ich war das jedenfalls nicht! Überhaupt: Ich bin hier in Hamburg und du dort in dem kleinen Kaff. Glaub mir, ich habe wirklich Besseres zu tun, als hinter dir herzulaufen und Fotos zu machen. Außerdem habe ich gewisse Fotos von dir, auf denen du wenig bis gar nichts anhast." Saskia konnte sein anzügliches Grinsen geradezu durchs Telefon sehen. „Die möchte ich gerne behalten. Sozusagen als Erinnerung an alte Zeiten."

„Bitte, Marcel, sei doch mal ernst. Ich finde es wirklich komisch, dass jemand heimlich Fotos von mir macht und sie mir dann per Post zuschickt. Was kann das zu bedeuten haben. Ist das nicht Stalking?"

„Ach was, so ernst würde ich das nicht nehmen. Vielleicht hast du einen heimlichen Verehrer, der sich nicht traut, dich anzusprechen."

„Habe ich auch schon gedacht. Also soll ich mir keine Sorgen machen?"

„Ich denke nicht. Wird schon nichts Schlimmes sein. Verrückte gibt es überall."

„Okay, Marcel. Mach's gut." Saskia legte auf. 'Typisch Marcel', dachte sie, 'immer alles auf die leichte Schulter nehmen.' Auch ein Grund, warum sie sich von ihm getrennt hatte. Nun ja, vielleicht hatte er Recht. Sie schob die Fotos zusammen und verstaute sie in einer Schublade der Wohnzimmerschrankes. Jetzt würde sie erst einmal eine Runde joggen, das beruhigte und lenkte ab, wie sie wusste. Während sie sich umzog, musste sie an Thorsten Küppers denken, den sie vor ein paar Wochen im Park beim Joggen getroffen hatte. Schade, dass er nicht mehr mit ihr zusammen lief. Sein durchtrainierter Körper war beim Laufen eine Augenweide gewesen, ganz zu schweigen von ihren gemeinsamen Aktivitäten nach dem Duschen. Leider hatte er diese braungebrannte Blondine kennengelernt und ihr, Saskia, kurzerhand den Laufpass gegeben. Nun gut, musste sie eben allein ihre Runden drehen. Vielleicht konnte sie dabei dieses mulmige Gefühl wegen der Fotos loswerden.

Zwei Wochen später stellte Saskia ihren Mini wie üblich auf dem Parkplatz vor ihrem Reihenhaus ab, nahm ihre Aktentasche und stieg aus. Prüfend warf sie einen Blick zum Himmel. Wenn das Wetter sich hielt, sollte sie wieder einmal eine Runde joggen gehen. Ein bisschen Bewegung würde ihr nach dem langen Tag in der Kanzlei gut tun. Und ihrer Figur auch. Das Stück Himbeertorte, das Jan Berger ihr nach seinem Klientenbesuch heute Nachmittag vom Bäcker mitgebracht hatte, war zwar lieb gemeint gewesen, hatte aber mindestens dreihundert Kalorien gehabt.

Außerdem stand ihr ein langer Abend mit Aktenarbeit bevor. Dr. Meyer, ihr Chef, hatte ihr einen langweiligen und zeitraubenden Fall von Betrugsrecherche aufgehalst, für den sie Präzedenzfälle eruieren und auswerten sollte. Als Neuling in der Kanzlei blieben solche Aufgaben natürlich immer an ihr hängen. Hinzpeter, der Juniorpartner, hatte sich gedrückt. Er habe mit seinem aktuellen Scheidungsfall genug zu tun, hatte er gesagt. Typisch.

„Guten Abend, Frau Feldmann!"

Herr Sonntag, ihr Nachbar zur Linken, war gerade aus seiner Haustür getreten und hatte Mühe, seinen ungeduldig an der Leine zerrenden Dackel festzuhalten.

„Guten Abend, Herr Sonntag! Wie geht es Ihnen?" Saskia mochte den alten Herrn. Er war immer gut gelaunt, obwohl er es nicht leicht hatte. Seine Frau hatte Krebs, und er pflegte sie seit Jahren.

„Gut, danke. Waldmann muss mal wieder raus. Er ist schon ganz zappelig, der kleine Schlingel." Er nahm den widerstrebenden Dackel auf den Arm und kam näher. Saskia lächelte ihn an.

„Wie geht es Ihrer Frau, Herr Sonntag? Hat sie die letzte Chemotherapie einigermaßen gut überstanden?"

„Ach, eigentlich nicht so gut. Sie wissen ja, wie das ist. Man hat sie noch im Krankenhaus behalten, wegen der Bestrahlung." Er zeigte ein resigniertes Lächeln. „In zwei Wochen kommt sie nach Hause. Ich wünschte, meine Tochter könnte mir bei der Pflege helfen, aber Marion wohnt zu weit weg." Er seufzte. "Es ist gar nicht so einfach, wissen Sie? Ich bin ja nun auch nicht mehr der Jüngste."

„Das tut mir Leid mit Ihrer Frau, Herr Sonntag. Richten Sie ihr bitte meine Grüße aus und sagen Sie ihr, dass ich ihr gute Besserung wünsche."

Saskia öffnete ihren Briefkasten. Sie wollte sich nicht auf eine längere Unterhaltung einlassen; aus Erfahrung wusste sie, dass Herr Sonntag ihr sonst alle Einzelheiten der Krankheit seiner Frau erzählen würde, und darauf hatte sie im Moment keine Lust.

„Schönen Abend noch, Herr Sonntag", sagte sie, nahm ihre Post und ging ins Haus.

Der dicke Umschlag ohne Absender fiel ihr sofort ins Auge. Ihr Mund wurde plötzlich trocken. Ihr Herz klopfte heftig. 'Ach was!', sprach sie sich selber Mut zu, 'was soll schon sein?' Sie gab sich einen Ruck und riss den Umschlag auf. Wieder Fotos! Eine ganze Menge. Sie ging zum Wohnzimmertisch und breitete die Bilder aus. Diesmal war nicht sie selbst das Motiv, sondern ihre Wohnung! Das Bücherregal im Wohnzimmer. Die Sofaecke mit dem Ikea-Kissen. Der gerahmte Druck mit dem Porträt von Picassos kleinem Sohn Paul, der Blumenständer mit der blühenden Clivie. Dann Fotos aus ihrem Bad. Das Innere des Schränkchens mit ihren Tampons und Binden. Das Handtuchregal. Ihre Schminkutensilien. Ihr Schlafzimmer. Das nachlässig gemachte Bett. Der Agatha Christie-Krimi, den sie gerade las. Die geöffnete Kommodenschublade mit ihren BHs und Höschen. Alles hatte der Perverse fotografiert! Mit weichen Knien ließ Saskia sich auf das Sofa fallen. Das hier war kein Scherz mehr! Ihre Privatsphäre war aufs Gemeinste verletzt worden. Sie fühlte sich geradezu körperlich angegriffen. Jemand war während ihrer Abwesenheit in ihre Wohnung eingedrungen, hatte überall herumgeschnüffelt und alles fotografiert. Hatte ihre persönlichen Dinge berührt! Was machte dieser Typ jetzt mit den Fotos? Zu welchem ekelhaften Zweck benutzte er sie? Und warum schickte er ihr die Abzüge?

Mit zitternden Fingern wählte Saskia den Notruf der Polizei.

„Diese hier sind vor zwei Wochen gekommen." Saskia hielt dem Beamten die Fotos hin. „Ich habe mir nicht viel dabei gedacht. Sie sind ja auch ganz harmlos. Vielleicht ein schüchterner Verehrer, habe ich vermutet."

Polizeiobermeister Klaus Seidel schüttelte missbilligend den Kopf. „Sie hätten natürlich sofort die Polizei davon in Kenntnis setzen müssen. Immerhin wurden Sie verfolgt und beobachtet. Und irgendeinen Zweck verfolgt der Täter mit diesen Fotografien, das ist sicher." Seidel steckte die Fotos ein. Sie sollten näher untersucht werden.

„Haben sie schon überprüft, ob in Ihrer Wohnung etwas fehlt? Oder beschädigt worden ist?"

„Nein, das ist ja ebenfalls so merkwürdig. Es fehlt nichts, es ist auch nichts durchwühlt oder irgendwie verändert worden. Der Verrückte hat nur alles fotografiert."

„Meine Leute haben keine Einbruchsspuren gefunden, weder an den Türen noch an den Fenstern, Frau Feldmann. Wer außer Ihnen hat einen Schlüssel zu dieser Wohnung?"

„Niemand. Nur ich. Die Ersatzschlüssel liegen im Flur in der Schublade."

„Könnten Sie sie bitte holen? Wir werden überprüfen, ob Nachschlüssel davon gemacht wurden." Eilig stand Saskia auf und kam wenige Augenblicke später mit den Schlüsseln zurück. „Was werden Sie denn jetzt unternehmen, Herr Polizeiobermeister?"

„Nun, wir werden alle relevanten Personen aus Ihrem näheren Umfeld befragen und überprüfen. Dazu müssen Sie uns bitte eine entsprechende Liste anfertigen. Familie, Freunde, Kollegen, Bekannte, Nachbarn. Vor allem auch Ihre Ex-Freunde. Auch wenn Sie meinen, die würden so etwas niemals tun. Man erlebt häufig Überraschungen in solchen Fällen."

„Ja, okay. Ich schreibe Ihnen die Namen auf. Aber was ist, wenn es ein völlig Fremder ist? Den ich gar nicht kenne?"

„Wir werden die einschlägig Vorbestraften natürlich überprüfen. Stalker, Spanner und so weiter." Er erhob sich.

„Lassen Sie uns die Liste bitte möglichst schnell per E-Mail zukommen, Frau Feldmann. Und rufen Sie noch heute einen Schlosser, der die Schlösser austauscht. Damit Sie sich wieder sicher fühlen können."

Saskia versuchte sich zu konzentrieren. Also: Die Liste.

Ob Marcel doch dahintersteckte? Eigentlich unwahrscheinlich. Er hatte die Trennung von ihr ganz locker weggesteckt. Außerdem lag das Ganze schon mehr als ein halbes Jahr zurück. Sie hatten beide keine Zukunft mehr für ihre Beziehung gesehen, nachdem sie, Saskia, sich entschlossen hatte, die Stelle als Rechtsanwältin in der Kanzlei Meyer, Berger & Hinzpeter hier in der Kleinstadt anzunehmen. Marcel war nun mal ein Großstadtmensch. Als Jurist hatte er in Hamburg ungleich bessere Karrierechancen als hier in der Provinz. Und überhaupt: Ihre Beziehung war an einem toten Punkt angelangt, so dass eine Trennung am besten für beide gewesen war, oder?

Ihre Familie schied aus. Ihre Eltern lebten in Hamburg und genossen ihr Rentnerleben, ihre einzige Schwester war in München verheiratet und hatte mit ihren zwei kleinen Söhnen und ihrem Lehrerjob mehr als genug um die Ohren.

Konnte es in ihrem Bekanntenkreis wirklich jemand geben, der sie auf diese abgefahrene Art beobachtete und belästigte? Am besten, sie ging alle systematisch durch. Da war als erstes ihr Chef, Dr. Jürgen Meyer. Ende fünfzig, stets tadellos gekleidet, gute Manieren, Typ Gentleman. Er hatte vor kurzem seinen dreißigsten Hochzeitstag gefeiert. Seine drei Kinder waren erwachsen und studierten oder arbeiteten auswärts. Unvorstellbar, dass Dr. Meyer in ihr Haus eindrang und ihre Wäsche fotografierte!

Von Oliver Hinzpeter, Juniorpartner und Single, mit seinem angeberischen Porsche und den dauernd wechselnden Freundinnen konnte sie sich ein irgendwie merkwürdiges Verhalten schon eher vorstellen. Aber nein, Hinzpeter hatte so viel mit der Pflege seines Playboy-Images zu tun, dass er sicher keine Zeit hatte für solch aufwendige Stalking-Aktionen.

Und Jan? Jan Berger kam eventuell in Frage. Sie war einmal mit ihm ausgegangen, aber es hatte nicht gefunkt zwischen ihnen. Jedenfalls von ihrer Seite aus nicht. Sollte er sich etwa mehr Hoffnungen gemacht haben? Immerhin war er auffallend freundlich zu ihr, brachte ihr öfter mal eine Kleinigkeit mit ins Büro, ein Stück Kuchen oder etwas Süßes. Aber nein, er war einfach zu nett für solch abgefahrene Gemeinheiten.

Und sonst? Seit sie mit Marcel Schluss gemacht hatte, war sie nur mit zwei Männern zusammen gewesen. Da war zum einen der sportliche Thorsten Küppers, den sie beim Joggen kennengelernt hatte. Er war Sportlehrer und eigentlich sehr nett. Allerdings hatte er keinen Zweifel daran gelassen, dass sie nur eine unbedeutendes Affäre für ihn gewesen war. Außerdem war er erst siebenundzwanzig, also viel zu jung für sie.

Und zum anderen war da Max. Maximilian Stärk, Informatiker. Saskia hatte ihn in der Disco kennengelernt, wo er auf nette, altmodische Art mit ihr geflirtet hatte. Zweimal war sie mit ihm ausgegangen, zum Essen und ins Kino, bevor sie mit ihm geschlafen hatte. Er war nett. Ein richtiger Nerd zwar, mit seiner Brille, dem Bart

und den albernen Pullovern, aber wirklich nett. Und klug. Liebens-
würdig. Und originell. Konnte Max der kranke Fotograf sein?
Möglich wäre es schon. Sie kannte ihn ja erst seit ein paar Wochen.
'Bitte nicht', dachte sie, 'lass es bitte nicht Max sein! Jetzt, wo ich
drauf und dran bin, mich in ihn zu verlieben!'

Saskia wandte sich wieder ihrer Liste zu. Da gab es noch ihre
Nachbarn. Links der nette Herr Sonntag, der mit der Pflege seiner
kranken Frau alle Hände voll zu tun hatte, und rechts die junge Familie Brenner mit ihrem Baby. Den Mann hatte sie kaum ein- oder
zweimal gesehen. Sie glaubte nicht, dass er jemals Notiz von ihr
genommen hatte. Nur mit seiner Frau wechselte sie hin und wieder
ein paar Worte.

Trotzdem setzte sie den Namen auf die Liste. Unwahrscheinlich, ja geradezu unmöglich, dass einer der Männer, die sie aufgeschrieben hatte, als Täter in Frage kam. Könnte es vielleicht ein
Klient sein? Kaum vorstellbar. Dazu war sie erst zu kurz in der
Kanzlei tätig; richtige Feinde konnte sie sich noch gar nicht gemacht haben. Es musste wirklich jemand sein, den sie gar nicht
kannte. Vielleicht würde die Polizei ja in ihrer Kartei fündig. Es
blieb ihr wohl nichts anderes übrig, als abzuwarten.

Jedenfalls würde sie viel ruhiger schlafen, wenn der Schlosser
wegen der neuen Schlösser dagewesen war. Zusätzlich würde sie
die Türen durch massive Metallriegel sichern lassen. Für alle Fälle.

Der Inhalt des dritten Briefes war ein ausgewachsener Schock
für Saskia. Die Fotos, offenbar mit einer Nachtsichtkamera mit
Restlichtverstärker aufgenommen, zeigten in dem unheimlich wir-
kenden grünlichen Licht sie selbst, tief schlafend in ihrem Bett!
Und wieder jedes Zimmer ihrer Wohnung. Das wenige Licht, das
von der Straßenlaterne vor ihrem Haus durch die Vorhänge drang,
die Digitalanzeigen der Elektrogeräte, eventuell das Licht einer

winzigen Taschenlampe hatte anscheinend ausgereicht, um deutliche Bilder von ihrer Wohnung im Dunkeln zu machen. Der Stalker war offenbar mit seiner Kamera nachts durch alle Zimmer geschlichen und hatte in aller Ruhe gefilmt oder fotografiert. Sogar sie selbst, im Bett, ohne dass sie etwas gemerkt hatte. Es lief Saskia eiskalt den Rücken herunter. Es war geradezu gespenstisch! Und es machte ihr eine Heidenangst.

„Wie ist das nur möglich?", fragte sie Polizeiobermeister Seidel, der ihre neuerliche Anzeige aufnahm. „Das kann doch gar nicht sein! Alle Schlösser sind vollkommen intakt. Wie ist der Täter nur hier hereingekommen?" Verzweifelt fuhr Saskia sich durch ihre Haare.

Der Beamte wiegte ratlos den Kopf. „Es sieht tatsächlich so aus, als käme der Fotograf Ihnen Schritt für Schritt näher. Und nicht nur das. Aus irgendeinem Grund will er, dass Sie das wissen. Er kündigt sich sozusagen an. Es nimmt wirklich bedrohliche Ausmaße an. Sie sollten Polizeischutz beantragen, Frau Feldmann. Wer weiß, was er als Nächstes vorhat."

Nervös hockte Saskia auf dem Rand des Sofas und rang die Hände. „Haben denn Ihre Nachforschungen nichts ergeben? Über die Männer in meinem Umfeld?"

„Wir haben alle genauestens überprüft. Keiner von Ihnen bietet auch nur den kleinsten Verdachtsmoment. Wir haben nichts in der Hand. Die Fotos sind digital auf einem normalen Laserdrucker gedruckt worden. Unmöglich herauszufinden, von wem. Und die Fingerabdrücke, die wir in Ihrer Wohnung sichergestellt haben, sind eindeutig Ihnen oder einem der Besucher, die sie uns genannt haben, zuzuordnen. Der Stalker hat offensichtlich Handschuhe getragen."

Saskia sprang auf. „Ich bleibe keine Minute länger in dieser

Wohnung. Ich bin hier nicht sicher. Auch wenn Sie Tag und Nacht einen Polizeibeamten vor meine Tür stellen und noch mehr Schlösser anbringen: Ich bin hier nicht sicher."

Der Beamte stand ebenfalls auf. „Vielleicht haben Sie Recht, Frau Feldmann. Es ist jedenfalls ein wirkliches Rätsel, wie der Täter in das Haus hinein und wieder hinaus gelangen konnte, ohne auch nur eine Tür oder ein Fenster zu beschädigen. Geradezu unglaublich! Als sei er durch die Wand gegangen."

„Ich werde jetzt sofort ein paar Sachen packen und ziehe vorerst in eine Pension. Und dann suche ich mir so schnell es geht eine neue Wohnung. Möglichst am anderen Ende der Stadt. Wo mich der Verrückte hoffentlich nicht findet."

Seidel ging zur Tür. „Wir werden natürlich weiterhin alles tun, um den Mann zu finden. Die letzten Fotos müssen noch ausgewertet werden. Vielleicht finden unsere Experten ja einen Hinweis auf den Besitzer dieser Nachtsichtkamera."

„Ja, schon gut, Herr Seidel. Ich gebe Ihnen Bescheid, sobald ich eine Bleibe gefunden habe. Danke."

„Auf Wiedersehen, Frau Feldmann. Und viel Glück."

In Saskias Nachbarwohnung hatte Karl-Heinz Sonntag ein paar Tage nach Saskias Auszug gerade den Kaffeetisch fertig gedeckt, als es an der Wohnungstür klingelte und seine Tochter herein kam. Er wies auf den Küchenstuhl.

„Bitte nimm Platz, Marion", sagte er, „ich habe gerade Kaffee aufgesetzt. Möchtest du eine Tasse mittrinken? Ein Rest von dem Streuselkuchen ist auch noch da. Du weißt ja, Mutter isst ihn so gerne."

„Danke, Papa. Ja, Kaffee und Kuchen kommen mir gerade recht." Marion Sonntag zog ihre Uniformjacke aus, während sie versuchte, nicht über den Dackel zu stolpern, der schwanzwedelnd um ihre Füße sprang. „Wie geht es Mutter heute?"

„Ganz gut. So langsam bekommt sie wieder Appetit. Vielleicht hat die Therapie diesmal etwas besser angeschlagen. Obwohl mir Dr. Wendland nicht viel Hoffnung gemacht hat." Er lächelte seine Tochter traurig an. „Jedenfalls wirst du ja bald in der Nähe sein. Wenn es mit der Betreuung schwieriger wird."

Eine kleine Pause entstand. Marion Sonntag trank einen Schluck Kaffee. "Ich komme gerade vom Makler. Es ist vertraglich alles in Ordnung. Die Wohnung wird zum nächsten Ersten frei. Dann kann ich einziehen."

Ihr Vater seufzte. „Die arme Saskia Feldmann. Fast hätte sie mir Leid getan in ihrer Panik. Aber sie wird bestimmt schnell woanders etwas Ähnliches finden."

„Ja, sicher. Jedenfalls hat unser Plan perfekt funktioniert. Die Idee mit den aufeinander folgenden Fotos war einfach genial, Papa!"

„Ja, aber auch ziemlich gemein. Aber wie sonst hätten wir sie dazu bringen können, auszuziehen? Wenn du erst nebenan wohnst, wer-de ich ruhiger schlafen können, mein Kind. Und Mutter auch. Wenn es schlimmer wird, kann ich sie nicht mehr alleine pflegen. Dann brauche ich deine Hilfe."

„Nur gut, dass ich mich hierher versetzen lassen konnte. Bei der Polizei sind die Planstellen dünn gesät." Ein Lächeln flog über das Gesicht der jungen Frau. „Und an eine so gute Nachtsichtkamera wäre ich ohne meinen Kollegen von der Kripo auch nicht heran gekommen."

Karl-Heinz Sonntag legte einen Schlüssel auf den Tisch. „Den brauche ich ja jetzt nicht mehr. Seit sie die neuen Schlösser hat einbauen lassen, ist er sowieso zu nichts mehr nütze. Aber gut, dass die alte Frau Sandmann ihn mir damals zum Blumengießen überlassen hat."

Marion kaute nachdenklich an ihrem Streuselkuchen. „Interessant eigentlich, wie so etwas funktioniert. Nur weil wir ihr die Nacht-aufnahmen geschickt haben, *nachdem* sie die Schlösser ausgewechselt hatte, hat sie angenommen, sie seien auch danach entstanden. Dabei habe ich sie fast zum gleichen Zeitpunkt wie die anderen Fotos gemacht. Und nicht erst, nachdem sie die Wohnung zu einer regelrechten Festung ausgebaut hatte." Marion schüttelte den Kopf. „Kein Wunder, dass sie zuletzt an Geister geglaubt hat, die Arme."

Interview mit Jessica

- - -

Wieso? Ich war ja schon immer dick. Es gibt Fotos von mir aus meiner Babyzeit, auf denen ich aussehe wie eine Babypuppe, nur noch viel dicker. Ich war ein richtiger Wonneproppen, wie mein Vater immer sagte. Meine Mutter liebte es, diese Fotos herumzuzeigen, wenn Besuch da war, und sagte dann: „Viereinhalb Kilo! Ganze viereinhalb Kilo hat das Kind gewogen!" In einem Ton, als wollte sie Respekt für die Leistung, ein solches Kind zur Welt gebracht zu haben.

- - -

Nein, als Kind, als kleines Kind meine ich, war mir das nicht peinlich. Später schon. Aber als ich klein war, fand ich das ganz normal. Mein Vater sagte immer: „So hat sie jedenfalls was zuzusetzen", und meine Tante Adelheid, die auch nicht die Schlankeste ist, also echt, die kniff mir immer in die Wange und sagte: „Sie ist nun mal ein süßes Pummelchen, unsere Kleine."

- - -

Außerdem: Ich bin nicht alleine so dick. Wir sind eine fette Familie. Ich habe zuerst gedacht, das wäre ganz normal. Erst später, in der Schule, habe ich gemerkt, dass es nicht normal war. Mein Vater sagte dann, quasi als Erklärung: „Das kommt von der sitzenden Tätigkeit." Sie müssen wissen, er ist LKW-Fahrer und fährt jeden Morgen die gleiche Tour, damit er pünktlich zum gemeinsamen Abendessen wieder zu Hause ist. Das hat er sich von seinem

Chef ausgebeten, weil er schon so lange in der Firma arbeitet. Das Abendessen mit der Familie ist ihm heilig, sagt er. Er gäbe nichts Schöneres für ihn als mit seiner Familie am Tisch zu sitzen und zu essen.

- - -

Ja, wenn ich so drüber nachdenke: Das ist schon irgendwie witzig. Meine Mutter hat auch eine 'sitzende Tätigkeit'. Sie ist Kassiererin im Supermarkt und kommt so auch den ganzen Tag kaum dazu, ein paar Schritte zu tun. Die Arbeit im Supermarkt hat den Vorteil, dass sie jederzeit bestens informiert ist über sämtliche Sonderangebote, so dass wir zu Hause immer einen reichlichen Vorrat an Lebensmittel haben. Sie ist eine hervorragende Köchin. Keiner kann die dicken braunen Bratensaucen so zubereiten wie sie, und ihre Schwarzwälder Kirschtorte ist legendär. „Esst doch noch", sagt sie immer, „morgen soll es doch schönes Wetter werden." Ist doch kein Wunder, dass wir alle dick sind.

- - -

Mein Bruder? Die 'sitzende Tätigkeit' meines Bruders ist, vor dem Computer zu hocken. Er ist vierzehn und brütet jeden Tag neue Pickel aus, mit Hilfe von Schokoriegeln und Kartoffelchips. Ich glaube, er merkt gar nicht, was er alles in sich hineinstopft, während er daddelt.

- - -

Ach, das ist nicht leicht zu beschreiben. Wenn ich viel gegessen habe, also, wenn wirklich gar nichts mehr hineingeht in den Magen, nicht einmal das kleinste Stück Schokolade, stellt sich ein bestimmtes Gefühl ein. Ein gutes Gefühl. Das Gefühl, innerlich völlig ausgefüllt zu sein. Und dieses Gefühl macht mich gleichgültig. Es macht mir alles nichts mehr aus. Alles ist mir dann egal.

- - -

In der Schule? Ja, klar. Was glauben Sie, was für ein Gefühl es ist, auch beim fünften Bocksprungversuch schmerzhaft mit dem Bauch gegen das Holz zu klatschen und dann das schadenfrohe Gelächter der anderen zu hören? Oder wie es ist, mit Papierkügelchen beworfen zu werden, auf denen steht: „Wann bist du endlich schlachtreif, du fette Sau?" Ja, natürlich hat das wehgetan. Aber mit der Zeit machte es mir nicht mehr so viel aus, und weil ich alles gelassen hinnahm, verloren die anderen irgendwann die Lust daran, mich zu ärgern.

- - -

Nein, Freunde habe ich nie gehabt. Es gab eine Zeit, da hätte ich gerne eine richtige Freundin gehabt, eine Freundin, mit der man rumhängen kann, die einem zeigt, wie man sich richtig schminkt oder mit der man sich ausmalt, wie es sein wird, wenn man zum ersten Mal mit einem Jungen schläft. Aber keines der schlanken Mädchen in meiner Klasse wollte etwas mit mir zu tun haben.

- - -

Na klar, Felix. Natürlich wollen Sie etwas über Felix wissen. Felix ist Azubi in der Backstube im Supermarkt meiner Mutter. Ich verdiente mir in den Sommerferien etwas Geld dort, indem ich die

Regale einräumte. Da habe ich ihn kennengelernt.

Ich werde nie vergessen, wie es war, als ich ihn das erste Mal sah. „Hallo", sagte er und lächelte mir fröhlich zu. Ich blieb wie erstarrt stehen, unfähig mich zu rühren. Er sah aus wie ein junger Gott in seiner gestreiften Bäckerschürze und mit der kleinen Haube auf dem blonden Haaren. Justin Bieber ist nichts dagegen, glauben Sie mir. Und ich in dem rosafarbenen Supermarktkittel! Ich sehe darin immer aus wie ein dickes rundes Glücksschwein. Meine Ohren brannten. Ich wusste nicht, wohin ich schauen sollte. Meine Füße waren wie angenagelt. Die Palette H-Milch, die ich auf den Armen trug, wurde plötzlich tonnenschwer. „Hallo", brachte ich schließlich heraus. Meine Stimme muss geklungen haben wie das Piepsen einer Maus. Ja, lachen Sie nur. Es war schrecklich peinlich.

Aber Felix war toll. „Ich bin der Felix", sagte er voll cool. „Arbeitest du hier?"

„Nur in den Ferien." Ich hoffte, dass er nicht hören konnte, wie mein Herz hämmerte.

„Okay. Dann sehen wir uns sicher öfter jetzt. Ich bringe jeden Morgen die Sachen hierher." Und schon war er verschwunden.

- - -

Ach, Sie können sich gar nicht vorstellen, wie glücklich ich war, als er mich am nächsten Tag ins Kino einlud. Ich weiß noch genau, welchen Film wir gesehen haben: Avartar, der mit den blauen Menschen. In 3D. Aber von der Handlung habe ich nicht viel mit-bekommen, das können Sie sich ja denken.

Ich schwebte auf einer rosa Wolke, genauso, wie in den Liebesfilmen. Felix sagte, ich hätte ein hübsches rundes Gesicht, und ein paar Kilos zu viel machten ihm nichts aus. Glauben sie mir, allein für diese Worte hätte ich ihn für immer lieben können.

- - -

Ja, natürlich, das ist doch normal. Ein paar Verabredungen später gingen wir zusammen ins Bett. Ich mochte seinen straffen, schlanken Körper, die schmale Taille und die kräftigen Muskeln unter der glatten Haut. Er spielte Fußball, und jeden Samstag stand ich am Rand des Fußballfeldes und feuerte seine Mannschaft an. Anschließend wartete ich auf ihn, bis er mit noch nassem Haar vom Duschen kam, die große Sporttasche lässig über der Schulter. Sie können sich nicht vorstellen, wie stolz ich auf ihn war. Wir gingen dann oft zu mir nach Hause in mein Zimmer und liebten uns. Wenn wir anschließend eng nebeneinander lagen, stützte er sich auf seinen Ellenbogen, ringelte eine meiner Haarsträhnen um seinen Finger und sagte, meine Augen erinnerten ihn an Toffifees. Ich fuhr gerne mit dem Zeigefinger über seine Augenbrauen. Noch nie hatte ich so blonde Augenbrauen und Wimpern gesehen. Das Blau seiner Augen verdunkelte sich, wenn er mich ansah. Ich liebte ihn so sehr, dass es wehtat.

- - -

Ach, wie schon? Ich hätte es schon viel eher wissen müssen. Immer öfter fand Felix irgendwelche Ausreden.

„Sehen wir uns heute Abend?"

„Geht leider nicht, hab Fußballtraining."

„Dann morgen?"

„Meine Mutter hat Geburtstag, da kann ich nicht weg."

Und wenn wir dann zusammen waren, wirkte er irgendwie abwesend. Als ob er mit den Gedanken ganz woanders wäre. Aber ich wollte es nicht wahrhaben.

Ich verstand es erst, als er mich in der Disco an die Hand nahm und mich mit sich nach draußen zog. Ich hatte plötzlich ganz weiche Knie vor Angst. Er sagte: "Ich muss mit dir reden." Da wusste ich schon Bescheid. Aber ich wollte es nicht glauben. Ich starrte ihn nur an.

„Es ist so ..." Er stockte. Er wagte nicht, mir in die Augen zu sehen.

„Ich habe mich in ein anderes Mädchen verliebt. Es ist einfach passiert."

Ich hatte das Gefühl, die Welt geht unter. Es war, als hätte mich jemand urplötzlich mit eiskaltem Wasser übergossen. Ich fing an zu zittern. Ich wollte nicht weinen, aber ich spürte, wie mir die Tränen in die Augen stiegen.

„Wer ist es?"

„Melanie. Du kennst sie ja von der Schule. Wir sind seit zwei Wochen zusammen."

Natürlich! Die schöne, schlanke Melanie. Im Sport immer die Beste. Ich bin plötzlich so wütend geworden. So schrecklich wütend. Ich holte aus und schlug Felix in sein schönes Gesicht.

„Dann hau doch ab, du Arschloch!" habe ich geschrien, „geh doch zu deiner dünnen Melanie!"

Dann habe ich mich umgedreht und bin weggelaufen.

- - -

Wie es mir danach ging? Na, wie wohl. Ich war total fertig. Richtig krank war ich. Ich verkroch mich in mein Zimmer und wäre am liebsten gar nicht mehr heraus gekommen.

Meine Mutter fing an, sich Sorgen zu machen und brachte mir mein Lieblingsessen ans Bett. „Du musst doch etwas essen,

Schatz", sagte sie, „Essen und Trinken hält Leib und Seele zusammen." Sie hatte Recht. Allmählich schmeckte es mir wieder. Ich aß. Mehr als zuvor. Mit jedem Bissen begrub ich die Vorstellung, wie Felix eine Strähne von Melanies blondem Haar um seinen Finger wickelte, ein bisschen tiefer in meinem Herzen. Und allmählich stellte sich das gute Gefühl wieder ein, das ich von früher kannte. Und die Gleichgültigkeit.

- - -

Ob mir nie etwas aufgefallen ist? Nein, eigentlich nicht. Obwohl: Eines Morgens beim Frühstücken sagte mein Bruder zu mir: „Du wirst immer fetter. Guck dich bloß mal an."

„Guck dich doch selber an, du Qualle", fauchte ich zurück. Aber es stimmte. Ich aß und aß und wurde immer dicker. Aber ich habe mir nichts dabei gedacht.

- - -

Allerdings, das war eine schöne Überraschung. Eines Nachts bekam ich Bauchschmerzen. Ich dachte, dass mir irgendetwas schlecht bekommen wäre. Aber als die Schmerzen am Morgen noch nicht vorbei waren, sondern im Gegenteil noch schlimmer geworden waren, sagte meine Mutter, wir müssten sofort ins Krankenhaus. Es hätte ja auch eine Blinddarmentzündung sein können.

Ich werde nie das ungläubige Gesicht der Ärztin vergessen. „Wieso Blinddarmentzündung?", fragte sie. „Wissen sie denn nicht, dass Sie schwanger sind? Das Kind kommt jeden Augenblick zur Welt."

Ich war fassungslos. Meine Eltern waren fassungslos. Aber es war tatsächlich so. Ich bekam ein Kind.

\- - -

Ja, das hat die Ärztin auch gefragt. Meine Periode sei doch sicher ausgeblieben, ob ich das denn nicht bemerkt hätte? „Kann schon sein", habe ich geantwortet, „aber die war immer schon unregelmäßig. Dabei habe ich mir nichts gedacht." Und ob ich mich nicht über den dicken Bauch gewundert hätte. Na ja, ich hatte sehr viel gegessen. Kein Wunder, dass ich immer dicker wurde.

\- - -

Sicher, ich mache mir schon Gedanken, wie es jetzt mit dem Kind weitergehen soll. Ich bin ja erst sechzehn und gehe noch zur Schule. Aber das wird schon werden. Meine Eltern unterstützen mich. Mein Vater hat gesagt: „Wo vier satt werden, werden auch fünf satt."

\- - -

Ob ich glücklich bin? Sehen Sie doch nur! Mein kleines Mädchen. Mein süßes kleines Mädchen! Sie hat schon richtig viel Haare, braun, so wie meine, und blaue Augen. Man sagt zwar, alle Babys haben zuerst blaue Augen, aber ich bin sicher, die Kleine hat die blauen Augen von Felix geerbt. Aber es ist mein Kind, meins ganz allein!

Als die Hebamme mir die Kleine zum ersten Mal an die Brust legte und es hungrig anfing zu saugen, da hatte ich so ein Gefühl, ein so unglaublich gutes Gefühl, ich kann es gar nicht beschreiben! Schauen sie nur! Das winzige Gesicht! So süß! Hören Sie, wie sie schluckt? Ich kann dieses kleine Ding mit meinem eigenen Körper ernähren, kann es wachsen und gedeihen lassen und dafür sorgen, dass aus ihm ein richtiger, großer Mensch wird. Es ist einfach wunderbar!

- - -

Nichts zu danken. Ich danke Ihnen fürs Zuhören.

Der Seidenschal

„**D**u musst etwas essen, Mutter!" Zum wiederholten Male hielt Elsa den Suppenlöffel an den Mund der alten Frau, die, von einem dicken Kissen gestützt, in dem hohen Krankenbett saß.

„Ich mag nicht!" Die Greisin drehte ihren Kopf zur Seite und schnitt eine unwillige Grimasse, die ihr runzliges Gesicht aussehen ließ wie das eines uralten schmollenden Kindes.

„Aber du musst doch etwas essen, Mutter. Das Frühstück hast du auch schon stehenlassen. Sei doch vernünftig und nimm ein bisschen Suppe. Schöne Hühnersuppe. Die magst du doch so gern."

„Nein! Ich will nicht!" Unversehens wurde die alte Frau wütend. Mit ihrer knochigen Hand schlug sie ärgerlich nach dem Löffel, so dass die Suppe auf die Bettdecke spritzte und der Löffel in hohem Bogen davonflog.

„Mutter!", schrie Elsa auf.

„Das wollte ich nicht, tut mir Leid, Elsa!"

Ebenso plötzlich, wie der Zorn gekommen war, war er verflogen, und die Greisin verzog weinerlich den Mund. Ihre fahlen Augen, deren Blau im Alter immer mehr verblasste, füllten sich mit Tränen.

„Sei bitte nicht böse!", bat sie wie ein Kind, das eine Bestrafung fürchtete.

Elsa holte tief Luft, um sich zu beruhigen. Sie stellte die Schale mit der Suppe beiseite und nahm ein feuchtes Tuch, um die Suppenflecken auf der Decke so gut es ging zu beseitigen.

„Schon gut, Mutter", sagte sie. „Bitte wein' doch nicht. Es ist ja nicht so schlimm."

Sie seufzte. Eigentlich hatte der Tag heute gut angefangen. Ihre

Mutter hatte sofort verstanden, dass ihre Gebrechlichkeit und die Schmerzen in ihren Gelenken auf ihr Alter und auf ihre immer stärker werdende Arthrose zurückzuführen waren. Jedes Mal musste Elsa ihr nach dem Aufwachen erklären, dass sie alt war und deshalb diese Beschwerden hatte. Und stets aufs Neue reagierte die Greisin mit dem gleichen Unverständnis und Entsetzen auf diese Tatsache; oft brach sie dann in Tränen aus oder sie reagierte auf jeden Versuch, sie zu trösten, mit unkontrollierten Wutanfällen. Die fortschreitende Demenz machte nicht nur ihr selbst das Leben schwer, sondern stellte auch sie, Elsa, vor manche Geduldsprobe.

Elsa stellte das Essgeschirr auf ein Tablett, ging in die Küche und räumte alles in die Spülmaschine. Den Rest der Suppe stellte sie in den Kühlschrank; vielleicht hatte ihre Mutter am Abend Appetit darauf. Als sie zurück in das Schlafzimmer kam, sah ihre Mutter ihr mit einem merkwürdig schuldbewussten Gesichtsausdruck entgegen.

„Komm, Mutter, du musst aufstehen. Wir bekommen doch Besuch heute." Elsa schob den Rollstuhl in die Nähe der Krankenbettes und schlug die Bettdecke zurück. Ein widerlicher Geruch schlug ihr entgegen.

„Mutter, du hast doch nicht ...!"

„Tut mir leid, Elsa. Es kam so plötzlich. Ich konnte nichts dagegen machen!"

Elsa biss die Zähne zusammen. Das auch noch! Normalerweise konnte ihre Mutter den Stuhlgang noch soweit kontrollieren, dass sie rechtzeitig Bescheid gab, damit Elsa sie auf die Toilette brachte. Wegen der Inkontinenz trug sie sowieso schon ständig Windeln. Aber manchmal geschah es dennoch, dass sie einkotete. So wie jetzt.

Elsa unterdrückte ihren Ekel. Sie füllte im Badezimmer eine Waschschüssel mit warmen Wasser, nahm Seife und Waschlappen und fing an, ihrer Mutter die Stützstrümpfe, die Unterhose und die Windel auszuziehen. Die alte Frau fuhr weinerlich fort, sich für ihr Missgeschick zu entschuldigen. Während sie ihr den Unterleib säuberte, versuchte Elsa ihre Mutter zu beruhigen und abzulenken.

„Du weißt doch noch, dass wir Besuch bekommen? Du hast doch Geburtstag heute, Mutter. Weißt du noch, wie alt du wirst?"

Ein Lächeln huschte über das Gesicht der Greisin. „Ja, ich habe Geburtstag. Ich werde zweiundneunzig Jahre alt."

„Ja. Und weißt du auch noch, wer zu Besuch kommt?"

„Marianne und Leonard. Und die Kinder."

„Ob die Kinder auch kommen, weiß ich nicht genau. Sie sind ja alle schon erwachsen und wohnen weit weg."

„Sind schon erwachsen", wiederholte die alte Frau. Ein grüblerischer Ausdruck trat auf ihr Gesicht. Elsa sah, dass sich der Geist ihrer Mutter verwirrte. 'Bitte nicht', dachte sie, 'bitte lass sie heute normal sein!'

Sie hatte ihre Arbeit beendet.

„So, jetzt werden wir uns für den Besuch schick machen, Mutter. Welche Bluse möchtest du anziehen: die blaue mit den Rüschen oder die weiße?"

Sie holte die Kleidungsstücke aus dem Schrank und legte sie auf die Bettdecke. Der verwirrte Ausdruck auf dem Gesicht der alten Frau verstärkte sich.

„Wir nehmen die blaue Bluse, Mutter, die passt gut zu dem dunklen Rock." Elsa half ihrer Mutter, sich aufzusetzen und fing an sie anzuziehen. Die Greisin ließ sich das Ankleiden ruhig gefallen, ohne dabei mitzuhelfen. Ihre Stirn hatte sich in tiefe Falten gelegt, als ob sie angestrengt über etwas nachdachte.

„Wo ist Marianne? Du bist nicht Marianne! Wer bist du? Ich kenne dich nicht."

„Doch, Mutter. Du kennst mich. Ich bin Elsa, deine älteste

Tochter."

Mit einer Kraft, die man ihrer mageren Gestalt nicht zugetraut hätte, stieß die alte Frau Elsa mit beiden Händen zurück.

„Geh weg! Ich will Marianne! Wo ist Marianne?"

„Marianne ist nicht hier. Sie kommt heute Nachmittag. Zu Kaffee und Kuchen. Weil du doch Geburtstag hast, Mutter!"

Wieder erhellte ein kindliches Lächeln das Greisengesicht.

„Ja, Kaffee und Kuchen!"

Elsa half ihrer Mutter, sich in den Rollstuhl zu setzen und fuhr sie ins Wohnzimmer an den Kaffeetisch, den sie schon am Vormittag festlich gedeckt hatte. Wenn ihre Geschwister eintrafen, sollte alles bereit sein. Jetzt hatte sie gerade noch Zeit, sich selber frisch zu machen und umzuziehen. Vor dem Spiegel im Bad fuhr Elsa sich mit der Hand durch die Haare. Am Scheitel zeigte sich ein grauer Ansatz. Die nächste Tönung beim Friseur war längst fällig, aber ihre Mutter war in letzter Zeit so unberechenbar, dass sie sich nicht traute, sie länger als eine Stunde allein zu lassen. 'Was solls', dachte sie, 'auf mein Aussehen kommt es sowieso nicht an.' Resigniert betrachtete sie ihr Gesicht im Licht des Badezimmerspiegels. Alt sah sie aus. Alt und müde. Wann hatte sie das letzte Mal richtig geschlafen? Die dunklen Ringe unter ihren Augen sprachen davon, wie oft sie nachts von ihrer Mutter geweckt wurde. Wegen eines schlechten Traumes oder weil sie Durst hatte oder weil sie dachte, es sei schon Morgen und aufstehen wollte. Die Müdigkeit saß Elsa in jeder Zelle ihres Körpers, schwer wie Blei. Manchmal dachte sie. das alles nicht mehr schaffen zu können. Schließlich war sie auch nicht mehr die Jüngste mit ihren fast siebzig Jahren! Und ihr Herz machte ihr in letzter Zeit immer mehr zu schaffen. Der Arzt hatte ihr gesagt, sie solle sich schonen. Mal Urlaub machen, sich erholen. Leicht gesagt! Wer sollte sich dann um ihre Mutter kümmern? Eine Pflegehilfe konnte sie sich nicht leisten bei ihrer kleinen Rente.

Elsa stieß einen tiefen Seufzer aus. Dann straffte sie die Schultern und richtete sich auf. Schließlich hatte sie freiwillig die Aufgabe übernommen, ihre Mutter im Alter zu versorgen und zu pflegen. Dafür hatten ihre Geschwister auf ihren Anteil an dem Haus und dem Grundstück ihrer Eltern verzichtet, und sie, Elsa, unverheiratet und ohne Kinder, hatte all die Jahre in ihrem Elternhaus wohnen können. Elsa verzog ihren Mund zu einem spöttischen Lächeln. Kunststück, dieser Verzicht ihrer Geschwister! Wo sie doch ohnehin keine Verwendung für das alte Haus hatten. Marianne wohnte mit ihrem Mann zweihundertfünfzig Kilometer weit entfernt in der Großstadt, wo beide ihrem Lehrerjob nachgingen, ein schönes Haus am Stadtrand bewohnten und wo ihre beiden Töchter studierten. Und Leonard war nach seiner Scheidung ins Ausland gegangen, wo seine Firma ihm einen lukrativen Posten angeboten hatte, während seine geschiedene Frau wieder geheiratet und kaum noch Kontakt mit ihm oder seiner Familie hatte. Auch heute würde sie nicht da sein. Vielleicht brachte Leonard aber seinen Sohn, den frisch gebackenen Zahnarzt, mit. Sicher würde ihre Mutter ihren Enkel kaum erkennen, so selten wie er sie besuchte.

Elsa kämmte ihre Haare, legte ein wenig Puder auf und zog sich eine frische Bluse an. Es wurde Zeit, Kaffee aufzusetzen, der Besuch würde jeden Moment da sein.

Im Wohnzimmer saß ihre Mutter im Rollstuhl am Tisch und sah aus, als habe sie sich keinen Millimeter bewegt. Manchmal schlief sie im Sitzen ein, und wenn sie dann aufwachte, wusste sie nicht, wer sie war. Doch dieses Mal nicht, Gott sei Dank! Sie war ganz klar und lächelte Elsa an.

„Schön hast du das gemacht, Elsa", sagte sie und wies auf den gedeckten Tisch, „wirklich schön." Dankbar über das seltene Lob strich Elsa ihr über das dünne weiße Haar und tätschelte ihr liebevoll die Schulter.

Es klingelte. In einem schicken Kostüm und mit einer neuen aparten Kurzhaarfrisur kam Marianne, begleitet von ihrem Ehemann Frank, ins Wohnzimmer. Überschwänglich begrüßten die beiden die Greisin, beglückwünschten sie zu ihrem Ehrentag und breiteten Geschenkpakete vor ihr aus. Frank überreichte seiner Schwiegermutter einen großen Strauß Blumen, den Elsa ihr gleich wieder abnahm, um sie in eine passende Vase zu stellen. Als auch Leonard mit seinem Sohn Moritz, dem jungen Zahnarzt, kurze Zeit später eintraf, war die Geburtstagsgesellschaft komplett. Mit viel Hallo wurde die Greisin aufgefordert, die mitgebrachten Geschenke auszupacken. Sorgfältig löste die alte Frau das Geschenkpapier und begutachtete die Gegenstände. Elsa beobachtete gespannt das Gesicht ihrer Mutter, als sie ihr Präsent in Augenschein nahm. Sie hatte viel Geld ausgegeben und eine Strickjacke aus reiner Schurwolle gekauft, von einer schönen roten Farbe. Das Rot würde ihrer Mutter bestimmt gut stehen zu ihrem weißen Haar. Immer nur Grau oder Blau musste man nicht tragen, auch wenn man alt war, hatte sie gedacht. Als die alte Frau die Strickjacke auspackte, runzelte sie die Stirn und schüttelte missbilligend den Kopf.

„Die kann ich nicht anziehen in meinem Alter. Das Rot ist viel zu knallig. Nein, Elsa, die musst du umtauschen. Sicher gibt es die auch in Grau."

Achtlos legte sie die Jacke beiseite und wandte sich dem nächsten Geschenk zu. Das kleine Päckchen enthielt einen Seidenschal in schreiend bunten Farben.

„Den habe ich in Italien gekauft, auf unserer letzten Urlaubsreise", erklärte Marianne eifrig, „ein echtes Designerstück! Italienisch! So etwas gibt es hier gar nicht!"

Eilfertig stand sie auf und trat zu ihrer Mutter. „Leg ihn doch einmal um, Mama. Am besten passt er natürlich zu einer weißen Bluse, aber zu der blauen, die du anhast, sieht er auch sehr gut aus. Schau nur!"

Sie ordnete den Schal um den dünnen Hals ihrer Mutter und legte ihn in eine lockere Schlaufe. Die alte Frau strich mit ihren knotigen Fingern immer wieder über den zarten Stoff und lächelte glücklich.

„Aus Italien. Da wollte ich auch immer einmal hin", sagte sie. Tränen traten in ihre Augen. „So ein schöner Schal! Danke, mein Liebling! Ich behalte ihn gleich um."

Elsa sprang auf.

„Ich hole noch mehr Kaffee", brachte sie mühsam heraus. In der Küche stand sie da und versuchte, durch kräftiges Ein- und Ausatmen zu verhindern, dass sie in Tränen ausbrach. Dieser alberne Schal! Typisch! Marianne war schon immer der Liebling ihrer Mutter gewesen. Obwohl sie, Elsa, es gewesen war, die sich stets um sie gekümmert hatte. Aber Marianne hatte studiert und war etwas 'Besseres' geworden. Der ganze Stolz ihrer Mutter! Elsa Augen brannten vor Tränen der Wut und Enttäuschung. Die schöne rote Strickjacke! Die sie mit so viel Liebe ausgesucht hatte und die so teuer gewesen war! Es war so ungerecht!

Elsa fühlte ihr Herz heftig in der Brust pochen. Sie musste sich unbedingt beruhigen. Der Arzt hatte gesagt, sie dürfe sich nicht aufregen. Gewaltsam riss sie sich zusammen. Sie füllte die Kaffeekanne neu auf und ging zurück ins Wohnzimmer, wo die Männer sich angeregt über die aktuelle Politik unterhielten und Marianne ihrer Mutter eine lustige Begebenheit aus ihrem Schulalltag erzählte. Die Stimmung war fröhlich und unbeschwert. Es fiel gar nicht auf, dass Elsa kaum ein Wort zur Unterhaltung beitrug.

Als es Zeit wurde zu gehen, nahm Marianne ihre Schwester beiseite und flüsterte ihr zu: „Erstaunlich, wie gut es Mutter geht, Elsa! Für ihre zweiundneunzig Jahre sieht sie richtig toll aus. Und sie hat zwei Stücke Torte gegessen. Also hat sie immer noch einen gesunden Appetit, obwohl sie so dünn ist. Du kommst doch gut mit ihr zurecht, oder?"

„Ja, ja", antwortete Elsa beherrscht, „es geht schon. Mach dir nur keine Sorgen!"

Marianne lächelte sie schwesterlich an.

„Du weißt ja, wie froh wir sind, dass du dich so gut um unsere Mutter kümmerst, Elsa." Sie wandte sich noch einmal um, bevor sie zu ihrem Mann ging, der schon vor der Tür auf sie wartete. „Wir sind dir wirklich dankbar."

Elsa beobachtete, wie Marianne und Frank ebenso wie Leonard und Moritz, der sein Handy ans Ohr hielt und telefonierte, in ihre Autos stiegen und abfuhren. Sicher waren sie froh, diesen Besuch hinter sich zu haben. Und jetzt fuhren sie in dem beruhigenden Bewusstsein, ihre Pflicht getan zu haben, wieder in ihr eigenes schönes Leben zurück. Elsa konnte nicht verhindern, dass Bitterkeit in ihr aufstieg wie giftige Galle.

Nachdem die Geburtstagsgäste gegangen waren, war die gute Stimmung, in der sich ihre Mutter befunden hatte, plötzlich gekippt. Unbeteiligt und stumm schaute sie zu, wie Elsa den Tisch abräumte und die Wohnung in Ordnung brachte. Auf Elsas Geplauder, mit dem sie sie aufmuntern wollte, reagierte sie nicht. Elsa stellte den Fernseher an und schob den Rollstuhl in eine Position, aus der ihre Mutter dem Programm gut folgen konnte, während sie das Abendessen und das Bett für die Nacht vorbereitete. Die ganze Zeit fingerte die alte Frau an dem Schal herum, den sie immer noch um den Hals trug.

„Komm, Mutter, es ist Zeit ins Bett zu gehen. Du musst doch ganz müde sein nach all der Aufregung." Um zehn Uhr schob Elsa den Rollstuhl ins Schlafzimmer neben das Bett. Als sie anfing, ihre Mutter zu entkleiden und Anstalten machte, ihr den bunten Schal abzunehmen, fing die alte Frau plötzlich an zu kreischen.

„Nein, geh weg, den behalte ich! Du willst ihn mir nur stehlen. Ich traue dir nicht. Du bist nicht Marianne!" Ihre Augen blitzten vor Wut und Erregung. Krampfhaft umklammerten ihre Hände das dünne Stück Stoff.

„Schon gut, Mutter, beruhige dich. Ich bin Elsa, deine Tochter. Du kennst mich doch! Ich nehme dir den Schal nicht weg. Du kannst ihn später wiederhaben."

„Wo ist Marianne? Ich will Marianne! Sie soll kommen!" Mit weit aufgerissenen Augen sah sich ihre Mutter im Zimmer um. Geradezu wild war ihr Blick.

„Marianne kommt nicht, Mutter. Ich bin doch da!"

„Ich will Marianne! Marianne soll kommen." Ihre Wut war verraucht, das Schreien ging in lautes Klagen und schließlich in erbärmliches Jammern und Weinen über. Elsa redete beruhigend auf ihre Mutter ein, die sich schließlich ausziehen und für die Nachtruhe waschen und windeln ließ. Elsa atmete auf, als die alte Frau endlich ruhiger wurde und sie hoffen konnte, dass sie bald einschlafen würde. Erschöpft ging sie zu Bett.

„Marianne! Marianne!! Wo bist du?"

Wie so oft, riss das laute Rufen gegen ein Uhr in der Nacht Elsa aus dem Schlaf. Schlaftrunken setzte sie sich auf und versuchte wach zu werden. Todmüde zog sie ihren Morgenmantel über und ging hinüber ins Schlafzimmer ihrer Mutter. Die alte Frau saß steil aufgerichtet im Bett und schaute mit einem völlig verwirrten Blick umher. 'Der Besuch heute Nachmittag hat sie anscheinend vollkommen durcheinander gebracht', dachte Elsa. Sie musste ihr eine Beruhigungstablette geben. Sie holte ein Glas Wasser aus der Küche und eine Tablette aus dem Medikamentenschrank und kehrte an das Bett ihrer Mutter zurück. Als sie näher trat, nahm sie den Geruch wahr. 'Oh nein', dachte sie, 'bitte, bitte, nicht schon wieder!'

„Wo ist Marianne? Ich will den schönen neuen Schal tragen. Hol mir sofort den Schal, Elsa."

'Wenn ich nur nicht so müde wäre', dachte Elsa, 'so schrecklich müde.' Sie holte wieder die Waschschüssel aus dem Bad und fing an, ihrer Mutter die vollgekotete Windel zu wechseln, während die alte Frau jammerte und schimpfte und nach Marianne und dem bunten Schal verlangte. Als Elsa die volle Windel in dem Abfalleimer im Abstellraum entsorgte, wurde ihr fast übel von dem Geruch.

„Hier, Mutter, hier hast du den Schal. Nun beruhige dich. Nimm die Tablette, dann kannst du besser schlafen."

Zufrieden legte die alte Frau sich den Schal um den faltigen Hals und schlug einen lockeren Knoten. Seine Farben standen in einem krassen Gegensatz zu ihrem weißen Nachthemd.

„So ein schönes Geschenk! Marianne weiß eben, was mir gefällt. Sie hat ja auch studiert, mein kleiner Liebling. Sie war schon immer die Klügere von euch beiden."

„Hier, Mutter, nimm die Tablette." Elsa hielt ihr die Tablette und das Glas Wasser hin.

„Ich will keine Tablette", schrie die alte Frau plötzlich und schlug Elsa das Glas Wasser aus der Hand, so dass es auf den Boden fiel und zersplitterte. Elsa starrte sekundenlang auf die nasse Bettdecke und die Scherben auf dem Fußboden. Sie spürte, wie etwas in ihr zerbrach, genau wie das Glas auf dem Boden. Sie konnte einfach nicht mehr. Und plötzlich wusste sie: Sie wollte auch nicht mehr!

„Weißt du was, Mutter? Du willst Marianne bei dir haben? Gut, dann fahren wir jetzt zu Marianne!"

„Was, jetzt? Mitten in der Nacht?" Plötzlich schien die alte Frau ganz klar zu sein. „Wird sie nicht ganz schön überrascht sein, wenn wir kommen?"

„Das macht nichts, Mutter. Komm, steh auf. Ich helfe dir beim Anziehen. Den Schal kannst du umbehalten."

Folgsam wie ein Kind, mit einem glücklichen Lächeln in dem alten Gesicht, setzte ihre Mutter sich auf. Elsa kleidete sie an und half ihr, sich in den Rollstuhl zu setzen.

„Warte hier, Mutter, ich packe nur schnell ein paar Sachen, dann geht es los."

„Dann geht es los", wiederholte die alte Frau. Elsa zog sich in Windeseile an, machte sich ein wenig zurecht, dann holte sie ihren Koffer und die Reisetasche aus der Abstellkammer. Sie waren voller Staub. Wann hatte sie sie zuletzt gebraucht? Sie konnte sich nicht erinnern. Eilig wischte sie die Gepäckstücke mit einem feuchten Lappen sauber, packte die wichtigsten Kleidungsstücke ihrer Mutter, ihre Windeln und Stützstrümpfe sowie die Medikamente, die sie brauchte, in den Koffer und ihre eigenen Sachen in die Reisetasche. Es dauerte nicht länger als zehn Minuten, bis sie aufbruchbereit war. 'Sie werden große Augen machen, ihre liebe Schwester und ihr Schwager, wenn wir bei ihnen auftauchen', dachte Elsa nicht ohne Schadenfreude. Ohne weiter über ihr Vorhaben nachzudenken, fuhr sie ihre Mutter, die aufgeregt an ihrem Schal herumnestelte, nach draußen vor die Tür, holte ihren alten Golf aus der Garage, verstaute die Gepäckstücke im Kofferraum und half ihrer Mutter, sich auf den Beifahrersitz zu setzen. Sie ging durchs Haus und überprüfte, ob alle Lichter gelöscht und außer dem Kühlschrank keine elektrischen Geräte mehr eingeschaltet waren, dann schloss sie die Türen ab. Hinter dem Steuerrad sitzend, überlegte sie kurz, ob sie alles bei sich hatte, was sie brauchte: Papiere, Portemonnaie, Bankkarte, Bargeld. Geld! Sie fuhr zum nächstgelegenen Bankautomaten ihrer Sparkasse und hob soviel Geld ab, wie es ihr Überziehungskredit zuließ, dann suchte sie die Tankstelle auf, von der sie wusste, dass sie die ganze Nacht geöffnet hatte, und tankte. Sie war hellwach und auf eine angenehme Art aufgeregt.

„Jetzt fahren wir in Urlaub, Mutter. Du wirst eine schöne Zeit verbringen bei Marianne, Frank und den Mädchen. Es wird dir sicher gefallen."

Es war halb sechs Uhr morgens und noch dunkel, als sie vor dem Haus ihrer Schwester ankamen. Ihre Mutter hatte die ganze Zeit geschlafen und leise vor sich hin geschnarcht, während Elsa das Auto über eine nahezu leere Autobahn gesteuert hatte. Als sie sie nun vorsichtig weckte, fürchtete sie, dass die Greisin völlig orientierungslos sein würde, aber überraschenderweise war die alte Frau ganz klar. „Wir sind da", rief sie, klatschte wie ein Kind in die Hände und lachte.

Auf Elsas Klingeln rührte sich zuerst nichts in dem schönem Einfamilienhaus. Dann öffnete eine völlig verschlafene Marianne im Bademantel die Haustür einen kleinen Spalt.

„Was um Himmels Willen ist denn los in aller Herrgottsfrühe?"

„Ich bringe dir Mutter für ein, zwei Wochen, Marianne. Sie wollte dich so gerne besuchen." Mit diesen Worten rollte Elsa den Rollstuhl in die Diele, ohne sich um das entsetzte Gesicht ihrer Schwester zu kümmern. „Ich hole nur noch schnell das Gepäck."

„Hallo, Marianne", begrüßte die alte Frau ihre Tochter. „Es ist so schön, einmal bei dir zu sein." Sie wies auf den bunten Schal um ihren Hals. „Schau nur, ich trage ihn schon, den schönen Schal aus Italien."

Elsa drückte ihrer Schwester, die immer noch wie vom Donner gerührt in der offenen Tür stand, einen Zettel in die Hand. „Ich habe dir die Nummer des Arztes und des Pflegedienstes aufgeschrieben; wenn was ist, kannst du dort nachfragen. Und sonst kannst du ja auch Leonard anrufen, damit er dir hilft. Ich jedenfalls fahre jetzt in Urlaub. Ich melde mich in ein paar Tagen bei dir." Sie beugte sich zu ihrer Mutter hinunter und gab ihr einen Kuss auf die runzlige Wange. „Tschüss, Mutter! Jetzt wird Marianne dir Gesellschaft leisten, wie du es wolltest." Zu ihrer Schwester gewandt, sagte sie: „Ein kleiner Vorrat an Windeln ist im Koffer. Wenn du mehr brauchst: Man bekommt sie in der Drogerie."

Ohne sich noch einmal umzudrehen, ging sie zu ihrem Auto, stieg ein und fuhr davon.

Als sie die Stadtgrenze erreichte, wandte sie sich in Richtung Norden. An die Küste wollte sie, ans Meer! Frische Luft, Möwengeschrei und Nordseewellen. Jetzt im Herbst würde es sicher nicht schwer sein, eine kleine billige Pension zu finden, in der sie sich ausruhen konnte. Endlich ausruhen!

Die Taube

Das Wohnhaus lag inmitten des Gartens in der Morgensonne. Vogelgezwitscher erfüllte die Luft. An den Grashalmen glitzerten Tautropfen. Der wolkenlose Himmel versprach einen ungetrübten Frühsommertag.

An einem der Fenster im Obergeschoss wurde soeben ein Vorhang ein Stück zur Seite gezogen. Die Gestalt einer Frau erschien. Sie blickte hinab in den Garten.

Sybille hatte nicht mehr schlafen können. Barfuß war sie ans Fenster getreten. In letzter Zeit kam es immer häufiger vor, dass sie früh am Morgen aufwachte und nicht wieder einschlafen konnte. Was war nur los mit ihr? Diese merkwürdige innere Unruhe!

Mit leerem Blick starrte sie auf die Rabatten mit den blühenden Stauden. Plötzlich nahm sie eine Bewegung wahr. Eine Taube kam unter einem der Fliederbüsche hervor und trippelte mit kleinen Schritten auf dem Rasen umher, hier und da ein Samenkorn aufpickend. Einer ihrer Flügel schleifte mit breit gefächerten Schwingen auf dem Boden hinter ihr her. Er schien ernsthaft verletzt zu sein.

„Wie spät ist es?" Jörgs Stimme riss Sybille aus ihrer Betrachtung.

„Erst halb sechs. Schlaf ruhig noch weiter."

Sie zog den Vorhang wieder zu, schlüpfte in ihren Morgenmantel, eilte die Treppe hinunter ins Wohnzimmer und ging nach draußen. Die Taube hatte sich auf dem Gras niedergekauert. Als Sybille sich ihr näherte, versuchte sie davonzuflattern, aber nach ein paar vergeblichen Flügelschlägen blieb sie erschöpft sitzen. Der rechte Flügel musste wohl gebrochen sein; er hing schlaff an der Seite des Vogels herunter. Das arme Tier, dachte Sybille. Wahrscheinlich hatte die Taube sich bei einer Auseinandersetzung mit einer anderen verletzt. Oder sie war von einem Auto angefahren worden. Sicher würde sie sterben, wenn sie nicht mehr fliegen konnte. Sie kniete sich neben dem Tier nieder, das vergeblich versuchte aufzufliegen.

„Hab' keine Angst, du armes Ding", flüsterte Sybille, „ich werde dir helfen."

Immer noch barfuß, mit vom Tau nassen Füßen, lief sie zurück ins Haus und holte aus dem Hauswirtschaftsraum einen großen Pappkarton. Die Taube hatte sich unter dem Flieder versteckt. Ohne Rücksicht auf ihren Morgenmantel kroch Sybille unter den Strauch und griff nach dem Tier, das ihre Hand mit wütenden Schnabelhieben abwehrte. „Ruhig, ganz ruhig", versuchte Sybille es zu besänftigen, „ich tue dir doch nichts. Nur keine Angst!" Vorsichtig umfasste sie den Körper des Vogels, ohne den verletzen Flügel zu berühren, setzte ihn in den Karton und trug ihn ins Haus.

„Was hast du denn da?", fragte Jörg. Er war inzwischen aufgestanden und auf dem Weg ins Bad.

„Eine verletzte Taube. Sie saß auf unserem Rasen. Ich werde sie zum Tierarzt bringen." Jörg warf einen kurzen Blick in den Karton. „Weißt du, wie man die Tauben nennt? Ratten der Lüfte. Sind überall, machen nur Dreck und vermehren sich."

Erstaunt sah Sybille ihren Mann an.

„Ich wusste gar nicht, dass du so herzlos sein kannst." Sie schüttelte den Kopf. „Jedenfalls gehe ich mit ihr zum Tierarzt. Man kann das hilflose Tier doch nicht so liegen lassen, mit dem verletzten Flügel."

„Du und dein weiches Herz", sagte Jörg. Er zog Sybille kurz an sich. „Okay, mach nur, wenn du meinst." Damit verschwand er im Badezimmer.

Beim Frühstück musterte Sybille ihren Mann unauffällig. Liebte sie ihn eigentlich noch? Zehn Jahre waren sie jetzt verheiratet. Natürlich war die Zeit nicht spurlos an ihnen vorbeigegangen. Besonders seit der Sache mit den Fehlgeburten. Wie weh es immer noch tat, wenn sie daran dachte. Das erste Kind hatte sie in der zwölften Schwangerschaftswoche verloren, das zweite erst im siebten Monat. Und dann, nachdem feststand, dass sie keine Kinder mehr bekommen konnte, diese zermürbenden Diskussionen darüber, ein Kind zu adoptieren. Jörg hatte, wie er sagte, keine Schwierigkeiten damit, ein fremdes Kind als sein eigenes anzunehmen. Aber sie, Sybille, konnte einfach nicht vergessen, wie es gewesen war, in das tote Gesichtchen ihres eigenen Kindes zu schauen. Nach sechs Monaten Schwangerschaft war es schon ein nahezu vollständiger Mensch gewesen. Wenn da nicht diese bösartige Infektion gewesen wäre, es wäre gesund zur Welt gekommen. Ihr kleines Mädchen ...

Sie blickte in das Gesicht ihres Mannes. Sie hatten alles gemeinsam durchgestanden. Das immerhin verband sie miteinander. Und eine große Vertrautheit.

„Noch etwas Kaffee, Schatz?"

„Nein danke. Ich muss los." Jörg gab ihr einen flüchtigen Kuss auf die Lippen und strich ihr liebevoll über den Rücken. „Und viel Glück mit der Taube!" Er zog sein Jackett über, nahm die Aktentasche und den Autoschlüssel und verließ das Haus.

Während Sybille ihr Frühstück beendete, überlegte sie, zu welchem Tierarzt sie die Taube bringen konnte. In den gelben Seiten fand sie einen Arzt in der Nähe, Dr. Helmers. Sie holte den Karton aus dem Wirtschaftsraum und öffnete ihn. Die Taube saß still in einer Ecke und sah sie mit ihren gelben Augen unverwandt an. Was für ein hübsches Tier, dachte Sybille. Behutsam fuhr sie mit zwei Fingern über den Rücken des Vogels. Dieses seidige Gefieder! Der Rücken schimmerte in feinen Schattierungen von Schiefergrau bis

Hellblau, das Brustgefieder zeigte ein mattes Weinrot. Auffallend war der weiße Streifen entlang der Flügel und ein großer weißer Fleck am Hals. Besonders hübsch fand Sybille die zarten grünlichen Streifen am Hals. Welche Art Taube mochte es wohl sein? Dr. Helmers würde es bestimmt wissen.

„Das ist eine Ringeltaube. Sehr weit verbreitet bei uns." Als Sybille mit ihm telefoniert hatte, war Dr. Helmers gleich bereit gewesen, sich das Tier anzusehen.

„Der Flügel ist gebrochen. Wahrscheinlich ist sie gegen einen Zaun oder einen Draht geflogen. Ich kann den Knochen richten und bandagieren. Allerdings braucht das Tier anschließend Pflege, bis die Bandage wieder entfernt werden kann. Das dauert mindestens zwei Wochen. Und die Behandlung kostet natürlich einiges. Wollen Sie das wirklich übernehmen? Wo es doch nur eine gewöhnliche Taube ist?"

„Natürlich", antwortete Sybille. „Wir können sie doch nicht einfach sterben lassen, oder?"

Sie lud das vom Arzt versorgte Tier wieder in ihren Kofferraum. „Du siehst lächerlich aus mit diesem Verband, weißt du das?", sagte sie zu dem Vogel. „Jetzt fahren wir erst einmal zur Tierhandlung und besorgen dir Futter und was du sonst noch brauchst." Vorsichtig strich sie über das matt glänzende Gefieder der Taube. „Wir bekommen dich schon wieder gesund, keine Sorge."

Zu Hause breitete sie die Dinge, die sie in der Tierhandlung erstanden hatte, auf dem Küchentisch aus. Da war zunächst der geräumige Drahtkäfig, der genug Platz bot für einen Vogel dieser Größe. Schließlich konnte die Taube ja nicht die ganze Zeit in dem Pappkarton zubringen. Dann ein Napf für das Futter und ein Wasserschälchen. Dazu ein Dreiwochenvorrat an Vogelfutter. Sybille legte den Käfig mit Zeitungspapier und Vogelstreu aus und setzte die Taube hinein. Dann füllte sie den Futternapf mit den Körnern und das Schälchen mit frischem Wasser.

„So, nun kannst du in Ruhe gesund werden, meine Schöne", sagte sie.

Sie ging ins Wohnzimmer und begann, die Blumen, die sie auf dem Nachhauseweg in dem Blumenshop im Einkaufscenter gekauft hatte, zu sortieren und in verschiedene Glasbehälter zu füllen. Sie kaufte nie fertige Sträuße; schließlich war sie gelernte Floristin und hatte selbst genügend Ideen, die Gestecke ästhetisch zu gestalten. Früher einmal hatte sie davon geträumt, einen eigenen kleinen Blumenladen zu eröffnen, aber Jörg hatte sie davon überzeugt, dass die viele Arbeit und der Aufwand sich nicht lohnten. Außerdem verdiente er mit seinem Gehalt als leitender Angestellter in der großen Elektronikfirma mehr als genug, so dass sie es nicht nötig hatte zu arbeiten, hatte er argumentiert. Sie hatte gelächelt über seine altmodische Vorstellung von Familie, aber im Grunde war sie einverstanden gewesen, hatte sie doch damit gerechnet, bald eine kleine Schar von Kindern versorgen zu müssen. Ein Gedanke keimte in ihr auf. Eigentlich hatte sie große Lust, wieder zu arbeiten. Sollte sie mit Jörg darüber reden? Sie schob den Gedanken beiseite. Später vielleicht ...

Dieses Mal hatte sie Lilien, weiße Buschröschen und Schleierkraut gekauft, mit Farnen und Gräsern als Füllung. Sie runzelte die Stirn, als sie an ihr Streitgespräch mit der Verkäuferin dachte.

„Das wird bestimmt eines schönes Grabgebinde", hatte die Verkäuferin gesagt.

„Wie kommen Sie denn darauf?"

„Na, weil Lilien doch Totenblumen sind. Wissen Sie das nicht?"

„Unsinn! Das Weiß steht für Reinheit und Unschuld." Ärgerlich

186

hatte sie die Blumen an sich genommen, gezahlt und war gegangen.

Sybille sah die Lilien an. Totenblumen! Einem plötzlichen Impuls folgend nahm sie die Blumen und warf sie mit einer heftigen Bewegung in den Mülleimer.

„Schau mal, Jörg, die Taube hat noch nichts gefressen. Sie sitzt nur da und rührt sich nicht."

Sybille nahm ihrem Mann die Aktentasche und das Jackett ab, umschlang seine Taille und führte ihn zu der Ecke in der Küche, wo sie den Käfig platziert hatte.

Jörg besah sich das Tier.

„Nun, sie ist eben krank und hat keinen Appetit. Geduld, Liebes."

Er lockerte seine Krawatte und ging ins Schlafzimmer, um sich umzuziehen.

„Ich geh nach dem Match noch in die Sauna, Sybille. Ulf hat mich überredet mitzukommen. Es kann also etwas später werden heute Abend." Im Tennisdress und mit der Sporttasche in der Hand kam er wieder zum Vorschein. "Es macht dir doch nichts aus, oder?"

„Nein, nein, geh nur. Ich werde mir einen Film im Fernsehen anschauen. Ich muss ja auch auf meine Taube aufpassen."

„Jetzt sind es schon drei Tage, und sie hat immer noch nichts gefressen, Jörg. Langsam mache ich mir ernsthaft Sorgen. Ich gehe heute noch einmal zu Dr. Helmers mit ihr. Vielleicht kann er ihr etwas geben, damit sie wieder etwas frisst."

Der Tierarzt besah sich das apathische Tier und runzelte die Stirn. „Eine Taube ist nun mal ein Wildvogel. Sie ist es gewöhnt, draussen zu sein. Wahrscheinlich ist das der Grund. Da können wir nichts machen. Trinkt sie denn wenigstens das Wasser?"

„Einmal habe ich sie am Wassernapf gesehen. Aber ob sie wirklich etwas getrunken hat, weiß ich nicht."

„Nun, dann können wir nur hoffen, dass sie sich bald dazu entschließt zu fressen und zu trinken. Sonst überlebt sie nicht mehr lange."

Am Nachmittag nach ihrem neuerlichen Besuch bei Dr. Helmers fuhr Sybille in den Baumarkt und kaufte vier angespitzte Kanthölzer von jeweils einem Meter Länge und einen Holzstab von zwei Metern. Dazu ein fünf mal fünf Meter großes Vogelnetz sowie zwanzig Zeltheringe. Mit einem Vorschlaghammer und einem Zollstock aus Jörgs kleiner Werkstatt ging sie in den Garten. In der Nähe des großen Flieders, der seinen Schatten am Nachmittag, wenn es heiß wurde, auf den Rasen warf, maß sie ein Vier-eck von drei mal drei Metern ab, an dessen Ecken sie die Holz-leisten einrammte. Sie brauchte dazu mehrere Schläge mit dem schweren Hammer. Danach schlug sie das Zweimeterholz genau in die Mitte des Vierecks ein. Sie musste sich die Trittleiter aus dem Wirtschaftsraum holen, damit sie von oben auf das Holzstück einschlagen konnte. Sodann breitete sie das grüne Vogelnetz über das Mittelholz und die Eckpfosten aus, was einige Mühe bereitete. Als letztes zog sie das Netz an allen vier Seiten straff und befestigte die Netzenden mit den Heringen im Boden. Fertig war die Vogelvoliere.

Schweißgebadet, schmutzig, aber stolz betrachtete Sybille ihr Werk. Es sah in dieser Umgebung zwar aus wie ein Fremdkörper, aber das war ihr egal. Wenn die Taube es gewöhnt war, draußen zu sein, dann hatte sie jetzt die Möglichkeit dazu geschaffen. Sie schleppte den Käfig mit der Taube in den Garten, zog einen Teil des Netzes zur Seite, nahm die völlig apathische Taube vorsichtig in die Hände und setze sie in die Voliere auf das frische Gras. Dann nahm sie ein Handvoll von dem Vogelfutter und verstreute die Körner durch das Netz auf den Rasen im Inneren der Voliere. „Sicher bist du es nicht gewöhnt, aus einem Napf zu fressen", sagte sie zu dem Vogel. „Hier ist es jetzt fast wie früher. Zwar kannst du nicht weglaufen, aber sonst ist alles so wie du es kennst. Jetzt wirst du gesund werden, oder?" Sie stellte die Schale mit dem Wasser unter das Netz und schloss den Eingang sorgfältig mit einem der Zeltheringe.

„Schau, was ich gebaut habe, Jörg. Eine Voliere für die Taube."

„Oh Gott, damit hast du die ganze schöne Optik des Gartens zerstört, Liebling. Aber okay, wenn es denn hilft." Jörg stieß einen tiefen Seufzer aus.

„Dr. Helmers sagte, sie braucht die Freiheit, um wieder gesund zu werden. Sie soll doch wieder fliegen können, nicht?"

„Ja, natürlich. Wenn dir so viel daran liegt."

„Ja, es liegt mir viel daran. Ich will, dass die Taube gesund wird. Und wieder fliegen kann."

Nachdem Dr. Helmers dem Tier zwei Wochen später die Bandage abgenommen hatte und Sybille es wieder in die Voliere setzte, flatterte es aufgeregt hin und her, wie, um den geheilten Flügel auszuprobieren. Dann pickte der Vogel eifrig die Körner auf, die Sybille wie immer auf das schon sehr mitgenommene Gras unter der Voliere ausgestreut hatte, und trippelte lebhaft hin und her. Die Taube war wieder gesund.

Sybille hatte den Esstisch im Wohnzimmer festlich gedeckt. Mit viel Mühe hatte sie das Lieblingsgericht ihres Mannes zubereitet und eine besonders gute Flasche Wein bereitgestellt. Es gab etwas zu feiern.

Sie fühlte sich glücklich wie seit Jahren nicht mehr. Es war nicht nur die Gesundung des Vogels, der sie in diese Stimmung versetzte. Sie hatte einen Entschluss gefasst.

„Ich möchte dir etwas sagen, Jörg. Etwas, das unser Leben verändern wird."

„Mach es nicht so spannend. Ich habe schon erwartet, dass es einen besonderen Anlass für dieses Festessen gibt. Heraus damit, Liebling. Ich bin auf alles gefasst."

Sybille wurde plötzlich sehr ernst.

„Du erinnerst dich doch, damals, nach der zweiten Fehlgeburt, als der Arzt mir gesagt hat, dass ich keine Kinder mehr bekommen kann."

„Ja, natürlich. Als ob ich das vergessen könnte!"

„Ja, und wie er uns vorgeschlagen hat, eventuell eine Adoption in Erwägung zu ziehen?"

„Ich weiß. Aber du sagtest, das sei doch niemals dasselbe. Ein eigenes Kind sei nun mal das, was du dir wünschtest."

„Ja. Aber nun habe ich mich doch dazu entschlossen. Wenn du immer noch dafür bist, möchte ich jetzt ein Kind adoptieren. Was sagst du dazu?"

Eine kleine Pause entstand. Jörg blickte sie unverwandt an. Seine Gesicht war ernst.

„Bist du sicher? Wieso hast du deine Meinung geändert?"

„Ich weiß nicht. Aber ich bin mir ganz sicher. Ich möchte jetzt ein Kind." Sie stand auf und trat auf ihn zu. „Und ich werde wieder arbeiten gehen. Vielleicht finde ich eine Stelle als Floristin. Ich brauche eine Aufgabe."

Jörg nahm sie in die Arme. Lange hielten sie sich umschlungen.

„Und jetzt gehen wir in den Garten und lassen die Taube frei. Sie ist gesund und kann wieder fliegen, wohin sie will."

Luisas Reise

Luisa war dabei ihren Koffer zu packen. Neuerdings durfte man auf Flugreisen bei manchen Airlines nur noch fünfzehn Kilo Gepäck mitnehmen, also musste sie gut überlegen, was sie brauchte. Für die fünf Tage auf Mallorca benötigte sie vor allem sommerliche Sachen. Jetzt im September würde es sicher noch sehr warm sein dort unten. Also einige Blusen, leichte Sommerhosen, vielleicht eine Strickjacke, wenn es abends einmal etwas kühler werden sollte. Dazu Unterwäsche, Strümpfe und Schuhe. Am besten die bequemen Sandalen für die Spaziergänge in der schönen mallorquinischen Landschaft. Luisa lächelte bei der Erinnerung daran, wie oft sie mit Paul, als er noch lebte, zwischen den Weinstöcken und den Orangenbäumen herumgeschlendert war und die milde Luft genossen hatte, die vom Meer herüber wehte.

Überhaupt waren sie viel gereist, Paul und sie. Paul hatte Freude daran gehabt, die Reisen bis ins Kleinste vorher zu planen und zu organisieren, auch die großen Touren durch Amerika oder die Städtereisen. Alle Hauptstädte in Europa hatten sie besucht. Paris, London, Madrid, Rom. Sogar in Stockholm, Helsinki und Oslo waren sie gewesen. Luisa war dabei die Aufgabe zugefallen, Fotos zu machen, ein Reisetagebuch zu führen und anschließend alles in einem Album zu ordnen. Inzwischen füllten etliche solcher Alben ihren Bücherschrank. Paul hatte während seiner Krankheit oft Stunden damit zugebracht, darin zu blättern und sich an die Erlebnisse zu erinnern. Ja, die Erinnerungen ...

Luisa seufzte. Aber jetzt musste sie sich konzentrieren. Nicht, dass sie etwas Wichtiges vergaß mitzunehmen. Sie war so vergesslich geworden in letzter Zeit. Manchmal musste sie schon kleine Post-it-Zettel an die Kühlschranktür heften, um sich daran zu erinnern, was sie einkaufen wollte. Diese Reise war die erste, die sie ohne Paul unternehmen wollte. Es fühlte sich zwar seltsam an, allein zu reisen, aber schließlich konnte sie nicht immer nur zu Hause hocken. Und einen Flug nach Mallorca würde sie ja wohl noch allein bewerkstelligen können.

Sie öffnete ihre Schmuckschatulle. Sollte sie vielleicht ein paar Ohrringe mitnehmen? Eigentlich nahm sie nie Schmuck mit auf ihren Reisen, aus Angst, ihn zu verlieren oder dass er gestohlen wurde. Ihr Blick fiel auf ein Paar brauner Perlenohrringe. Sie bestanden aus dem Wurzelholz eines Mammutbaumes; Luisa hatte sie auf ihrer Reise entlang der nordamerikanischen Westküste in einem Andenkenladen gekauft. Sie hatten diese Reise anlässlich ihres fünfundzwanzigsten Hochzeitstages gemacht. Luisa kicherte. Jeden Tag hatten sie miteinander geschlafen. Wie ein junges Liebespaar. Er war schon einer, ihr Paul! Ja, diese Ohrringe würde sie anlegen; sie würden sie an Paul erinnern.

Hatte sie alles? Halt, ihr Strickzeug durfte sie nicht vergessen. Damit ihre Hände etwas zu tun hatten während des Fluges. Sie schloss den Koffer und rollte ihn aus ihrem Schlafzimmer in den Flur. Sorgfältig achtete sie darauf, dabei keinen Lärm zu verursachen; Werner und seine Frau schliefen oben und sie wollte sie nicht wecken. Im Flur nahm sie das Telefon von der Ladestation. Wie war noch die Nummer der Taxizentrale? Sie musste im Telefonbuch nachschlagen. Hier war sie, gleich auf der ersten Seite. Luisa wählte die Nummer. Wohin sie das Taxi schicken sollten? Na, hierher, an ihre Adresse. Wie hieß noch gleich die Straße? Diese verflixte Vergesslichkeit! Ja, richtig: Amselstraße 23. Sie nahm ihre Handtasche und den Koffer, öffnete leise die Haustür und wartete draußen. Es war noch dunkel, eine Straßenlaterne warf ihr spärliches Licht auf die menschenleere Straße. Es dauerte nicht lange, bis das Taxi da war.

„Wo soll's hingehen?", fragte der Taxifahrer, als er ihren Koffer im Kofferraum verstaute.

„Zum Flughafen", sagte Luisa. Sie machte es sich auf dem Rücksitz bequem. Die Fahrt dauerte etwa eine halbe Stunde. Aus dem Radio kam leise Unterhaltungsmusik, die gelegentlich von einem Knacken und einer Anweisung aus der Taxizentrale unterbrochen wurde, auf die der Fahrer mit einer knappen Antwort reagierte.

Luisa hing ihren Gedanken nach. Wie sehr sie Paul immer noch vermisste! Zwar konnte sie sich nicht über Einsamkeit beklagen; Werners Familie kümmerte sich rührend um sie. Aber ihr fehlte die Vertrautheit des gemeinsamen Lebens mit Paul. Das „Weißt du noch?", das sie mit ihm verbunden hatte. Die Alltagsroutine mit ihm. Jeder hatte genau gewusst, wann der andere Gesellschaft brauchte oder lieber allein sein wollte. Sie hatten eben ihr Leben miteinander verbracht, so viele Jahre.

„Das macht sechsunddreißigachtzig", sagte der Taxifahrer.

Luisa kramte vierzig Euro aus ihrem Portemonnaie und reichte die Scheine nach vorne.

„Stimmt so", sagte sie und stieg aus.

„Besten Dank!" Der Fahrer holte den Koffer aus dem Kofferraum. „Gute Reise", sagte er freundlich und stieg wieder in sein Auto.

Luisa rollte ihren Koffer durch die riesige Glastür in die Flughafenhalle. Der Schalter für die Gepäckaufgabe war noch geschlossen. Wahrscheinlich war sie viel zu früh. 'Macht nichts', dachte sie, 'besser zu früh als zu spät.' Das hatte Paul auch immer gesagt. Sie setzte sich auf einen der bequemen Sessel in der Wartehalle, von wo aus sie die Anzeigentafel im Auge behalten konnte, und stellte den Koffer auf den Sitz neben sich. Gut, dass sie ihr Strickzeug mitgenommen hatte. Sie öffnete den Koffer und nahm die Stricksachen heraus. Paul würde sich über diesen neuen Schal ganz bestimmt freuen. Er war aus dunkelblauer Mohairwolle, die einen hohen Seidenanteil hatte. Das machte die Wolle so griffig und weich. Früher hatte sie alle möglichen Sachen gestrickt: Pullover für die Enkelkinder, Westen für Werner, Mützen und Handschuhe für seine Frau. Wie hieß sie noch gleich? Ja, richtig, Elke. Solche Sachen waren ihr jetzt zu kompliziert. Deshalb ein Schal. Der war einfach. Es war so angenehm, die Hände zu beschäftigen und dabei etwas Schönes herzustellen. Man hatte das Gefühl, etwas Nützliches zu tun.

Luisa sah auf. Sie hatte eine Bewegung neben sich wahrgenommen. Verblüfft sah sie sich um. Wo war sie? Und wo war Paul? Ein Mann hatte sich auf den Sessel neben sie gesetzt. Er blickte sie so merkwürdig an. Freundlich, aber auch besorgt. Ir-gendwie kam er ihr bekannt vor.

„Hallo, Mama!", sagte der Mann.

Luisa runzelte die Stirn. Meinte er sie? Er musste sie wohl verwechseln. Unwillig schüttelte sie den Kopf und wandte sich wieder ihrer Strickarbeit zu.

„Mama, was machst du hier? Mitten in der Nacht? Wir haben dich überall gesucht!"

Luisa wurde ärgerlich. „Wer sind Sie? Lassen Sie mich in Ruhe!"

„Mama, ich bin's. Dein Sohn Werner."

Luisa musterte den Mann. Er war bestimmt schon Mitte fünfzig, hatte eine Halbglatze und einen Bauch. Das sollte ihr Werner sein? Niemals. Werner war jung und hübsch ...

Verwirrt schaute sie sich um. Was war das für ein merkwürdiges Gebäude? Und die vielen Menschen! Alle hatten Koffer oder Taschen dabei. Luisa spürte, wie ihr Herz angstvoll anfing zu klopfen. Was machte sie hier? Wo war Paul geblieben? Ihre Hände fingen an zu zittern. Sie konnte nicht verhindern, dass einige Maschen von der Nadel rutschten. Tränen stiegen ihr in die Augen.

„Wir wollen nach Mallorca, Paul und ich", sagte sie. „Ja, nach Mallorca. Paul hat alles organisiert. Dies ist doch der Flughafen, oder?" Unsicher sah sie sich um.

„Nein, du kannst jetzt nicht nach Mallorca fliegen, Mama", sagte der Mann. „Schau nur, du hast ja gar keine Schuhe an."

Luisa blickte auf ihre Füße. Tatsächlich, sie trug keine Schuhe! Die weißen Baumwollsocken hatten ganz schmutzige Sohlen. Wie konnte es sein, dass sie ohne Schuhe aus dem Haus gegangen war? Das war doch nicht normal! Luisa fühlte, wie Panik in ihr aufstieg. Hilfesuchend sah sie den Mann an.

„Keine Angst, Mama", sagte Werner, „wir gehen jetzt nach Hause. Ohne Schuhe kann man doch nicht verreisen. Und nach Mallorca fliegen wir ein andermal, in Ordnung?"

„Ja, nach Hause", sagte Luisa. Sie packte ihr Strickzeug wieder in den Koffer und schloss ihn sorgfältig. Der Mann legte ihr den Arm um die Schultern. Er meinte es gut mit ihr, das spürte sie. Sicher hatte er Recht. „Ohne Schuhe kann man nicht verreisen", murmelte sie. „Jetzt gehen wir nach Hause. Nach Mallorca fliegen wir ein andermal." Sie nahm ihren Koffer und ließ sich von ihrem Sohn Werner aus der Halle führen.

Die Anhalterin

Eigentlich nehme ich nie Anhalter mit. Man kann als Frau ja nicht wissen, ob man nicht an einen Vergewaltiger oder einen Serienmörder gerät. Ich weiß nicht, warum ich diesmal einem plötzlichen Impuls folgte und bremste, als ich die Anhalterin mit dem großen Pappschild in der Hand sah. Sie stand an der Ausfahrt der Autobahnraststätte kurz hinter Hamburg und hielt den Daumen in die Höhe. Auf dem Schild stand in dicken, handgeschriebenen Buchstaben: ROM. Als sie sah, dass ich rechts ran fuhr, kam sie eilig angelaufen, öffnete die Beifahrertür und fragte mit einem strahlenden Lächeln: „Nehmen sie mich ein Stück mit?" Ich nickte, und ohne eine weitere Antwort abzuwarten, fuhr sie fort: „Toll! Kann ich meinen Rucksack in den Kofferraum legen?"

Mir fielen die beiden Gepäckstücke ein, die ich mit Mühe und Not in dem kleinen Toyota verstaut hatte. „Legen Sie ihn besser auf die Rückbank. Der Kofferraum ist schon voll."

Sie bugsierte das voluminöse Ding mit der eingerollten Isomatte mit einiger Mühe auf die Rückbank und ließ sich dann aufatmend auf den Beifahrersitz fallen.

„Danke, dass Sie angehalten haben! Ich stehe hier schon über eine Stunde." Sie setzte sich zurecht und schnallte sich an. Ich legte den Gang ein und fädelte mich in den Autobahnverkehr ein, der um diese frühe Morgenstunde noch relativ ruhig lief.

„Ich fahre aber nicht bis nach Rom", sagte ich und deutete auf das Schild, das das Mädchen noch in der Hand hielt.

Sie lachte. „Schon okay, das hatte ich auch nicht erwartet. Hauptsache, es geht ein Stück weiter Richtung Süden. Wohin fahren Sie denn?"

Was sollte ich auf diese einfache Frage antworten?

„Ich weiß es noch nicht", sagte ich. „Das heißt, nicht genau," fügte ich schnell hinzu, weil ich merkte, wie seltsam meine Antwort klingen musste. „Ich mache Urlaub", log ich. Sie gab sich mit dieser vagen Auskunft zufrieden, und eine Weile trat Schweigen ein. Ich überholte mit einer Geschwindigkeit, die mein Auto fast an die Grenze seiner Leistungsfähigkeit brachte, eine schier endlose Kolonne von LKWs. Dann scherte ich wieder auf die rechten Fahrspur ein und fuhr in gemächlicherem Tempo weiter, damit ich die junge Frau neben mir unauffällig mustern konnte. Schätzungsweise Anfang zwanzig, schlank, fast dünn, mit langen Beinen, die im Fußraum meines Kleinwagens kaum Platz fanden. Rostrotes, sehr kurzes Haar, starke gerade Augenbrauen in der gleichen Farbe, eine große, etwas grobe Nase, volle, schön geschwungene Lippen und ein kräftiges Kinn. Nicht hübsch im landläufigem Sinn, aber ausdrucksstark. Selbstbewusst. Besonders die tiefliegenden braunen Augen, die von langen, rotblonden Wimpern umrahmt wurden, riefen diesen Eindruck hervor. Sie war völlig ungeschminkt, außergewöhnlich bei der heutigen Vorliebe der jungen Mädchen für auffälliges Make up.

„Na, zufrieden mit der Begutachtung?"

Ich errötete. Offenbar hatte sie meine Seitenblicke bemerkt.

„Entschuldigen Sie", antwortete ich kleinlaut, „ich wollte nicht unhöflich sein."

„Schon gut, ist okay. Ist doch ganz klar, dass Sie wissen wollen, wen Sie sich da eingeladen haben." Ihr Lachen klang fröhlich und unbekümmert. „Ich heiße Henriette, aber alle nennen mich Jette." Sie streckte mir ihre lange, schmale Hand entgegen, auf deren weiße Haut etliche Sommersprossen prangten.

„Ich bin Elisabeth, aber alle nennen mich Lisa", antwortete ich. Ihr Händedruck war kurz und fest.

"So, das wäre erledigt", meinte sie munter, „jetzt kennen wir uns."

Das entspannte Schweigen, das nun folgte, empfand ich als angenehm. Jette sah aus dem Beifahrerfenster hinaus und schien ihren Gedanken nachzuhängen.

Es war ruhig im Auto, der Verkehr lief gleichmäßig und problemlos, und schon war sie wieder da, die Erinnerung an die quälenden Ereignisse der letzten Nacht, vor denen ich geflohen war. Freds verzweifeltes Gesicht, seine Entschuldigungen und Erklärungen, meine unbändige Wut und der Schmerz über seine Untreue, sein ewiges „Was soll ich denn nun tun?". Dann das Türenschlagen, mein hastiges Kofferpacken, im Kopf nur den einen Gedanken: „Weg hier!" Die entsetzten Gesichter der Kinder, die durch den Lärm aus dem Schlaf gerissenen worden waren und in der Tür standen, als ich um drei Uhr morgens aus dem Haus stürmte und sie dort zurückließ. Sollte Fred ihnen doch erklären, was los war! Was er getan hatte! Wie er mich betrogen hatte, all die Monate! Mit seiner ach so schicken Kollegin! Die Vorstellung, wie er mit ihr im Bett lag und all die Dinge mit ihr tat, die, wie ich geglaubt hatte, nur mir vorbehalten waren! Das Bild verfolgte mich; es hatte sich wie mit einem glühenden Eisen in meine Seele eingebrannt. Es tat so weh!

Ich spürte, wie mir wieder die Tränen kamen. Nicht jetzt!, rief ich mich zur Ordnung. Schließlich war ich nicht allein im Auto. Ich holte tief Luft und versuchte, die Gedanken an die letzte Nacht aus meinem Kopf zu verbannen und mich auf den Verkehr zu konzentrieren.

„Wenn es hilft, erzählen Sie es mir ruhig", hörte ich Jette sagen. Offenbar hatte sie mich beobachtet, ohne dass ich es bemerkt hatte. "Ich sehe doch, dass Sie unglücklich sind. Und dass Sie geweint haben."

„Ach, es ist nichts. Nur das Übliche. Mann betrügt Frau, Frau verlässt Mann, Ehe ist gescheitert." Ich lachte hysterisch auf.

„Nichts Besonderes also. Da gibt es nicht viel zu erzählen."

„Okay", sagte sie. „Wenn Sie später darüber sprechen wollen: Ich bin eine gute Zuhörerin, sagt man."

Ich wollte nicht darüber reden. Ich hatte genug damit zu tun, meine Fassung zu bewahren und Auto zu fahren. Es war alles noch zu frisch. Ich versuchte abzulenken.

„Wie wärs, wenn Sie mir ein wenig von sich erzählen, Jette. Zum Beispiel: Warum gerade Rom? Was haben sie dort vor?"

Jette Gesicht erstrahlte in einem breiten Lächeln, das ihre weißen Zähne blitzen ließ. Ich bemerkte, dass der eine Schneidezahn ein wenig schief stand, was ihrem Lächeln einen individuellen Charme gab. „Rom ist mein Traum! Die ewige Stadt. Ich möchte unbedingt den Petersdom sehen. Und das Kolosseum. Und die vielen anderen Sehenswürdigkeiten. Die Engelsburg! Und die Pauluskirche. Ganz zu schweigen natürlich von der Sixtinischen Kapelle. Ach, ich habe so viel gelesen und gehört von dieser Stadt, ich will sie unbedingt selber erleben." Sie war ins Schwärmen geraten. „Ich studiere Architektur und Kunstgeschichte, müssen Sie wissen. Und Rom steht ganz oben auf meiner Liste."

„Aha. Aber warum trampen Sie? Heutzutage gibt es doch so preiswerte Direktflüge nach Rom. In ein paar Stunden wären sie dort."

„Das stimmt schon. Aber abgesehen davon, dass die Flüge für eine arme Bafög-Studentin immer noch recht teuer sind, möchte ich gern den Weg dorthin bewusst erleben. Deutschland vom Nord bis Süd, die Schweiz und Österreich, halb Italien. Damit man erfährt, wie lang der Weg ist, den man zurücklegen muss und durch welche Länder und Städte er führt, bis man an seinem Ziel angekommen ist."

Ich nickte. „Das verstehe ich gut. Ich finde es auch irritierend, wenn man nach ein paar Stunden im Flugzeug in einem fremden

Land, bei ganz anderem Wetter und in einer völlig verändertem Umgebung aussteigt."

Ein nachdenkliches Schweigen entstand. Das gleichmäßige Brummen des Autos hatte eine einschläfernde Wirkung. Der Verkehr war dichter geworden und erforderte meine ganze Aufmerksamkeit. Nach einiger Zeit machte sich eine bleierne Müdigkeit hinter meinen Augen bemerkbar. Ich hatte die Nacht über nicht geschlafen und außer der Tasse Kaffee während der Tankpause auf der Raststätte, wo ich Jette aufgelesen hatte, nichts im Magen. Und das war schon fast zwei Stunden her.

„Wie wär's mit einer kleinen Pause?"

Jette schrak auf. Anscheinend war sie ein wenig eingedöst.

„Okay", sagte sie und rieb sich die Augen. „Wo sind wir denn inzwischen?"

„In der Nähe von Hannover, auf der A7. Die führt uns immer Richtung Süden. Wir halten an der nächsten Raststätte. Ich brauche unbedingt etwas zu essen. Sie auch?"

„Hm." Jette setzte sich auf. Sie kramte in ihrem Rucksack nach einer Wasserflasche und einem Röhrchen mit Tabletten.

„Ich habe nur etwas Kopfschmerzen", erklärte sie, während sie eine der Tabletten aus dem Röhrchen schüttelte, in den Mund steckte und mit einem Schluck Wasser hinunterspülte.

In der Raststätte roch es appetitlich nach Kaffee, frischen Brötchen und Rührei. Ich lud mir neben den Brötchen, der Marmelade und der Butter einen großen Teller Rührei, zwei kleine Würstchen und gebratenen Speck auf mein Tablett und trug es zu dem Tisch, an dem Jette schon wartete.

„Ich habe richtigen Hunger", rechtfertigte ich meine übergroße Portion, als ich Jettes bescheidene Brötchenhälfte sah. Kein Wunder, dass sie so schlank war. Beneidenswert, die schmale Taille und der kleine Busen in dem dünnen T-Shirt. Und die endlos langen schlanken Beine, die in der engen Jeans erst richtig zur Geltung kamen. Seit der Geburt der beiden Kinder hatte sich meine Figur leider ungünstig verändert. Das jugendlich Straffe war nicht mehr da, besonders um den Bauch herum. Nun ja, mit Ende dreißig sah man eben nicht mehr aus wie mit zwanzig. Lange noch kein Grund, sich sofort in das Bett einer Jüngeren zu legen, wie Fred es getan hatte, dachte ich wütend. Nein, nicht daran denken!

„Sind Ihre Eltern nicht besorgt, wenn Sie so ganz allein auf die Reise gehen? Es ist ja nicht ganz ungefährlich zu trampen."

Jette strich sich mit allen zehn Fingern durch ihre Haare und brachte sie so in die richtige Form. Ein seltsames Lächeln spielte um ihre Lippen.

„Sie wissen nichts davon. Sie hätten es mir nie erlaubt. Aber ich wollte es unbedingt. Es ist ..." Sie stockte. Anscheinend hatte sie etwas sagen wollen, es sich dann aber anders überlegt. „Es ist wichtig für mich, diese Reise allein zu machen und nicht mit Mama und Papa und Bruder und Schwester. Dann wäre es nur eine Urlaubsreise gewesen und nichts Besonderes mehr."

„Verstehe", sagte ich. „Es ist das Abenteuer, das Sie lockt."

Wieder dieses merkwürdige Lächeln. „Ja, in gewisser Weise." In ihre Augen trat ein Ausdruck, den ich nicht deuten konnte. War es Traurigkeit? Oder nur Nachdenklichkeit? Die helle Haut ihres schmalen Gesichtes zeigte eine leichte Rötung, durch die die vereinzelten Sommersprossen fast verschwanden. Was für ein apartes Mädchen, dachte ich. Und so beneidenswert jung!

Nachdem ich mein reichhaltiges Frühstück verschlungen und zwei Becher von dem überraschend guten Kaffee getrunken hatte, fühlte ich mich besser. Die Müdigkeit war verflogen, und wir machten uns wieder auf den Weg. Ich hatte immer noch keine Ahnung, wohin ich eigentlich wollte. Erst einmal nur weg. Mit meinem Handy meldete ich mich im Büro und sagte, ich sei krank. In gewisser Weise war ich das auch; jedenfalls war ich in meinem jetzigen Zustand nicht in der Lage zu arbeiten. An die Kinder wollte ich vorerst nicht denken. Maike, unsere siebenjährige Tochter, und Jan-Philipp mit seinen zehn Jahren waren groß genug, eine Weile ohne mich zurechtzukommen. Außerdem war Fred ja da. Sollte er sich doch um unsere Kinder kümmern!

„Wie wär's mit ein wenig Musik?" Jettes Stimme riss mich aus meinen Gedanken. Gerade durchfuhren wir mit Tempo Sechzig eine endlos lange Baustelle. Vor und hinter mir, bedrohlich nahe, riesige LKWs.

„Im Handschuhfach ist eine Tasche mit CDs, vielleicht suchen Sie eine davon aus", sagte ich.

„Toll, Sie mögen Jazz!" Jette hatte die CD gefunden, die Fred und ich von einer Jazzband gekauft hatten. Sie spielte so hinreißende Soul- und Jazzmusik, damals in New Orleans. Der hagere schwarze Sänger besaß fast dieselbe Stimme wie Louis Armstrong.' The House of the Rising Sun' erklang, unvergleichlich gesungen von dem Sänger mit der Armstrong-Stimme, und die Erinnerung an unsere Reise in den Süden der USA trieb mir schon wieder die Tränen in die Augen. Zum zehnten Hochzeitstag hatten wir uns diesen Urlaub geschenkt, Fred und ich, ohne die Kinder, nur wir beide. Es war heiß und schwül gewesen in der Stadt, an allen Ecken spielten Lifebands diese einzigartige Musik, die Straßen waren voll mit Touristen, schwarzen Einheimischen und Straßenkünstlern. Ich musste lächeln, als ich an die Hochzeitsgesellschaft dachte, die singend und musizierend durch die Bourbon Street tanzte, allen voran der Bräutigam und die füllige Braut in ihrem voluminösen weißen Kleid, während sie bunte Perlenketten unter die applaudierenden Zuschauer warfen.

Fred und ich hatten nach der obligatorischen Raddampferfahrt auf dem Mississippi und einer Sightseeingtour mit der klapprigen hölzernen Straßenbahn schließlich, erschöpft und völlig verschwitzt, in einem Straßenrestaurant unter einem riesigen Sonnenschirm zwei freie Plätze ergattert. Während wir die wohltuende Kühlung des Ventilators genossen, spielten die schwarzen Musiker auf dem Podium den unvergleichlichen New Orleans-Jazz. Wir saßen da und hörten zu, tranken Cola mit viel Eis, hielten uns an den Händen und waren glücklich. Für zehn Dollar nahmen wir anschießend eine der CDs mit, die die Band in einem Pappkarton auf einer umgedrehten Bierkiste anbot. Nach dem, was gestern geschehen war, tat die Erinnerung an diese wundervollen Tage schrecklich weh.

„Bitte, legen Sie eine andere CD ein", bat ich Jette. Sie sah mir fragend ins Gesicht, sagte aber nichts und folgte meiner Bitte.

Inzwischen war es weit nach Mittag, wir waren in der Nähe von Göttingen, und ich spürte, dass ich nun wirklich nicht mehr weiterfahren konnte vor Müdigkeit.

„Ich nehme die nächste Ausfahrt, Jette, egal, in welchen Ort sie führt. Ich muss unbedingt ein paar Stunden schlafen, ich bin todmüde. Und Hunger habe ich auch schon wieder. Wenn es geht, werde ich dort übernachten. Für heute bin ich weit genug gefahren. Wollen Sie mit mir kommen oder soll ich Sie vorher an einer Raststätte absetzen, damit sie weiter trampen können?"

„Wenn es Ihnen nichts ausmacht, komme ich mit. Ich habe es nicht eilig."

In einem kleinen Kaff namens Ellershausen fanden wir einen Gasthof, der auch Fremdenzimmer vermietete. Da es keine Einzelzimmer gab, schlug ich vor, dass wir uns ein Doppelzimmer teilten, obwohl Jette sagte, sie könne auch im Freien schlafen; dafür habe sie ja ihr kleines Einmannzelt dabei. Nach einigem Hin und Her einigten wir uns darauf, gemeinsam eines der sehr preiswerten

Doppelzimmer zu nehmen, schon wegen der Duschgelegenheit. Jette bestand darauf, die Hälfte des Preises zu bezahlen., obwohl sie offensichtlich nicht gerade gut bei Kasse war.

Die Gastwirtin bot uns das Tagesgericht an, das ich heißhungrig verschlang. Anscheinend führte seelischer Kummer bei mir nicht wie bei anderen Menschen zu Appetitlosigkeit, sondern im Gegenteil zu einem ständigen Hungergefühl. Jette hingegen aß nur die Hälfte des leckeren Schweinebratens. Langsam fing ich an mir Gedanken zu machen, warum sie so wenig aß. Sie sagte, sie sei müde, genau wie ich, und hätte nichts gegen einen kleinen Mittagsschlaf. Kaum hatten wir uns auf dem komfortablen Doppelbett ausgestreckt, fielen mir die Augen zu.

Als ich aufwachte, fühlte ich mich frisch und ausgeruht. Es war zu meinem Erstaunen schon sechs Uhr abends. Jette war nicht da; ihr riesiger Rucksack stand halb ausgepackt neben ihrem Bett. Ich nahm mein Handy und schaltete es ein. Drei Anrufe in Abwesenheit, teilte mir das Display mit. Fred natürlich. Einen Augenblick überlegte ich, dann wählte ich den Festanschluss von zu Hause.

„Hallo?" Jan-Philipps Stimme klang dünn und zaghaft. Mir wurde das Herz schwer.

„Hallo Janni", sagte ich, „hier ist Mama. Ich wollte nur mal hören, wie es euch geht."

„Papa macht gerade Abendbrot."

„Ach so? Das ist gut. Was macht Maike?"

„Maike sitzt vorm Fernseher. Soll ich sie rufen?"

„Nein, lass nur." Eine Pause entstand. „Du, Janni? Du hast ja heute Nacht den Lärm mitgekriegt, nicht?"

„Hm."

„Also. Papa und ich haben uns gestritten, und ich war so wütend, dass ich weggefahren bin. Aber ihr müsst euch keine Sorgen machen, ich komme bald wieder. Das kannst du auch Maike sagen.

Machst du das?"

„Ja."

„Okay, Janni! Ich hab euch lieb, vergiss das nicht."

„Ja."

„Gut. Gibst du mir jetzt den Papa, bitte?"

„Ja. Tschüss, Mama!"

Ich wischte mir die Tränen aus dem Gesicht, die mir ohne dass ich es verhindern konnte, aus den Augen gelaufen waren, und räusperte mich.

„Hallo!"

„Hallo, Fred. Ich rufe nur an um zu sagen, dass es mir gut geht."

„Okay." Seine Stimme klang belegt. Ich hörte, wie er sich räusperte. „Lisa, ich weiß nicht, was ..."

Ich unterbrach ihn.

„Das höre ich jetzt zum x-ten Mal von dir. Lass dir mal was Neues einfallen!" Die Wut kochte wieder in mir hoch. Ich atmete tief ein. Es hatte keinen Sinn, den Streit am Telefon fortzusetzen. „Hör zu! Ich weiß noch nicht, wann ich zurückkomme. Du musst inzwischen für die Kinder sorgen. Denk daran, Jan-Philipp muss morgen zum Kieferorthopäden, und Maike hat Donnerstag Klavierunterricht."

„Aber ich muss doch in die Firma, ich kann doch nicht ..."

„Das ist mir scheißegal"!" Ich schrie jetzt. Aufgebracht lief ich in dem kleinen Hotelzimmer hin und her.„Du konntest doch sonst auch alles so gut organisieren mit deiner Geliebten. Sieh zu, wie du fertig wirst." Wenn ich gekonnt hätte, hätte ich den Hörer auf die Gabel geschmettert, aber so drückte ich nur mit Vehemenz auf den Aus-Knopf am Handy. In mir tobte ein Aufruhr an Gefühlen. Ich musste mich beruhigen. Ich beschloss, eine lange Dusche zu nehmen, mir frische Sachen anzuziehen und dann zu sehen, wo meine neue Freundin geblieben war.

„Sie ist so gegen Fünf ausgegangen. Sie sagte, ich solle Ihnen ausrichten, dass sie einen Stadtbummel macht. Es ist ja auch ein so schöner Sommerabend." Die Gastwirtin wischte die ohnehin saubere Theke in der altmodischen, aber gemütlichen Gaststube, bis sie glänzte. „Wollen Sie hier zu Abend essen? Ich könnte Ihnen schnell etwas Warmes zubereiten. Ansonsten hätten wir eine deftige Wurst- und Käseplatte."

Ich spürte, wie ich schon wieder Appetit bekam.

„Nein, danke, vielleicht später. Zuerst möchte ich einen kleinen Spaziergang machen. Vielleicht treffe ich ja meine Bekannte zufällig unterwegs. Wenn nicht, würden Sie ihr bitte ausrichten, wenn sie kommt, dass ich spätestens um acht wieder hier bin?"

„Natürlich, gern." Die freundliche Frau widmete sich wieder ihrer Theke.

Es war tatsächlich ein schöner Abend. Überhaupt wollte das Wetter in keinster Weise zu meiner düsteren Stimmung passen. Das Städtchen war schnell durchquert, und ich gelangte am Ortsrand auf einen Feldweg, der durch die hoch stehenden Kornfelder führte. Während ich langsam dahinschlenderte, versuchte ich ein wenig Ordnung in meine Gefühle zu bringen. Noch immer war da diese ungeheure Verletztheit, die alles andere in den Hintergrund drängte. Fred hatte mein Vertrauen missbraucht, mich monatelang belogen und meine Liebe mit Füßen getreten. Mein Mann, mit dem ich seit dreizehn Jahren verheiratet war! Der Vater meiner Kinder! Wir hatten gemeinsam so viel erlebt, hatten uns etwas aufgebaut. Das alles setzte er aufs Spiel, wegen dieser anderen Frau. Es war unverzeihlich. Alles war zu Ende. Wieder kamen mir die Tränen und ich konnte ein bitteres Schluchzen nicht zurückhalten.

„Sie ist auf Ihrem Zimmer", richtete mir die Gastwirtin aus, als ich zurückkam.

„Danke. Wir kommen gleich zum Abendbrot herunter."

Jette kam gerade aus der Duschkabine, als ich das Zimmer betrat. Sie hatte sich ein Badetuch um den Körper geschlungen und die Haare mit einem Handtuch umwickelt. Unbekleidet sah sie noch dünner aus. Zu dünn für meinen Geschmack, stellte ich jetzt fest.

„Wie sind Ihre Pläne für den Abend", fragte sie. Mich störte die förmliche Anrede plötzlich.

„Wollen wir uns nicht duzen?", fragte ich. „Jetzt, wo wir quasi Auto und Bett miteinander teilen."

„Natürlich", lachte sie, „sehr gern". Förmlich reichte sie mir ihre Hand. „Wie gesagt, ich bin Jette."

„Und ich Lisa." Ich wies auf ihre Aufmachung. „Zieh dir was an, ich habe uns unten angemeldet zum Abendessen. Damit du ein bisschen was auf die Rippen kriegst, so dünn, wie du aussiehst."

„Ach das. Das sind die Nebenwirkungen."

„Nebenwirkungen? Wovon?"

Sie winkte ab. „Erzähl ich dir vielleicht später. Ich bin in fünf Minuten fertig."

„Hast du Lust auszugehen? Sicher gibt es hier ein nettes Lokal oder eine Disco oder so etwas. Obwohl ich schon lange nicht mehr in irgendeiner Disco war", fügte ich hinzu, während ich mein Schinkenbrot mit heißem Tee hinunterspülte.

„Nein, eigentlich nicht", sagte Jette. Ich fühle mich nicht nach Ausgehen. Wie wäre es mit einer Flasche Rotwein und einem Mädelsabend vor dem Fernseher in unserem Zimmer? Ich habe in der Programmzeitschrift gelesen, dass auf Pro sieben 'Schlaflos in Seattle' läuft. Taschentücher habe ich genug eingepackt. Wäre das nichts?"

„Das ist eine grandiose Idee. Mir ist nämlich auch nicht nach anderen Menschen."

Als der Film zu Ende war, hatten wir die Flasche geleert, etliche Papiertaschentücher verbraucht und waren in rührseliger Stimmung.

„Alles Lug und Trug, das mit der Liebe. Im Film gibt es immer ein Happy end. Im richtigen Leben ist das nicht so." Ich erzählte Jette weinend und schniefend von meinem untreuen Ehemann und dass nun alles kaputt sei. „Das Schlimmste ist: Diese Schlampe bekommt ein Kind von ihm! Von meinem Mann, stell dir das vor! Was soll ich denn jetzt nur tun?" Ich füllte mein Glas noch einmal nach und trank einen Schluck. „Wenn er mich nur einfach betrogen hätte, könnte ich ihm vielleicht verzeihen. Denn ich liebe ihn ja, diesen Schweinehund! Aber wenn er doch ein Kind mit dieser anderen bekommt? Es hat gesagt, er weiß nicht, wie er sich entscheiden soll. Er will mich und unsere Familie nicht verlieren, aber er will auch sie mit ihrem Kind nicht im Stich lassen. Was sollen wir denn bloß tun, Jette?"

Jette hatte sich lang auf ihrem Bett ausgestreckt und starrte in die Luft.

„Ach, weißt du, Lisa, das sind alles keine großen Probleme. Die kann man lösen. Ich", sie zeigte mit dem halbvollen Weinglas in der Hand auf sich selbst, „ich habe ein Problem. Und das ist nicht lösbar." Sie richtete sich auf und sah mich an. Ihr Blick war vollkommen nüchtern.

„Ich werde sterben."

Es dauerte eine Weile, bis mein benebeltes Hirn die Botschaft verstanden hatte.

„Was?" Ich rappelte mich von den Kissen auf und versuchte, einen klaren Gedanken zu fassen. „Du wirst sterben? Was soll das heißen: Du wirst sterben?"

„Ich werde sterben. Bald. Dies ist meine letzte Reise."

Sie verzog ihr Gesicht zu einem traurigen Lächeln. „Es ist ein Tumor. Er sitzt in meinem Kopf. Inoperabel. Man kann nichts mehr machen. Der Arzt sagt, noch zwei oder drei Monate, dann werden die Schmerzen so unerträglich sein, dass ich Morphium nehmen muss. Und dann ist es bald zu Ende."

Ich starrte sie an. Diese junge Frau hatte nur noch ein paar Monate zu leben! Ich war erschüttert. Plötzlich wirkten meine eigenen Sorgen geradezu lächerlich.

Ich rutschte zu ihr hinüber auf die andere Seite des Doppelbettes und nahm sie in die Arme. Nach einer Weile löste sie sich von mir.

„Jetzt weißt du, warum ich so wenig esse. Das sind die Nebenwirkungen der Tabletten, die ich gegen die Schmerzen im Kopf nehmen muss. Sie führen zu Appetitlosigkeit. Manchmal auch zu Übelkeit und Erbrechen." Sie rückte etwas von mir ab. „Aber sonst geht es mir gut. Ich brauche kein Mitleid."

Ich wusste nicht, was ich sagen sollte und kam mir schrecklich hilflos vor. Dann kam mir ein Gedanke.

„Deshalb also Rom? Der Sitz des Papstes? Bist du gläubig?"

Abrupt wandte sie sich mir wieder zu und ein Strahlen ging über ihr Gesicht.

"Ja", sagte sie, „ja, ich glaube an Gott. Ich glaube an Gerechtigkeit. Dass es einen Ausgleich gibt für das, was wir in unserem irdischen Leben erleiden. Ich glaube ganz fest daran. Deshalb will ich nach Rom und all die heiligen Stätten sehen. Vielleicht sogar dem Heiligen Vater begegnen. Danach kann ich mich in Ruhe auf meinen Tod vorbereiten. Ich weiß, dass ich im nächsten Leben die Entschädigung dafür bekommen werde, was ich in diesem Leben versäume."

Sie umarmte mich kurz und sah mir eindringlich ins Gesicht. „Du wirst eine Lösung für euer Problem finden, Lisa, da bin ich ganz sicher. Du bist stark. Stärker als dein Mann."

Der nächste Morgen begrüßte uns wieder mit strahlendem Sonnenschein. Obwohl ich in der Nacht nur wenig geschlafen hatte, fühlte ich mich gut. Ich war zu einem Entschluss gekommen.

„Jette, ich werde nach Hause zurückfahren. Zusammen mit meinem Mann werde ich die Situation klären. Ich glaube, ich möchte, dass wir zusammenbleiben. Dass unsere Familie erhalten bleibt."

Sie lächelte und nickte nur.

„Soll ich dich an der Autobahn absetzen, damit du weiter trampen kannst?"

„Ja, das wäre nett. Und danke, dass du mich ein Stück mitgenommen hast."

Ich fuhr mit ihr zur nächsten Autobahnraststätte, damit sie dort jemanden finden konnte, der sie ein weiteres Stück auf ihrer Reise nach Rom begleiten würde. Wir sprachen kein Wort mehr. Nicht über ihre Krankheit, nicht über meine Eheprobleme. Es war nicht nötig.

Als sie ihren Rucksack ausgeladen hatte, standen wir voreinander und sahen uns an. Ich spürte, wie mir die Tränen kamen. Trotzdem versuchte ich zu lächeln.

„Schon gut", sagte Jette und legte ihre Arme um mich. „Es ist in Ordnung."

Ich drückte sie an mich, dann stieg ich schnell in mein Auto und fuhr los. Im Rückspiegel sah ich sie dort stehen: Rothaarig, dünn, neben ihrem großen Rucksack. Sie hob die Hand und winkte. Ihre Gestalt wurde rasch kleiner.

Die Freundin

Nils Paulsen gähnte lange und ausgiebig. Wieder einmal eine dieser endlosen Observationen, die nichts brachten. Er schaute auf die Uhr. Jetzt saß er schon zwei Stunden in seinem schwarzen Golf und beobachtete das Haus seiner Zielperson. Zeit, seinen Standort zu wechseln. In dieser ruhigen Straße fiel selbst ein solch unscheinbares Auto wie seines auf, wenn längere Zeit eine Person darin saß. Nach einer Weile würde auch die demonstrativ über dem Lenkrad ausgebreitete Straßenkarte einen misstrauischen Spaziergänger oder Anwohner nicht mehr davon überzeugen, dass hier nur ein Ortsunkundiger kurz parkte, um die richtige Straße zu suchen.

Er startete den Wagen, fuhr ein kleines Stück weiter und bog in eine Nebenstraße ein. Gott sei Dank gab es hier eine Parkbucht, so dass er das Auto korrekt abstellen konnte. Zwar war es schwierig, den Eingang des Hauses seiner Zielperson von hier aus im Auge zu behalten, weil die herabhängenden Zweige einer dichtbelaubten Kastanie die Sicht erschwerten, aber dafür bot der Baum eine gute Deckung vor neugierigen Blicken der Hausbewohner.

Paulsen versuchte eine möglichst bequeme Sitzhaltung einzunehmen. Obwohl er sich im Laufe der Jahre an das stundenlange Warten bei einer Observation gewöhnt hatte, hasste er das lange Sitzen, das seinem Rücken nicht gut tat. Wenn die Leute wüssten, wie langweilig der Beruf eines Privatdetektivs in Wirklichkeit war! Weit entfernt von den aufregenden Abenteuern, die die Helden in den Fernsehkrimis zu bestehen hatten.

Er nahm sein Beobachtungsprotokoll zur Hand und überflog die Notizen, die er bis jetzt gemacht hatte.

Zielperson: Claudia Schumann, 38 Jahre, Hausfrau, verheiratet mit Jan Schumann, stellv. Leiter der örtlichen Bankfiliale, Sohn

Tobias, 14 J., Tochter Vanessa, 12 J.

Observationsbeginn: Montag, den 20. 09. 06.00 Uhr

Observationsende: 23.30 Uhr

Ein absolut normaler Tag gestern. Und der heutige war bisher ganz ähnlich verlaufen. Nur dass Claudia S. am Vormittag statt zum Supermarkt zur Reinigung und zur Apotheke gefahren war und am Nachmittag zum Friseur, während Sohn und Tochter mit dem Fahrrad zu ihren jeweiligen Beschäftigungen geradelt waren. Am Abend kam der Herr des Hauses pünktlich zum Essen heim, und die Familie ging ihren abendlichen Beschäftigungen nach.

Paulsen sah wieder auf die Uhr. 19.30 Uhr. Wahrscheinlich saß die Familie beim Abendessen und ließ es sich schmecken. Missmutig inspizierte er den Kartoffelsalat, den er sich als Verpflegung mitgenommen hatte, und die kalten Würstchen. Dieses Essen im Auto war das Schlimmste bei solchen langwierigen Beobachtungen. Man hatte meistens nicht die Zeit oder die Gelegenheit für eine ordentliche Mahlzeit, weil man die Zielperson nicht aus den Augen lassen durfte. Na ja, immerhin hatte er während Claudia Schumanns Friseurbesuchs am Nachmittag in einem Restaurant in der Nähe anständig zu Mittag essen können.

Gerade wollte er in das zweite Würstchen beißen, als sich die Haustür öffnete und seine Zielperson heraus trat. Sie trug eine leichte Jacke und hatte ihre Handtasche dabei. Offensichtlich wollte sie ausgehen. Gott sei Dank, dachte Paulsen, wenigstens nicht so ein langweiliger Abend wie gestern. Er beobachtete, wie Claudia S. in ihren Polo stieg, zügig zurücksetzte und in Richtung Innenstadt fuhr. Routiniert nahm er die Verfolgung auf. Da nur wenig Verkehr herrschte, achtete er sorgfältig darauf, immer mindestens ein Fahrzeug zwischen seinem Auto und dem Polo zu haben. Die Fahrt endete vor einem modernen Gebäudekomplex, den ein großes Schild am Eingang als Edith-Stein-Gymnasium auswies. Ach so, dachte Paulsen, ein Elternabend. Wie er aus seinen Recherchen über die Familie wusste, besuchten beide Kinder diese Schule. Na, das konnte dauern. Er suchte sich einen unauffälligen Parkplatz und bereitete sich auf eine lange Wartezeit vor. Seufzend kramte er den Kartoffelsalat und die Würstchen wieder aus der Kühltasche und setzte seine Mahlzeit fort.

Komisch eigentlich, dachte er. Normalerweise, waren es die Ehefrauen, die solche Überwachungen in Auftrag gaben. Meistens ging es um einen Seitensprung des Mannes. Aber hier war es eine Frau gewesen, die seine Detektei aufgesucht hatte. Eine attraktive Frau Ende dreißig, sorgfältig gestylt und geschminkt, selbstbewusst auftretend. Sie hatte mit keinem Wort erwähnt, warum er Claudia S. beschatten sollte, nur, dass er sie genauestens beobachten und alle ihre Aktivitäten dokumentieren sollte. Fürs Erste war ein Zeitraum von einer Woche vereinbart worden, oder solange, bis er etwas Auffälliges feststellen konnte. Über die Kosten hatte die Auftraggeberin kein Wort verloren; sie hatte nur eine kurzen Blick auf die Tariftabelle geworfen und genickt. Den Vorschuss für zwei Tage hatte sie gleich bar bezahlt. Fast hoffte Paulsen, dass er etwas Interessantes entdecken würde, um seine Auftraggeberin nicht zu enttäuschen.

Wie lange konnte solch ein Elternabend dauern? Eine Stunde? Zwei? Paulsen kletterte aus dem Auto, reckte sich ausgiebig und vertrat sich die Füße. Langsam wurde es dunkel an diesem Septemberabend; gut, denn die Dunkelheit machte es leichter, nicht aufzufallen. Endlich sah er die Eltern aus dem Gebäude kommen. Es waren fast nur Frauen; anscheinend war es wohl immer noch die Aufgabe der Mütter, die Schulangelegenheiten ihrer Kinder im Auge zu behalten.

Wo blieb Claudia S.? Da war sie. Als Letzte trat sie aus der Schultür, in Begleitung einer anderen Mutter. Nein, das musste eine Lehrerin sein, denn als Mutter für ein zwölf- oder vierzehnjähriges Kind sah die Frau zu jung aus. Automatisch registrierte Paulsen ihr Aussehen: schlank, groß, langes, glattes blondes Haar, hübsches Gesicht. Sie ging zusammen mit Claudia S. zum Parkplatz, der nun schon fast leer war. Die beiden Frauen verabschiedeten sich, und jede stieg in ihr Auto.

Paulsen machte sich bereit, seiner Zielperson zu folgen. Damit ist also auch der zweite Observationstag ergebnislos verlaufen, dachte er. Nun, was soll's. Bezahlt wurde er so oder so.

Plötzlich stutze er. Das war doch nicht der Weg zum Haus der Familie Schumann! Wohin wollte Claudia S.? Und der Wagen vor ihr: War das nicht der Toyota der Lehrerin von vorhin? Tatsächlich. Nun bogen beide Autos in eine kleine verwinkelte Wohnstraße ein, in der nur Schritttempo erlaubt war. Der Toyota fuhr in die Einfahrt zu einem Reihenhaus, der Polo parkte auf dem Parkstreifen davor. Paulsen fuhr an den beiden Autos vorbei und hielt verzweifelt Ausschau nach einer unauffälligen Möglichkeit zu parken. Erst drei Häuser weiter fand er einen freien Platz. Eilig stieg er aus und lief das Stück zurück. Gut, dass es dunkel war, sonst wäre er bestimmt aufgefallen. Er sah gerade noch, wie Claudia zusammen mit der Unbekannten in dem hübschen kleinen Haus verschwand. Aha, dachte er, sie scheint diese junge Lehrerin näher zu kennen. Routinemäßig merkte er sich die Nummer des Toyotas, den Namen der Straße und die Hausnummer. Dann lief er zu seinem Wagen zurück, um seinen Camcorder zu holen. Womöglich konnte er ein paar Aufnahmen durchs Fenster machen.

Seine handliche Sony HDR-CX 240 in der Hand, schlich er sich vorsichtig näher an das Reihenhaus heran. Die Frontseite mit dem Eingangsbereich wurde von der nicht weit entfernt stehenden Straßenlaterne beleuchtet. Unauffällig sah er sich nach allen Seiten um. Kein Mensch war zu sehen. Mit ein paar schnellen Schritten durchquerte er den winzigen Vorgarten und schlich lautlos zur Rückseite des Hauses, wo er die Terrasse vermutete. Richtig, aus dem ebenerdigen Wohnzimmerfenster strahlte Licht auf die Terrasse, die durch eine etwa meterhohe Balustrade teilweise vom Rest der Gartens abgetrennt war. Paulsen fühlte die angenehme Erregung eines Jägers, der seiner Beute auflauert, als er sich hinter der mit Efeu bewachsenen Abgrenzung niederkauerte und seine Kamera in Anschlag brachte. Dieser Teil seines Berufes war es, den er liebte. Er spürte, wie sein Herz aufgeregt klopfte.

Die beiden Frauen im erleuchteten Inneren des Hauses waren durch den Sucher des Camcorders wunderbar zu sehen, auch wenn die dünnen Gardinen die Sicht ein wenig behinderten. Claudia S. stand mitten im Raum. Sie war dabei, ihre Jacke abzulegen. Die Lehrerin ging zum Schrankregal und holte zwei Sektgläser heraus. Dann verschwand sie durch eine angrenzende Tür und kam kurze Zeit später mit einer Flasche Prosecco wieder zum Vorschein. Hatten die beiden etwas zu feiern?

Paulsen zoomte die Frauen näher heran. Jetzt schenkte die Gastgeberin die Sektgläser voll und reichte eines Claudia, die immer noch mitten im Raum stand. Die Frauen stießen an und tranken. Sie lächelten sich an. Dann stellte die Blonde ihr Glas auf dem niedrigen Couchtisch ab, trat nahe an Claudia heran, nahm ihr Gesicht in ihre Hände und küsste sie lang und intensiv auf den Mund.

Wow, dachte Paulsen, was haben wir denn da! Das sieht aber gar nicht mehr nach einer harmlosen Freundschaft aus. Die Kamera surrte. Die Umarmung der beiden Frauen wurde immer leidenschaftlicher. Auch Claudia S. hatte nun ihr Glas abgestellt. Sie erwiderte die Liebkosungen ihrer Geliebten mit zunehmender Erregung. Jetzt fing sie an, die Bluse der Blonden aufzuknöpfen und ihren Hals und den Brustansatz mit kleinen Küssen zu bedecken. Schließlich entledigte sie sich mit einer gekonnten Bewegung ihres Pullover und stand ebenso wie ihre Partnerin im BH da. Paulsen veränderte seine Position ein wenig, um die Oberkörper besser ins Bild zu bekommen. Kommt schon, dachte er, den Rest auch noch! Die Frauen lösten sich gegenseitig den Verschluss ihrer Büstenhalter, ließen sie achtlos auf den Boden fallen und schmiegten sich aneinander. Dann fingen sie an, sich weiter auszuziehen. Ihre Bewegungen wurden immer ungeduldiger.

Das genügt, dachte Paulsen. Reiß dich zusammen, alter Freund! Das ist Beweis genug. Die beiden haben was miteinander, das steht fest.

Leise zog er sich zurück. Seine Auftraggeberin würde zufrieden sein.

Überrascht drehte Claudia Schumann den braunen DinA4-Umschlag in den Händen. Er trug ihren Namen und ihre Adresse, aber keinen Absender. Und er war nicht mit der üblichen Post gekommen, die immer erst gegen Mittag eintraf. Sie hatte ihn aus den Schlitz der Briefkastens herauslugen sehen, als sie ihrer Freundin Margitta Olsen die Tür öffnete.

„Was kann das denn sein?", sagte Claudia mehr zu sich selbst als zu Margitta, die ihr die üblichen Küsschen auf die Wangen drückte und zielstrebig in die Küche marschierte, wo der Kaffeetisch mit den frischen Brötchen schon gedeckt war. Immer noch stand Claudia in der Tür und betrachtete den Brief unschlüssig.

„Mach ihn auf, dann weiß du's", meinte Margitta lakonisch. Sie setzte sich an den Tisch und schenkte sich eine Tasse Kaffee ein. „Ich habe heute leider nicht sehr viel Zeit, Schätzchen, in der Boutique ist unglaublich viel los. Wir haben sale-Angebote. Da kann ich Chantal nicht so lange allein lassen." Ungeniert schmierte sie sich ein Brötchen und klatschte einen Klecks Marmelade dar-auf. Gerade, als sie herzhaft hineinbeißen wollte, sah sie ihre Jugend-freundin in die Küche wanken. „Oh mein Gott! Wie siehst du denn aus! Du bist ja leichenblass! Komm, setz dich erst mal hin. Was ist denn passiert?"

Claudia hielt den geöffneten Umschlag in der Hand. Den Inhalt des Briefes presste sie mit der anderen an ihre Brust. Mehrere großformatige Farbfotos. Ein weißes Blatt Schreibpapier, auf dem einige wenige Zeilen standen, flatterte zu Boden, als Margitta den Arm um sie legte und sie zu einem Stuhl führte.

„Jetzt ist alles aus", stammelte Claudia tonlos.

Margitta hob das Blatt Papier vom Boden auf und legte es auf den Tisch. Sie warf einen besorgten Blick auf ihre Freundin. „Willst du ein Glas Wasser, Schätzchen?" Eilig holte sie ein Glas aus dem Küchenschrank, füllte es unter dem Wasserhahn mit kaltem Leitungswasser und stellte es vor Claudia auf den Tisch. „Mein Gott, du zitterst ja! Zeig doch mal her." Sie nahm ihrer Freundin die Fotografien, die Claudia immer noch an sich drückte, aus der Hand und sah sie sich an.

„Oh mein Gott"! Sie ließ sich auf ihren Stuhl fallen. „Das ist allerdings eine Katastrophe." Der Reihe nach betrachtete sie die Fotos. Sie zeigten Claudia mit ihrer Geliebten Iris, sich leidenschaftlich küssend. Mit nacktem Oberkörper. Unzweideutig.

Margitta wusste von dem Verhältnis. Claudia hatte es ihr vor einigen Monaten anvertraut, so wie sie sich seit ihrer Schulzeit gegenseitig alles anvertrauten. Zuerst in Briefen, dann in langen E-mails, jetzt einmal in der Woche persönlich. Beste Freundinnen eben.

„Komm, Liebes, jetzt trinkst du erst einmal einen Schluck Kaffee und dann sehen wir weiter." Sie goss den Kaffee ein und reichte ihrer Freundin die Tasse. Gehorsam trank Claudia einen

Schluck. Dann sah sie Margitta mit einem Ausdruck tiefster Verzweiflung an.

„Was mache ich denn jetzt nur, Margitta?"

„Lass uns erst einmal sehen, was es mit diesen Fotos auf sich hat, Claudia." Margitta nahm den Briefbogen, der noch immer unbeachtet auf dem Küchentisch lag, und reichte ihn Claudia, die anfing, laut vorzulesen, was dort stand.

'50 000 € oder diese Fotos gehen an Ihren Mann und an die Presse. Nähere Informationen folgen.'

Sie ließ den Brief sinken. Womöglich war sie noch einen Nuance blasser geworden.

„Ich habe keine 50 000 Euro, Margitta! Was mache ich denn jetzt nur?", wiederholte sie. Ihre braunen Augen füllten sich mit Tränen, während sie ihre Freundin verzweifelt ansah.

„Schätzchen, ich habe dir schon immer gesagt, dass das nicht gut geht. Du hättest mit Jan reden sollen."

„Er hätte sich scheiden lassen."

„Wäre vielleicht besser gewesen für euch beide." Sie sah, dass Claudia etwas erwidern wollte. „Ja ja, die Kinder, Jans Karriere, das Gerede der Leute - ich weiß schon. Aber was willst du machen? Du hast keine 50 000.- Euro. Jan könnte vielleicht ..."

„Nein! Ich kann ihn unmöglich fragen! Er wird mich verlassen!"

„Dann musst du dich wenigstens nicht mehr zwischen Iris und ihm entscheiden. Ich bin deine beste Freundin, Liebes, wir kennen uns schon ewig, und ich sage dir, du bist doch nicht glücklich so. Vielleicht ist der Brief das Beste, was dir passieren konnte ..."

„Du weißt nicht, wie das ist,..."

„Eine Frau zu lieben? Nein. Und ich kann es mir auch nicht vorstellen. Aber nur, weil ich Single bin, heißt das nicht, dass ich nicht weiß, was Liebe ist. Oh, ich weiß das nur zu gut."

Claudias Schluchzen wurde lauter.

„Ach, Margitta, was soll ich denn jetzt nur tun?"

Margitta biss sich auf die perfekt geschminkten roten Lippen und sah ihre Freundin mitleidig an.

„Es gibt nur einen Weg, Liebes. Du musst reinen Tisch machen."

Jan Schumann war ausgesprochen guter Laune, als er gegen halb sieben am Abend seinen BMW in der Einfahrt abstellte, seine Aktentasche vom Beifahrersitz nahm und zum Haus ging. Der Tag in der Bank war wieder einmal äußerst erfolgreich gewesen. Nicht nur, dass sich viele Häuslebauer durch die niedrigen Zinsen dazu verleiten ließen, sich durch entsprechende Hypotheken auf Jahrzehnte hoch zu verschulden. Der ortsansässige Bauunternehmer hatte soeben einen millionenschweren Kredit beantragt, um eine Wohn- und Geschäftsanlage in dem neu erschlossenen Baugebiet zu errichten. Für die Bank, die selbst das Geld quasi zum Nulltarif bekam, bedeutete das ein Bombengeschäft, selbst wenn sie dem Kreditnehmer relativ günstige Konditionen bewilligen musste. Jan pfiff fröhlich vor sich hin, als er die Haustür aufschloss.

„Bin wieder da", rief er in den Flur.

„Wie sind hier", hörte er die Stimme seiner Frau aus der Küche. Er lockerte seine Krawatte und betrat die Küche. Claudia stand am Herd und rührte in einem der Töpfe, Margitta saß am Tisch und putzte den Salat.

„Ach du bist auch hier. Grüß dich, Margitta", sagte Jan ein wenig verwundert. Er beugte sich zu Margitta hinunter und gab ihr die obligatorischen Küsschen auf die Wangen. Dann wandte er sich seiner Frau zu, legte ihr den Arm um die Taille und drückte ihr einen Kuss auf den Mund. „Du siehst blass aus, Schatz", bemerkte er, „geht's dir nicht gut?"

„Doch, es ist nichts. Nur ...“

Jan achtete kaum auf ihre Antwort. Schnuppernd beugte er sich über den Herd und schaute in den Topf, in dem Claudia immer noch rührte.

„Was gibt's denn heute Schönes? Ich habe einen Mordshunger. Ah, Zürcher Geschnetzeltes! Lecker!“

Hinter Claudias Rücken wechselte er einen fragenden Blick mit Margitta. Margitta erwiderte seinen Blick und hob entschuldigend die Schultern.

Jan hatte es nicht gern, wenn Margitta allzu intensiv an seinem Familienleben teilnahm. Seit sie vor zwei Jahren zurück in ihre Heimatstadt gezogen war, um hier eine Boutique zu eröffnen, hatten Jan und sie eine lockere Affäre. Nicht, dass er seine Frau nicht mehr liebte; er fand, dass seine Ehe ausgesprochen gut funktionierte. Natürlich, nach fünfzehn Jahren war der Sex nicht mehr so prickelnd. Man hatte sich eben aneinander gewöhnt. Das kleine Abenteuer mit Margitta stellte für ihn eine willkommene Abwechslung dar. Margitta, die mit ihrem rassigen Körper und der schwarzen Mähne ganz das Gegenteil der sanften, zarten Claudia war, bot ihm etwas, was er bei seiner Frau entbehrte. Besonders was den Sex anging. Jan hatte von Anfang an klargestellt, dass eine Trennung von seiner Familie niemals in Frage kam, und Margitta hatte seinen Standpunkt akzeptiert. Anscheinend kam der gelegentliche Sex ihrem Lebensstil durchaus entgegen, und Jan nahm an, dass er nicht der einzige Liebhaber in ihrem Leben war.

„Ich habe mich entschlossen, für den Stadtrat zu kandidieren“, verkündete Jan nach dem Essen. Er wischte sich den Mund mit der Serviette ab und lehnte sich mit einem stolzen Lächeln zurück. „Claus Wilkens hat mich gefragt, ob ich nicht bei der nächsten Kommunalwahl für seine Partei antreten will. Er meint, ich hätte gute Chancen, gewählt zu werden. Und auf jeden Fall würde die Partei mich auf einen sicheren Listenplatz setzen. Nun, was sagt ihr?"

„Cool, Papa, dann wirst du ja prominent!" Die kleine Vanessa war begeistert.

Tobias verzog den Mund. „Du bist doch sowieso schon bekannt wie ein bunter Hund. Sowas von peinlich! Und ausgerechnet in dieser scheißkonservativen Partei? Muss das sein?"

„Klar, dass du dagegen bist, Tobias." Jan zog verärgert die Brauen zusammen. „Gibt es überhaupt etwas, wogegen du nicht bist?"

Tobias stand auf, ohne seinem Vater eine Antwort zu geben.

„Ich fahr 'rüber zu Dennis. Wir wollen noch einige Artikel für die Schülerzeitung schreiben."

„Spätestens um zehn bist du wieder da, ist das klar?", rief Jan ihm nach.

„Der Junge wird immer schwieriger", sagte er kopfschüttelnd, „und dabei hat die Pubertät doch noch gar nicht richtig angefangen."

Die Türglocke ertönte. Vanessa sprang auf.

„Das ist Carmen. Wir wollen noch zusammen für Französisch üben. Morgen schreiben wir eine Arbeit." Sie rannte in den Flur, um ihre Freundin zu begrüßen. „Wir sind in meinem Zimmer", rief sie, und man hörte die beiden Mädchen die Treppe hinauf laufen.

Konsterniert sah Jan seine Frau an.

„So viel zur Reaktion meiner Kinder. Und du, Schatz? Was sagst du?"

„Schön", antwortete Claudia matt. Sie stand auf und fing an, das Geschirr zusammen zu stellen und abzuräumen. Margitta hielt ihre Hände fest und nötigte sie, sich wieder hinzusetzten.

„Claudia muss etwas Wichtiges mit dir besprechen, Jan. Sie hat mich gebeten, dabei zu sein. Deshalb bin ich noch hier."

Erstaunt sah Jan seine Frau an.

„Ach, deshalb warst du die ganze Zeit so still, Liebling. Was ist denn los?" Beunruhigt über die ernsten Mienen der beiden Frauen runzelte er die Stirn. „Ist etwas passiert? Mit den Eltern?"

„Nein, nein, mit der Familie ist alles in Ordnung", flüsterte Claudia. Ihre Stimme war kaum mehr als ein Hauch. Bestürzt sah Jan, wie die Lippen seiner Frau anfingen zu zittern und Tränen in ihre Augen traten. Schnell stand er auf, trat an sie heran und umfasste ihre Schultern.

„Komm, so schlimm wird es ja wohl nicht sein. Heraus mit der Sprache!" Heftiges Schluchzen hinderte Claudia daran zu sprechen.

„Deine Frau wird erpresst", sagte Margitta.

Jan sah sie ungläubig an.

„Erpresst? Womit kann man meine Frau denn erpressen? Das ist doch lächerlich!"

Margitta stand auf und holte den Umschlag aus der Kommode der Anrichte. Plötzlich bekam Jan Angst. Er fühlte, wie sein Herz heftig gegen die Rippen pochte.

Margitta reichte ihm ein weißes Blatt, auf dem nur wenig Text stand. Er las. Schwer ließ er sich auf seinen Stuhl sinken.

„Was sind das für Fotos?" Seine Stimme klang überhaupt nicht mehr wie seine eigene. Er musste sich räuspern. „Ich will die Fotos sehen!"

Margitta reichte ihm den Stapel Fotografien. Wortlos ließ er eins nach dem anderen durch seine Hände gleiten. Er wollte nicht glauben, was er sah. Er meinte plötzlich, keine Luft mehr zu bekommen. Das konnte doch nicht wahr sein! Seine Frau in den Armen einer anderen Frau! Einer Frau! Wäre es ein Mann gewesen, womöglich hätte er es noch verkraftet. Aber was konnte er ausrichten gegen eine Frau? Seine Claudia, die Mutter seiner Kinder: eine Lesbe! Alles in ihm sträubte sich dagegen. Er fühlte, wie Ekel und Abscheu in ihm aufstiegen. Und eine Wut, die nicht nur der Empörung über ihre Untreue entsprang, sondern einer viel tiefer gehenden Kränkung. Einer Kränkung, die ihn in den Grundfesten seiner Männlichkeit traf. Wie konnte sie ihm das antun! Wie glühende Lava loderte die Wut in ihm hoch.

Er sprang auf und schlug seiner Frau mit der flachen Hand ins Gesicht. Einmal, zweimal, dreimal. Ihr Kopf flog haltlos hin und her. Ihr tränennasses Gesicht zeigte zuerst weiße, dann rote Flecken. Margitta ergriff seinen Arm und hielt ihn fest.

„Was tust du da, Jan", schrie sie, „hör auf! Hör sofort auf damit!"

Schwer atmend hielt er inne. Wie betäubt starrte er die beiden Frauen an. Dann ließ er sich auf seinen Stuhl fallen.

Claudia hatte aufgehört zu schluchzen. Schwerfällig, wie aus einem Traum erwachend, stand sie auf.

„Ich gehe", sagte sie, „hier kann ich nicht mehr bleiben."

„Ja, geh nur. Geh zu deiner Hure. Ich will dich nicht mehr sehen!" Jan stützte seinen Kopf in beide Hände, während Margitta hinter Claudia herlief. Die Fotos lagen immer noch ausgebreitet auf dem Tisch, mitten zwischen dem schmutzigen Geschirr. Jan nahm den Brief und starrte auf den Text. 'Fünfzigtausend Euro! Sonst gehen die Fotos an die Presse.' Die Wut machte einer grenzenlosen Enttäuschung Platz. Bestimmt würde irgendein schmieriger Lokalreporter den Skandal genüsslich ausschlachten. Und das, wo demnächst der Posten des Bankdirektors vakant wurde und er sich gute Chancen auf die Beförderung ausgerechnet hatte! Als Stadtrat kam er jetzt ja sowieso nicht mehr in Frage. Oh mein Gott, was hatte Claudia ihm da angetan!

Margitta betrat das Esszimmer. Jan sah auf. „Ist sie weg?"

„Ja".

„Zu dieser ... ?"

„Ja."

Margitta trat hinter seinen Stuhl und legte die Hand auf seine Schulter.

„Was wirst du jetzt tun?", fragte sie. Ihr mitfühlende Stimme tat Jan gut.

„Was schon. Die Scheidung einreichen. Den Erpresser bezahlen." Es hielt ihn nicht auf dem Stuhl. Aufgeregt fing er an, im Zimmer hin und her zu laufen.

„Woher hat der Erpresser bloß diese Bilder? Er muss Claudia ja ständig aufgelauert haben. Oder er hat diese andere Frau überwacht, diese Lesbe. Wer ist das überhaupt? Weißt du etwas darüber? Vielleicht steckt diese Frau ja sogar selbst hinter dieser Erpressung. Oder eine abgelegte eifersüchtige Geliebte von ihr?" Aufgeregt fuhr er sich mit beiden Händen durch sein Haar, als wollte er sich buchstäblich die Haare raufen.

„Sie heißt Iris Tenstedt und ist Referendarin an der Edith-Stein-Gymnasium. Claudia kennt sie seit einigen Monaten. Sie sagt, sie liebt sie."

„Ach ja? Sie liebt sie? Und was ist mir mir? Und mit den Kindern?" Verzweifelt schüttelte Jan den Kopf. „Und überhaupt: eine Frau!"

Margitta trat auf ihn zu und fasste seinen Arm.

„Nun beruhige dich erst einmal, Schatz. Und dann lass uns gemeinsam überlegen, wie wir dieses Problem so lösen können, dass es für alle am besten ist".

Nils Paulsen musste sich beeilen. Seine Zielperson würde sicher bald wieder zum Vorschein kommen. Diesmal war es ein Ehemann, der vor geraumer Zeit mit einer kurvenreichen Blondine, die nicht nach einer braven Ehefrau aussah, in dem Hotel verschwunden war. Durch das Fenster des Restaurants, in dem er gerade ein deftiges Kotelett mit Kartoffeln und Gemüse verspeiste, hatte er den Eingang des Hotels gut im Blick.

Während er mit Genuss kaute, fiel sein Blick auf ein Paar, das das Restaurant gerade betreten hatte. Auffallend gutaussehend, die beiden. Der Mann kam ihm bekannt vor. Ja, richtig, jetzt fiel es ihm ein. Der Mann war kürzlich mit einer beeindruckenden Anzahl von Wählerstimmen in den Rat der Stadt gewählt worden. Beruflich hatte er etwas mit Banken zu tun, wenn er sich nicht täuschte. Geschieden, natürlich. War heutzutage ja nichts Besonderes mehr. Außerdem: Hatte er ihn nicht einmal observiert? Ja, natürlich! Die Ehefrau mit der Geliebten. Wie hieß sie noch gleich? Claudia Sowieso. Paulsen war stolz darauf, dass er nie ein Gesicht vergaß. Auch nicht das schöne Gesicht der Frau im maßgeschneiderten Kostüm an der Seite des Mannes, die jetzt ihre langen schwarzen Haare schüttelte und ihren Begleiter mit ihrem verführerischen roten Mund anlächelte. Sie war damals die Auftraggeberin gewesen, Paulsen erinnerte sich genau. Höflich schickte er ihr einen Augengruß und lächelte ihr freundlich zu, während er sich halb aus seinem Stuhl erhob. Sie sah ihn konsterniert an und drehte dann den Kopf weg. Aha, sie wollte ihn also nicht mehr kennen. Na gut, das war er gewöhnt.

Paulsen beendete seine Mahlzeit und rief nach der Rechnung. Jeden Augenblick konnte seine Zielperson mit der blonden Begleitung das Hotel verlassen. Er brauchte noch ein paar gute Fotos von den beiden.

Margitta nahm aus den Augenwinkeln wahr, wie Paulsen das Lokal verließ. Erleichtert wandte sie sich der Speisekarte zu, die Jan ihr reichte. Das hätte noch gefehlt, dass dieser Detektiv sie angesprochen und in Verlegenheit gebracht hätte. Es wäre ihr schwer gefallen, so schnell eine plausible Erklärung aus dem Ärmel zu schütteln für eine Bekanntschaft mit einem Privatdetektiv.

Sie unterdrückte einen erleichterten Seufzer. Alles war genauso gelaufen damals, wie sie es geplant hatte. Die 50 000 Euro hatte sie gewinnbringend in ihre Boutique investiert, Claudia war mit Iris in eine andere Stadt gezogen, und Jan und sie hatten geheiratet. Die Kinder hatten sich schnell mit der neuen Situation arrangiert. Margitta musterte Jan verstohlen. Wie gut er aussah! Endlich hatte sie den Mann erobert, den sie seit Jahren liebte. Schon seit damals, als sie ihn auf seiner Hochzeit mit Claudia kennengelernt hatte. Sie passte sowieso besser zu ihm als die liebe nette Claudia, jetzt, wo er als Stadtrat immer mehr in der Öffentlichkeit stand. Unter der Hand wurde er sogar schon als zukünftiger Bürgermeister gehandelt, dachte sie voller Stolz.

Zufrieden lächelnd nahm Margitta Jans Hand und drückte sie. Sie hatte alles erreicht.

Danksagung

Ich danke meiner Lektorin Daniela Pusch für ihre professionelle Hilfe bei der Korrektur und Überarbeitung der Texte, meinen Söhnen für die Hilfestellung bei der Arbeit am Computer und besonders meinem Mann Michael für seine Geduld und dafür, dass er mir beim Schreiben stets Mut gemacht hat.